서여의도의
기자들

서여의도의 기자들

유태환 장편소설

2030 기자들이 전하는
언론개혁과 정당의 이면

바른북스

등장인물

서기들 밥조

한윤태 | 경제 전문 일간지 지금경제신문 소속 3년 차 기자. 여의도 공원을 기준으로 서쪽, 서여의도에 있는 국회와 정당을 출입한다. 기자들의 소모임인 '서기들' 밥조장이다. 자기중심적이고 안하무인 성향이었으나 주변 동료들로 인해 가치관과 세상을 보는 시각이 하루하루 바뀐다. 다양한 갈등과 애환에 고뇌하면서 기자로서도 인간으로서도 성장한다.

정초롬 | 진보 성향 일간지 논정일보 소속 2년 차 기자. 신문방송학과 출신으로 항상 정의감 넘치고 약자 편에 선다. 자신이 가지고 있던 생각과 다른 현실에 부딪히며 좌절하기도 하지만 특유의 쾌활함과 근성으로 극복한다.

강이슬 | 보수 성향 일간지 열국신문 소속 2년 차 기자. 민의당과 매일 전쟁을 치르지만 밝은 성격으로 개의치 않는다. 회사 논조에 순응하는 편이지만 종종 단호한 모습도 나타낸다.

유진 | 방송국 NNB 소속 9년 차 기자. 외향과 말투가 다소 가벼워 보이지만 기자에 대한 남다른 자부심이 있다. 결국 언론을 떠나지만 계속해서 후배인 한윤태를 응원하고 도와준다.

구석경 정치부장 | 사사건건 한윤태와 대립하면서 기사보다 자신의 보신을 최우선으로 여긴다. 팩트체크 대신 클릭 수 증가에 집착한다.

박성현 국회반장 | 각종 내외의 압박과 풍파로부터 한윤태의 방패막이가 돼준다.

허수안 대표 | 집권여당의 주류세력이 만든 실권 없는 대표다. 언론에 대한 피해의식이 강하다.

심인경 대변인 | 허수안 대표 최측근으로 당의 언론 공세 선봉장 역할을 한다.

이자웅 원내대표 | 온화해 보이지만 강단 있는 성격으로 여당 내 자타공인 실세다.

고대식 원내대변인 | 한윤태와 호형호제하면서 조력을 아끼지 않는 지원군이다.

최국경 대표 | 언행이 거칠고 기성 언론에 적개심을 드러낸다. 구시대적 대여 투쟁 방법을 고집한다.

윤목걸 원내대표 | 대화를 중시하는 협상주의자로 당내 합리적 균형추 역할을 한다.

목
차

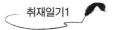

좌우균형이라는 가면

'타닥타닥타닥.', '찰칵찰칵.'

여의도 국회 본청 민의당 당대표 회의실. 벽 한켠 중앙에 있는 원형 시계 시침, 분침이 반동을 일으키며 좌우로 흔들리다 9시 30분을 가리킨다. 그 순간 민의당 허수안 대표가 최고위원들과 함께 내실에서 회의실 안쪽으로 걸어 들어온다. 노트북 위에 있는 출입기자들의 손가락이 바쁘게 움직이기 시작한다. 사진기자들은 연신 플래시를 터트리면서 허수안 대표의 움직임 하나하나를 담는다. 카메라 셔터와 노트북 키보드를 두드리는 소리가 쉴 새 없이 울린다. 허수안 대표가 반원 모양 테이블 한가운데에 앉는다. 다른 최고위원들도 각자 자신에게 지정된 자리에 착석한다. 허수안 대표 뒤로는 새로 바뀐 '민생·복지·안보, 민의당이 책임지겠습니다!'라는 백드롭(배경판)이 보인다. 당 대변인을 비롯한 다른 당직자들은 반원 테이블을 마주 보고 있는 일자형 탁자에 자리를 잡는다. ENG 카메라들도 허수안 대표가 화면 중심에 들어오도록 앵글 위치를 조정한다. 몇몇 사진기자들은 반원 테이블과 일자형 탁자 사이에 놓인 '민의당'을 상징하는 심벌 앞, 바닥에 앉아 허수안 대표를 향해 다시 한번 셔터를 누른다. 허수안 대표는 다소 굼뜬 동작으로 의사봉을 두드리면서 최고위원회 회의 개의 선언과 함께 공개 모두발언을 시작한다. 깊게 파인 목주름 아래 불룩 튀어나온 목젖이 울렁이면서 중저음의 허수안 대표 목소리가 회의실 내부에 퍼진다.

경제 전문 일간지 지금경제신문의 정치부 정당팀 소속 한윤태 기자도 여느 기자들과 마찬가지로 빠르게 노트북 자판을 두드린다. 허수안 대표의 최고위회의 공개 모두발언을 받아치고 있는 중이다. 한윤태의 자리는 오늘도 어김없이 당대표 회의실 왼쪽에 세 열로 배치된 기자석 중, 맨 뒷줄 오른쪽에서 다섯 번째 자리다. 언제나 그렇듯 최고위 시작 15분 전에 일찌감치 도착해 자리를 잡았다.

허수안 대표 이후 다른 최고위원들도 돌아가면서 발언을 마친다.

"회의를 비공개로 전환하겠습니다. 언론인 여러분께서는 협조 부탁드립니다."

재선 국회의원인 민의당 수석사무부총장이 양해를 구한다. 민의당 출입기자들이 회의실 밖으로 쫓겨나듯 우르르 몰려나간다. 한윤태도 허수안 대표를 비롯한 최고위원들의 발언 내역을 정당팀 메신저 단체방에 올린 뒤 회의실을 나가 대표실 밖 복도 의자에 앉는다. 국회를 출입하는 언론사들은 아침마다 열리는 여야 정당 공개회의에 소속 기자를 한 명씩 보낸다. 그들이 지도부 발언을 받아치고 공유하는 게 국회 출입 언론사의 하루 일과 시작을 알리는 첫 업무

다. 한윤태 옆에 나란히 앉은 다른 경제 전문지 소속 후배 기자가 묻는다. 한 손으로 불룩이 나온 윗배에 걸쳐있는 벨트를 추켜올리면서다.

"선배, 머리 염색 다시 하셨어요? 오늘도 느낌이 연예인 포스인데요."

"뿌염만 했어."

한윤태가 왼손으로 귀를 살짝 덮는 기장의 밝은 갈색 머리를 한 번 쓸어 넘긴다.

"그건 그렇고 오늘 허수안 대표 모두발언 워딩 친 거 야마(주제를 의미하는 기자들의 은어)는 무엇으로 잡으실 거예요?"

"뻔하지. 야당 국회로 들어오란 거 말고 다른 거 있나. 일단 나 허수안 대표 워딩 녹취부터 풀고."

"선배는 꼭 단신 워딩 기사도 녹취 풀어서 쓰시더라. 그런 데는 결벽증 있다니까요, 정말."

"그냥 내 이름 달고 나가는 기사니까. 나는 워딩 안에서 받아서 누가 기사 써주는 것도 아니고. 오롯이 내 바이라인(기사에 노출되는 작성 기자의 실명)으로만 쓰니까 온전히 내 책임이기도 하고."

한윤태는 비공개 최고위회의가 끝나기 전에 서둘러 허수안 대표 발언의 녹음 파일을 들으면서 실시간으로 받아친 발언 내역에 대한 녹취를 복기한다. 현장에서 받아칠 때 헷갈렸던 부분을 녹음 파일로 다시 들으면서 3초 앞 버튼을 누르는 걸 도돌이표처럼 반복한다. 한윤태는 허수안 대표 목소리에 집중을 하지만 이어폰 너머로 들리는 발음이 또렷하지 않아 미간을 찡그린다.

'목소리가 워낙 캑캑거려서 녹음 파일을 다시 들어도 좀 헷갈리네, 이 양반은……'

한윤태는 복기한 발언 내역으로 민의당이 야당을 향해 장외투쟁 중단과 국회 복귀를 촉구하는 주제로 단신 기사를 작성한다. 비공개 회의가 끝나고 민의당 최고위원들이 하나둘씩 회의실에서 나오기 시작한다. 복도에서 대기하고 있던 보좌진들이 자신이 모시는 최고위원이 회의실에서 나올 때마다 종종걸음으로 달려가 옆에 붙는다. 기자들도 몇몇 최고위원들을 따라가면서 몇 가지 질문을 던진다. 새로 반응이 나올 법한 정무 이슈가 없는 날이라 대화는 겉돌기만 한다. 몇몇 지도부에게 붙은 백그라운드 브리핑(공식 브리핑이나 마이크가 있는 상태의 회의석상 발언이 아니라, 그 외의 자리에서 기자들과 취재원이 주고받는 질의응답 등을 총칭하는 개념의 언론계 용어)도 알맹이라고 할 만한 게 없다.

한윤태는 정당팀 메신저 단체방에 일명 '백블' 워딩들을 종합해서 보고한다. 그리고는 조금 전 옆에 앉아있었던 후배 기자와 국회 기자실과 기자회견장, 주요 정당 공보실이 있는 소통관으로 발걸음을 옮긴다. 한윤태는 국회 본청 2층 정문을 나오면서 왼쪽 옆구리에 노트북을 끼고 오른손에 있는 휴대전화로는 뉴스를 검색한다. 국회 본청에서 소통관으로 이어지는 경사 길을 내려가는 데 국회의원들을 태운 검은색 세단이 몇 대 줄지어 올라오며 스쳐 지나간다. 옆에서 나란히 걷던 다른 경제지 후배 기자가 다시 한번 바지춤을 추켜올리면서 묻는다.

"선배, 기사 발제는 뭐하셨어요?"

"이따 기사 출고되는 거 봐."

"말 안 해주는 거 보니까 수상한데. 선배 단독(특종을 의미하는 언론계 용어)이에요? 뭔데요?"

"걱정 마. 여당 기사 아니고 야당 조지는 거야. 네가 물먹을 일은 없어."

"그나저나 본청 정론관에서 소통관으로 기자실 옮기고는 아침 회의 끝나고 기자실 부스 복귀하는 것도 정말 일이에요, 일."

"본청 1층에 있던 정론관 이전에는 본청 2층에 기자실 있었다던데."

"그럼 취재 동선은 아침 당 회의도 그렇고 상임위 회의도 그렇고 훨씬 편했겠어요."

"그런데 그때는 본청 2층이 1층이었다더라."

"네? 그건 무슨 뚱딴지같은 소리에요?"

"기자들이 '감히 우리를 지하로 내려보내느냐'고 절대 기자실 못 옮긴다고 무슨 투쟁위원회도 만들고 그랬다나 봐. 국회 사무처에서는 기자들 항의 달래는 차원에서 본청 지하 1층을 지상 1층으로, 지상 1층을 2층으로 바꿨대. 그때 국회 출입기자들이 만들었던 위원회가 '국회 기자실 이전 저지 위원회'였다던가. 지금 현역 국회의원 중에서 그 위원회 간부 했던 사람도 있었다네. 나도 선배들한테 귀동냥으로 들은 얘기야."

"그때나 지금이나 기자들이란……. 저도 기자지만 이상한데 오기를 부린다니까요……. 선배, 근데 오늘 원내대표는 최고위회의 왜 안 온 거예요? 원내수석부대표가 조금 전에 공식적으로 감기몸살이라고는 했지만 수상한데요."

"임기 말년이라 어제 또 술 진탕 먹고 술병 났다더라. 지금 어차 피 야당이 국회 보이콧 중이고 민의당은 5.18 기념식에 새 원대가 참석하는 게 관행이니까. 이제 현직으로 업무는 거의 안 남았다고 봐야지."

"그러면 원대는 이제 임기 끝나고는 뭐 할까요?"

"원대단 여행 다니려고 계 들어났다니까 조금 쉬고 하겠지. 다음 전당대회 나올 거라는 얘기가 있기는 하던데. 민의당은 전임 원대단 도 계 들어놓은 거로 유럽 여행 다니기도 했다니까. 버스 대절해서 거기서 소주랑 막걸리 까먹고. 안주는 참치랑 깻잎 통조림이었다나 뭐라나."

"회의 다녀왔습니다."

막 소통관 기자실 부스에 복귀한 지금경제 한윤태 기자가 자신의 자리 의자를 뺀다. 기자실 부스 내부에서는 지금경제를 비롯해 인 근에 앉아있는 다른 언론사 국회 출입기자들의 취재 전화 목소리 와 노트북 자판 소리만 간간이 들린다. 기자들이 다닥다닥 붙어 앉 아있는 거에 비하면 적막한 편이다. 한윤태가 오늘 발제한 기사에 대한 취재를 시작하려고 하는데 옆에 앉아있던 지금경제 여당 일진 인 신강욱 기자가 시비를 건다. 한윤태와는 입사 2년 차이가 나는 두 기수 선배로 앙숙이다. 국회에 출입하는 각 언론사 정당팀은 다 시 여당팀과 야당팀으로 나뉜다. 팀마다 연차에 따라 반장(팀장), 일 진, 잡진, 말진 기자 등 순으로 부른다.

"윤태야, 오토바이 타고 왔냐? 가죽 재킷 멋있다. 라운드티에 찢어진 청바지 하며."

한윤태는 신강욱 기자를 쳐다보지도 않고 대꾸한다.

"선배도 셔츠 사이로 비치는 난닝구 멋있네요. 제 옷 신경 쓸 시간에 취재나 더 하시죠. 후배한테 또 물먹지 말고. 아니면 본인 옷이나 좀 신경 쓰면서 자기관리 하시던가요."

"야, 너 며칠 단독 좀 했다고 기고만장 해가지고 나도 다 취재하고 있는 거 있어."

한윤태는 한 번 더 쏘아붙이려다가 말없이 신강욱 기자에 눈을 흘기며 똑바로 쳐다본다. 한윤태가 자리를 고쳐 앉으면서 일어서려는 움직임을 잠깐 보이자 신강욱 기자가 움찔한다. 한윤태는 신강욱 기자를 위아래로 한 번 훑으면서 한심하다는 표정으로 혀를 한 번 찬다. "쯧." 하는 소리가 주변에도 들린다. 한윤태는 그러고는 노트북을 펼치고 이어폰을 귀에 꽂는다.

"야! 야!"

소리치는 신강욱 기자의 옷깃을 그보다 3년 선배인 지금경제 야당 일진 임영지 기자가 잡아당긴다.

"얘 아침 회의 갔다가 본인 발제기사 취재하잖아. 좀 가만히 둬라. 너는 취재 안 하냐?"

"아니 선배, 윤태가 성질 긁는 소리 하니까 그렇죠."

"네가 먼저 시비 걸었잖아. 오늘 발제도 시원치 않게 또 여야 대립 워딩으로 대충 해놓고는. 할 일 없으면 의원회관이라도 돌아서 기삿거리 물어와. 부스에 죽치고 앉아서 대충 뉴스 보고 시간 때우다 종 치면 퇴근하지 말고."

　지금경제 한윤태 기자의 오늘 발제는 제1야당인 헌법당이 자신들의 당원 교육 플랫폼을 통해서 가짜뉴스를 전파하고 있다는 기사다. 최근 정치권에서 자격 논란이 일고 있는 외교부 장관이 한국전쟁 뒤 처음으로 외무고시를 통과하지 못한 외교부 수장이라는 허위 사실이 '헌법당 알려요' 계정 영상에 버젓이 게재돼 유통되고 있다는 게 주요 내용이다. 해당 내용은 명백히 사실과 다르다. 멀리 갈 것도 없이 바로 전임 외교부 장관이 외무고시 출신이 아닌 학자 출신이다.

　헌법당은 민의당이 외교부 장관이 후보자이던 시절 '서울 한남동 외교부 장관 공관'으로 당 소속 출입기자들만 불러 모아 별도의 기자회견을 진행했다고도 주장했다. 이 역시 사실이 아니었다. 기자회견 초반 민의당 출입기자들이 주축이 돼 질문을 하긴 했다. 하지만 국회 출입등록이 돼있는 기자라면 사전 취재신청에 제한이 없었다. 기자회견 중반부가 넘어가서는 헌법당 출입기자들도 활발하게 질문했다.

　한윤태는 발제기사 제목을 『"첫 NO외시 외교 장관"… 헌법당, SNS로 가짜뉴스 전파』로 잡고 일일보고를 상신했다. 지금경제 박성현 국회반장이 뒤늦게 기자실 부스에 들어오면서 한윤태를 부른다. 박성현 국회반장이 자리에 앉는데 거구에 대비돼 의자와 책상이 모두 왜소해 보인다. 어제도 술을 거나하게 했는지 얼굴은 아직도 벌겋다. 얼굴이 부어서 가뜩이나 눈동자도 잘 보이지 않는 눈이 더 작아 보인다.

"윤태야, 이거 타사서 보도 나온 적 있냐?"

"다른 데서 아직 나온 적은 없습니다."

"그럼 잘 써봐라. 반론도 꼭 받고. 단독 붙일지는 이따 기사 올리면 밸류 보고 판단하자."

"네."

언론사에서는 특종기사의 가치를 판단해 기사 제목 말머리에 '단독' 여부를 붙일지를 판단한다. 한윤태는 박성현 국회반장 지시대로 반론을 받기 위해 헌법당 측에 전화를 돌리기 시작한다. '헌법당 알려요'를 관리하는 홍보국장, 대변인과 통화한다. 사실과 다른 내용을 다룬 동영상이 당원 교육 플랫폼에 올라온 것을 알고 있냐고 묻는다. "일단 사실관계를 확인해 보겠다. 동영상을 한번 다시 보겠다. 무슨 의미로 얘기하는지는 알겠다." 정도의 답이 돌아온다. 원론적인 답변이기도 했지만 맥락상 별로 관심이 없다며 그 정도 내용 잘못이 뭐가 문제냐는 투였다.

지금경제 한윤태 기자가 기사 작성을 하던 도중, 민의당 국회의원과 오찬 약속 때문에 막 자리에서 일어서려는 참이다. 그때 휴대전화가 울린다. 발신자를 보니 지금경제 구석경 정치부장이다.

"네, 한윤태입니다."

"오늘 발제한 거 가짜뉴스 야마 기사 있었잖아."

"네."

"외교부 장관 가짜뉴스 이거. 이게 가짜뉴스가 어느 한쪽 진영의 문제는 아닌데."

"그건 그런데 제가 쓰려는 기사의 새 팩트가 지금 야당발로 나온 건데요."

"이런 거는 여야를 같이 써줘야 해."

"여당은 새로 나온 게 없는데 뭘 같이 쓰라는 말씀이세요?"

"이런 기사 때문에 자칫하면 우리가 욕먹을 수 있어요."

"무슨 욕을 먹어요? 야당이 당원들한테 가짜뉴스 퍼트리라고 독려하고 있는 거 조지는 건데요."

"아니 그래도. 이런 기사는 중립적으로 '여야 가짜뉴스 논란' 이런 식으로 균형을 잘 맞춰 줘야 해."

"뭘 균형을 맞춰요. 제 기사는 지금 헌법당이 SNS 통해서 가짜뉴스 전파하고 있다는 새로운 사실관계 짚어주는 거라니까요."

"얼마 전에 여당도 부동산 정책 관련 통계 침소봉대, 부풀리기 하고 아전인수 주장해서 논란 있었잖아."

"그건 이미 몇 주 전에 나왔던 얘기고요. 지금 제 기사랑 엮는 거는 시점도 안 맞고 그냥 물타기인데요."

"하여간 독자들이 보기에 균형을 잘 잡아줬다는 느낌이 들게 써 줘. 내일자 조간 정치면 중단에 넣을 거니까."

구석경 정치부장은 그렇게 말하고는 일방적으로 전화를 끊는다. 한윤태는 다시 구석경 정치부장에게 전화를 걸었지만 통화연결음만 반복해서 들린다. 그는 고개를 한번 좌우로 꺾더니 옆에 있는 박성현 국회반장에게 푸념한다.

"선배, 부장이 말도 안 되는 물타기 시키는데요."

오전 내내 책상에 엎드려 숙취로 끙끙대던 박성현 국회반장이 고개를 돌린다.

"또 여야 균형감각 어쩌고 그 소리냐?"

"아니 무슨 야당 조지는 기사에 여야 중립 얘기하면서. 허구한 날 그냥 보수 야당만 너무 건들지 말란 소리 아니에요."

"오늘 부장이 국장 대신 오후 데스크회의 주재하고 내가 부장 대신 우리 부 지면 대장 보러 회사 들어가니까 오후에 다시 말씀드려 볼게."

"야당에서 정권 바뀌고 맨날 언론에 기울어진 운동장이라고 하는데 말 같지도 않은 소리죠. 보수종합지 말고도 우리 같은 경제지까지 노골적으로 편들어 주고. 자기들 실력에 비해서 그나마 데스킹으로 기계적 균형이라도 맞춰주니까 이 정도죠. 여당이 백날 국정운영 삐끗하고 헛발질하면 뭐해요. 야당이 이 모양 이 꼴인데. 대통령은 전생에 나라가 아니라 아주 지구를 구한 거예요. 이 정도 야당 복이면요."

데스킹은 편집을 포함한 기사 확인 등을 포괄적으로 의미하는 언론계 용어다. 현장 기자가 작성해 상신한 기사의 제목을 바꾸거나 내용, 논조, 전개 순서, 분량 등을 각 팀장이나 부장이 수정하는 모든 관련 행위가 데스킹에 포함된다. 흔히 현장에 나가지 않고 사내 편집국 내부 책상에 앉아있는 부장 이상 데스크들이 하는 업무이기 때문에 데스킹이라고 불린다.

지금경제 한윤태 기자는 민의당 의원과 오찬을 마친 뒤 기자실 부스로 복귀해 발제기사를 마저 마무리 짓는다. 외교부 장관 일방 임명에 대한 반발로 야당이 장외투쟁을 이어가고 있는 상황이다. 여당인 민의당은 아침 당 회의 말고 별다른 현장 일정이 없다. 한윤태는 덕분에 발제기사에만 집중할 수 있었다. 그는 발제 관련 헌법당 동영상을 몇 차례 더 돌려보면서 작성한 기사 내용과 다른 부분이 없는지 확인한다.

'그나저나 아무리 그래도 제1야당인 공당의 동영상인데 너무 조악한데. 장관을 코흘리개 영구로 묘사한 거 하며. 외주업체에 맡긴 건가. 아니면 그냥 전문 그래픽 프로그램 적당히 할 줄 아는 당직자나 보좌진한테 시킨 건가.'

한윤태는 기사를 마무리하고 오후 4시 30분쯤 정치부와 정당팀 메신저 단체방 양쪽에 제목과 부제를 포함해 기사를 상신했다고 보고한다.

"정치면 중단, 발제기사 올렸습니다."

구석경 정치부장의 지시가 있었지만 제목은 아침 일일보고에 발제를 올린 그대로 『"첫 NO외시 외교 장관"… 헌법당, SNS로 가짜뉴스 전파』로 달았다. 부제도 'SNS 헌법당 알려요 계정, 가짜뉴스 영상 게재', '한국전쟁 뒤 첫 외시 NO패스 영구 주장', '하지만 전임 외교 장관도 比외시 학자 출신', '청문회 전 기자회견, 여당 기자만 불렀다는 것도 허위'로 했다.

기사 첫 문장인 리드에서부터 "헌법당이 당원 교육용 SNS에 '신임 외교부 장관은 6.25 전쟁 이후 첫 외무고시 출신이 아닌 장관'이라는 가짜뉴스가 담긴 동영상을 게재하고 있는 것으로 드러났다."

고 적었다. 다음 문장에는 책임 있는 제1야당이 제대로 된 사실관계조차 확인하지 않고 상대방을 향한 공세를 펼치고 있다는 점을 지적했다.

헌법당이 몇 달 전 '당원협의회 운영위원장 워크숍'에서 해당 동영상이 올라온 '알려요 계정'에 대해 '신규 모바일 당직자 교육 플랫폼으로 국민과 당원들에게 꼭 전파해야 할 소식과 정보를 알려 준다. 쉽게 접하고 빨리 전파할 목적으로 만들었다'고 설명했다는 사실도 찾아내 기사에 적시했다.

헌법당 최국경 대표가 당시 워크숍에서 '헌법당 알려요' 계정을 휴대전화에 설치하고 있는 사진까지 첨부했다. 최국경 대표의 사진은 안경을 이마 위로 올려 쓰고 눈을 잔뜩 찡그린 채 휴대전화 화면에 고개를 가져다 대고 있는 모습이다. 구석경 정치부장 지시에 대한 항명성 사진이었다. 한윤태도 구석경 정치부장 지시를 마냥 뭉갤 수만은 없으니 마지막 문단에 '한편'을 넣어 민의당도 부동산 관련 통계 수치를 곡해하고 있다는 논란 내용은 넣었다.

지금경제 박성현 국회반장은 구석경 정치부장이 먼저 데스킹을 볼까 봐 한윤태 기자의 보고가 올라오자마자 기사창의 기사를 클릭한다. 박성현 국회반장은 정당팀 메신저 단체방에 몇 개의 짧은 메시지를 올린 뒤 정치부 메신저 단체방에 기사를 온라인으로 먼저 출고했다는 사실을 통보한다.

"잘 썼네. 단독 달아도 되겠다."

"고생했다, 윤태야."

"오늘 부장이 국장대행으로 편집회의 주재하고 내가 정치부 데스크니까 내 권한으로 온라인은 출고할게."

구석경 정치부장은 잠시 뒤 한윤태 기사에 '단독'이 붙어 『"첫 NO외시 외무 장관"… 헌법당, SNS로 가짜뉴스 전파』 제목으로 온라인 출고된 것을 확인하고는 노발대발한다. 구석경 정치부장은 먼저 한윤태에게 전화를 건다.

"이거 출고 누가 했어? 누가 마음대로 제목 이렇게 달고 단독까지 붙이래?"

"단독 붙이는 건 현장 기자인 제 권한이 아닌데요. 박스(해설·설명 기사를 의미하는 언론계 용어) 출고도요."

"알았어. 일단 끊어."

지금경제 편집국 편집부에서 내일자 지면 1면 대장을 검수하던 구석경 정치부장은 씩씩거리면서 정치부 데스크로 향한다. 앙상한 체구의 어깨가 들썩이면서 코끝에 걸쳐있던 안경도 함께 오르내린다. 듬성듬성 숱이 없어 탈모가 한창 진행 중인 머리카락은 공기청정기 바람에 힘없이 휘날린다. 구석경 정치부장은 박성현 국회반장을 보자마자 소리부터 지른다. 정치부는 물론 옆에 있는 경제부 기자들까지 깜짝 놀란 듯 움찔한다.

"네가 기사 맘대로 출고했냐?"

"무슨 기사 말씀이세요?"

"어서 시치미야! 윤태 기사 한윤태!"

"네, 제가 데스크 권한으로 출고했는데요."

"내가 윤태한테도 여야 균형 맞춰서 작성하라고 했고 부방에도 따로 메시지 남겼잖아!"

"선배, 물타기도 적당히 하셔야죠. 애가 새 팩트 가져왔는데 그걸 여야 가짜뉴스로 퉁쳐서 내보낸다는 게 말이 됩니까?"

"그게 무슨 물타기야. 여야 균형감각, 좌우균형 몰라. 언론이 중심을 잘 잡아야지 어디 치우치면 그게 문제야냐 문제! 날아도 좌우 양 날개로 균형 있게 날아야 될 거 아냐!"

"말도 안 되는 말씀 마세요. 그게 무슨 균형입니까. 어느 한쪽 입장만 대변하면 문제지만 이건 새로운 사실관계 기삿거리로 발굴한 건데요. 거기서 왜 좌우균형 얘기가 나옵니까. 그냥 보수 야당 조지지 말란 소리로밖에 안 들립니다."

"오늘 내가 국장 권한대행으로 편집회의 주재하니까 지면 이대로 못 내보내. 출고한 온라인용도 고칠 거니까 기사 다시 가져와."

"전 현장 있는 애들 보기 쪽팔려서 그렇게는 못 합니다."

"야! 너 데스크 승진 안 할 거야? 네가 안 하면 내가 직접 한다!"

결국 지금경제 구석경 정치부장은 자신의 권한을 내세워 한윤태 기자 기사에 가위질을 시작한다. 제목은 헌법당이 SNS로 가짜뉴스를 전파한다는 것에서 『팩트 확인은 나몰라라… 여야, 가짜뉴스 내세워 진영대결』이라는 이도 저도 아닌 양비론 기사로 변한다. 부제도 민의당이 부동산 관련 통계 수치를 정부·여당에 유리하게 보이도록 호도해 발표했다는 내용과 전문가의 '진영싸움 극대화'라는 멘트로 바뀌었다. 한윤태가 구석경 정치부장에게 따지기 위해 전화를 걸었지만 문자로 '편집회의 중'이라는 답장만 돌아온다. 저녁 7시가 넘어서 전화가 걸려왔지만 상대는 구석경 정치부장이 아닌 박성현 국회반장이다.

"윤태야, 너무 기분 나빠하지 마라. 좋은 기산데 누더기가 됐다."

"……."

"오늘 취재하느라 고생했고 다음에 또 좋은 발제해서 쓰자."

"……."

"더 할 말이 없다. 들어가서 쉬어."

"선배, 우리가 경제지지 야당 기관지가 아니잖아요? 언제까지 이런 꼴 계속 봐야 해요?"

"미안. 다음에 이런 일 생기면 내가 몸으로라도 막을게. 나 100kg 넘잖아. 한 번만 봐줘."

"저는 부장의 이런 부당한 지시, 다 기록해 놓고 있습니다. 메신저는 캡처도 해놓고요. 제 그날그날 기사 발제, 취재, 정보보고, 업무 관련 통화 녹취록이랑 다 모아서 취재일기 형식으로요. 혹시 알아요? 나중에 이렇게 모은 거로 언론사 부조리랑 정치권 실체 알리는 기자 소설이라도 하나 쓸지."

한윤태는 길게 한숨을 한 번 내쉬고는 전화를 끊는다. 오른손으로 관자놀이를 누르고 있는데 이어서 전화가 걸려온다. 민의당 홍치숙 공보국장이다.

"한 기자, 오늘 기사 잘 봤어요."

한윤태는 자신도 모르게 헛웃음이 나온다.

"난도질당했는데요."

"왜 또?"

"데스크가 여야 가짜뉴스 양비론으로 물타기 했네요."

"내가 기사 출고되자마자 우리 대변인들 있는 공보라인 메신저 단체방에 공유했는데. 수석대변인이 부대변인 녕의로라도 논평 내라고 해서 조금 전에 논평도 나갔어요."

한윤태가 홍치숙 국장의 말을 듣고 노트북 옆에 놓인 빨간색 무선 마우스를 움직인다. 민의당에서 조금 전 '당원들에 가짜뉴스 전파 헌법당, 당원도 외면할 것'이라는 상근부대변인 명의의 논평이 나온 것을 확인한다. 한윤태의 기사를 인용하면서 "대한민국 제1야당이 사실관계도 확인하지 않은 채 가짜뉴스를 지속적으로 생산하면 당원들도 외면한다. 결국 대한민국에서 퇴출된다는 사실 또한 분명히 인식하라."고 비판하는 내용이다.

"지원 사격 감사해요, 국장님."

"아니 우리가 고맙지. 뭐 경제지에서 현장 기자가 헌법당 조지려는 거 뭉개는 게 하루 이틀인가. 그냥 한 기자 바이라인 믿는 거지. 우린 이해해."

"무슨 기사 제목이랑 내용 둔갑시키는 거 보면 데스크가 아니라 닌자인 줄 알겠어요. 둔갑술 수준이요. 내일 뵐게요."

지금경제 한윤태 기자는 노트북을 크로스백에 욱여넣은 뒤 국회 소통관 앞으로 택시를 부른다. 2층에 있는 기자실 부스를 나와 에스컬레이터를 타고 1층으로 향하는 한윤태의 어깨가 처져있다. 한윤태가 소통관을 나오니 이미 하늘은 어두컴컴하다. 소통관 앞에 멈춰서 비상등을 깜빡이는 택시 한 대가 눈앞에 보인다. 한윤태가 휴대전화 화면으로 호출한 차량 번호를 확인하고는 뒷문을 연다.

"한남 5거리 쪽으로 해서 옥수동 가주세요."

퇴근 시간을 조금 지나서인지 차는 막힘없이 한남대교를 건넌다.

"아 잠시만요. 내비 찍힌 데 말고 저기 횡단보도 앞에서 세워주세요."

'혼술 싫어하지만······.'

한윤태는 택시가 멈추자 취재비 법인카드를 내민다. 택시에서 내린 뒤 편의점에 들러 '아일랜드산 흑맥주' 네 캔을 집어 든다. 집에 들어가니 밤 8시가 넘었다.

"아들, 늦었네. 저녁은?"

"아직."

"엄마는 먹고 오는 줄 알았는데. 뭐 해줄까?"

"그냥 제일 빨리 되는 걸로."

"그럼 오므라이스랑 국수. 하나 골라."

"밥 먹고 싶어. 오므라이스."

"응, 옷 갈아입고 나와. 금방 돼."

한윤태는 방에 들어가 가죽 재킷을 벗어 의자에 걸쳐 놓고 바닥에 누워 잠시 천장을 멍하니 쳐다본다. 몇 분 뒤 방문을 노크하는 소리가 들린다.

"나와서 밥 먹어."

"응."

"아들, 꼭 기자 계속해야 해?"

"또 그 얘기야?"

"매일 해뜨기 전에 나가서 이렇게 해 떨어지고 들어오니까. 지금이 몇 신 데 저녁도 못 먹고. 툭하면 술 마시고 오밤중에 들어오거나."

한윤태는 묵묵히 오므라이스를 입안으로 집어넣는다.

"엄마는 아들 몸 축날까 봐 걱정돼서 그렇지. 일할 때 밥은 잘 챙겨 먹고 다니는 거지?"

"기자들 온갖 산해진미 잘 얻어먹고 다녀. 취재원이랑 아무리 좋은 음식 먹어봐야 일을 하는 건지 밥을 먹는 건지 모를 때가 많기는 하지만."

"오늘 또 부쩍 기운 없어 보이고. 용돈이나 좀 챙겨줘야겠다. 이걸로 애인이랑 데이트하고 쇼핑도 하면서 기분전환 해."

한윤태는 식탁 위에 놓인 수표들을 본체만체한다.

"기자도 돈 벌어. 데이트하는데 이렇게까지 돈 필요하지도 않고."

한윤태는 접시를 마저 비운 뒤 방으로 들어간다. 선반 위에 올려둔 리모컨을 집어 TV를 켠다.

'오늘은 뉴스도 보기 싫다.'

한윤태는 리모컨의 '글로벌 OTT' 버튼에 잠시 손가락을 올렸다가 위치를 바꿔 다른 동영상 스트리밍 서비스에 접속한다. 화살표를 몇 번 눌러 자동 추천으로 떠있는 발라드 메들리를 재생한다. 조금 전 편의점에서 사온 '아일랜드산 흑맥주' 한 캔을 딴다. '딸깍' 하는 소리가 적막한 방에 청량감 있게 울려 퍼진다. TV에서는 잔잔한 노랫소리가 흘러나온다. 한윤태는 TV가 있는 선반 옆 책상에 앉아 눈을 감는다. 기사가 가위질당한 것을 생각하면서 책상을 '쾅'

소리가 나게 한 대 내리친다.

'분이 안 삭여지네.'

팔짱을 낀 채 고개를 젓는다.

'나는 왜 기자하고 있냐? 내가 지금 뭐하고 있는 거지.'

한윤태는 책상 위 책꽂이 한편에서 언론사 입사시험을 준비할 당시 기사 스크랩을 해놓은 공책을 꺼낸다. 첫 페이지 날짜가 8월 21일로 적혀있다.

'연말에 합격했으니까⋯⋯. 100일 정도였구나. 돌아보고 나니까 그래도 기자 되려고 짧지만 열심히 했네.'

한 장 한 장 공책을 넘긴다. 주요 신문 기사들이 오려 붙여져 있고 그 옆에 메모가 빼곡하게 적혀있다.

'국민공천제, 안심번호 국민공천제, 역선택. 이때도 정치 기사 스크랩을 많이 했었구나.'

한윤태는 공책을 덮은 뒤 수습기자로 막 지금경제에 입사했던 시절을 떠올린다.

- 3년 전 겨울, 종로의 어느 호프집

지금경제 한윤태 수습기자를 비롯한 지금경제 21기 수습기자들과 수습 교육 총괄인 최민정 사회부장, 사회·정치부 선배들이 모여있다. 각 부서 선배들과 대면식을 겸하는 수습신고식 자리다. 어김없이 21기 수습 여덟 명이 돌아가면서 선배들의 질문 공세를 받는다. 왁자지껄한 분위기 속에서 한윤태 차례가 온다. 왜 기자가 됐냐는 질문부터 시작된다.

"민주주의에서 언론은 입법, 행정, 사법에 이은 제4부입니다. 국민으로부터 위임받은 제4부의 자격으로 정치권력, 의회 권력을 견제하기 위해 기자가 됐습니다!"

한윤태의 외침이 우렁차다. 몇몇 선배들이 웃음을 터트린다.

"귀엽네. 좋은 자세야."

"그런 기개 잃지 마라."

"정치부 출입하고 싶다는 어필이네."

"나도 저렇게 소리 빽빽 지르면서 자기소개 할 때가 있었지."

"요즘도 이런 말을 하는 애가 있네."

반면 조용히 듣고 있던 최민정 사회부장의 얼굴은 진지하다.

"수습의 진지한 포부, 함부로 웃는 거 아니다!"

평소 교육과정에서도 수습들에게 '개사이코' 소리를 들을 만큼 까칠한 최민정 사회부장이다. 호통이 어색하진 않다. 다만 웬일인지 한윤태에게 다정하게 한 마디를 건넨다.

"의외로 권력을 견제하는 데 외부보다 내부의 벽에 부딪힐 수 있어. 그때 혹여나 좌절하거나 실망하지 마라."

한윤태에게 이런 최민정 사회부장의 말은 어색하기만 하다.

'수습 교육받는 내내 들어본 적이 없는 말투인데.'

최민정 사회부장이 안경 콧대 부분을 가운뎃손가락으로 올린다.

"여기서 내부라는 건 우리 언론사야. 지금은 잘 이해 안 되겠지만 '균형'이라는 전가의 보도라는 게 있어. 그 말에 속지 마라. 경제지가 보수적인 면이 있는 것도 그렇지만 자신이 어느 한쪽 진영을 옹호한다는 것을 노골적으로 드러내지는 못하니까. 그런 식으로 포장하는 데스크들도 많거든."

한윤태는 의외의 얘기에 눈만 깜빡인다.

"그 균형이라는 말에 끊임없이 '왜'라고, 그리고 '균형의 의미'에 대해 스스로 질문해라. 그러면 네가 그 균형이라는 허구의 프레임을 깰 수 있는 날이 올 거야."

한윤태는 최민정 사회부장의 말을 이해하지 못한다.

'권력이 자신들에 대한 견제를 방해하는 게 아니라 언론사가 스스로 막는다는 게 말이 되는 소리인가.'

속으로만 최민정 사회부장의 말에 의문을 품는다.

지금경제 한윤태 기자는 수습 신고식을 떠올리며 휴대전화를 든다. 포털사이트에서 자신의 기자 페이지 소개란을 본다.

"지금경제 정치부 정당팀 한윤태 기자입니다. 사명감으로 정치권력 견제에 온 힘을 다하겠습니다."

'정치권력, 견제, 온 힘……. 내가 봐도 좀 오글거리기는 하네.'

'그래도 이런 거라도 있어야 마음을 다잡지. 이 소개 글에 부끄럽지 않게 기사를 쓰자.'

한윤태는 이번에는 '헌법당 알려요'를 확인한다. 한윤태의 기사가 출고된 뒤 외교부 장관에 대한 허위사실이 담긴 '양치기 장관'이란 제목의 동영상은 삭제돼 있다.

'그래도 가짜뉴스 영상 하나 없앴으니까. 조금은, 아주 조금은 세상을 바꾼 건가. 아닌가. 내가 세상을 바꾸는 건지, 현실이 날 바꾸는 건지.'

하지만 밤이면 어김없이 닥치는 고민은 오늘도 변하지 않는다.

'오늘 기사 데스킹 신경 쓰느라고 다른 거 취재를 하나도 못했네. 내일 아침 일일보고에 기사 발제 뭐로 올리지.'

표적 기사를 쓰는 이유

"못한다고요! 아니 안 하겠다고요!"

아침부터 여의도 국회 소통관에 있는 논정일보 기자실 부스가 떠들썩하다. 제1야당인 헌법당을 출입하는 논정일보 야당 말진 정초롬 기자가 소리를 고래고래 지르고 있다.

"말이 됩니까! 우리가 그래도 종합지 중에 진보를 표방하는 매체인데 인터뷰 안 해준다고 원내대표 조지는 게 말이 되냐고요!"

논정일보 야당반장도 지지 않을 기세다. 팔짱을 낀 채 정초롬을 노려본다.

"넌 억울하지도 않냐. 네 기사 마음에 안 든다고 인터뷰 킬 당한 거 아냐?"

"억울하다고 기자가 사감 담아서 기사 쓰면 그게 기자입니까! 기자냐고요!"

"야 어차피 재들 맨날 논조 안 맞는다고 우리한테 뻗대니까 한

번 손봐줄 필요도 있다고.”

“손을 봐주건 발을 봐주건 간에 나는 못하겠다고!”

“뭐? 야 이 년아 너 뭐라고 했어? 이게 오냐오냐해 주니까 선배고 뭐고 뵈는 게 없냐?”

“선배 대접받으려면 선배답게 행동을 하라고! 이씨……."

정초롬이 논정일보 야당반장을 향해 육두문자를 날리려던 찰나다. 논정일보 국회반장이 끼어든다.

“둘 다 지금 부스에서 뭐하는 짓들이야! 조용히 안 해! 정초롬 너부터 따라 나와.”

논정일보 정초롬 기자는 소통관을 나서면서도 여전히 분한 듯 씩씩거린다. 2층 기자실을 나와 1층 정문으로 향하는 데 얼마나 숨을 들이쉬었다 내쉬었다 하면서 걷는지 바지정장 끝단이 계속 펄럭거린다. 스니커즈 고무창이 바닥에 끌리는 소리도 난다. 정초롬은 잘 잡히지도 않는 검정 중단발 머리칼을 계속 움켜쥐었다 놓았다 한다. 열이 올라오는지 검은색 재킷도 손으로 펄럭거린다.

“뭐야? 뭐가 문젠데?”

논정일보 국회반장이 타이르듯 묻는다.

“아니 오늘 헌법당 윤목걸 원내대표 인터뷰 잡혀있었다가 아침에 갑자기 까였잖아요. 그 얘기 듣고는 야당반장이 눈이 뒤집혀서 무조건 윤목걸 조지라잖아요.”

“하하하, 그래서 그렇게 맞다이 뜬 거냐?”

“맹목적으로 밑도 끝도 없이 일단 조지라니까……."

"인터뷰 날아간 거 반까이(만회를 의미하는 일본어로 기자들이 사용하는 속어) 하고 싶지는 않고?"

"그냥 그거는 잘 설명하고 설득해서……."

"잘 설명하고 설득해서 될 거였으면 애초에 인터뷰 취소를 안 했겠지."

"그래도 그렇다고……."

"야당 출입하는 거 성향에도 안 맞고 답답하지?"

"……."

"야당반장이랑도 사이 안 좋고. 그래서 맨날 건너뛰고 나한테 넌지시 직접 보고하고 그러는 거 아냐?"

"그건……."

"모를 줄 아냐. 야당반장도 다 알아. 며칠 전부터 자기도 이제 너 도저히 컨트롤 못 하겠다고 하더라. 월요일부터 여당으로 넘어와라."

정초롬이 눈을 동그랗게 뜨면서 반색한다. 처져있던 목소리가 몇 톤은 올라간다.

"진짜요?!"

"그렇게 좋냐?"

"아니요, 좋은 게 아니라요……."

"거짓말은. 좋다고 얼굴에 아주 쓰여있는데."

정초롬은 괜히 쑥스러운지 숱이 많아 빼곡한 눈썹을 손가락으로 만지작만지작한다.

"그런데 우리 매체랑 또 네 개인적 성향이랑 맞는다고 지금 여당 출입으로 옮기는 게 마냥 좋은 건 아니다."

"네? 그건 또 무슨 말씀이세요?"

"네가 호감 가졌던 진보 정당에 출입하면서 오히려 정나미가 떨어지게 될 수도 있어. 정치 환멸을 느끼게 될 수도 있고."

"에이 지금 야당 출입하는 것만 하겠어요. 그래도요."

논정일보 국회반장은 알 듯 말 듯 한 표정을 짓는다. 그는 "한 번 겪어봐."라고만 한다.

논정일보 정초롬 기자가 오늘 야당반장과 아침부터 언성을 높이게 된 이유는 조간에 지면으로 출고된 기사 하나가 발단이었다. 헌법당 윤목걸 원내대표가 자신의 상황실장을 국회 헌정기념관장으로 앉히려고 한다는 점을 비판한 게 정초롬 기자의 기사였다. 기사 제목은 『차관급 국회 헌정기념관장에 '자기 상황실장' 앉히려는 윤목걸』이었다.

정초롬은 원내 2당이 관행적으로 추천하는 2년 임기의 차관급 헌정기념관장 자리에 윤목걸 원내대표가 자신의 측근인 상황실장을 앉히려 한다는 사실을 조목조목 비판적 논조로 지적했다.

여당인 민의당은 야당 시절 자신들의 추천 몫이었던 전임 헌정기념관장에 대해 외부인사로 구성된 추천위원회를 꾸리고 정무적 인사를 배제했었다. 헌법당도 윤목걸 원내대표 전임 원내대표 당시 공모를 통해 전문가를 헌정기념관장에 추천하겠다는 의사를 밝혔었다. 정초롬은 원내정당들의 자리 나눠 먹기도 문제지만 고위직 차관급에 비전문가인 자신의 측근을 추천하는 것 역시 문제라고 생각해서 취재를 하고 기사를 작성했다.

다소 의외였던 점은 민의당으로부터 이런 헌법당 행태에 대한 비판 멘트를 받기가 생각만큼 쉽지 않았다는 점이다. 민의당 원내지도부로부터는 "아니 그래도 상대 원내대표가 우리 협상 카운터파트고. 또 누구를 추천하느냐는 자신들 권한이니까 우리가 너무 강하게 왈가왈부하기는 조금 그렇네. 청문회 대상 고위공직자도 아니고요. 이해 좀 해줘요."라는 답변 정도만 들을 수 있었다. 국회 운영위원회 회의록에서 민의당 원내지도부가 문제제기를 한 적이 있긴 했지만 역시나 다른 쟁점 사안들과 비교하면 수위가 높지 않았다.

'국회헌정기념관장 추천위원회의 추천을 받아 관장을 임명하도록하고, 국회헌정기념관장 추천위원회는 헌정기념관의 직무에 관하여 전문성을 가지고 정치적 중립성을 유지하며 추천업무를 공정하게 수행할 수 있는 자로 구성하도록'하는 '국회헌정기념관법 일부개정법률안'을 대표발의한 민의당 중진 의원으로부터도 "아쉽다." 이상의 비판 멘트를 받기 어려웠다. 해당 의원은 "전문가를 추천하면 좋겠다는 취지 정도로 법안을 발의한 거고요. 야당도 야당 나름대로 당내 사정이 있을 테니까요."라며 양해를 구하곤 전화를 끊었다.

논정일보 국회반장이 말한 '진보 정당에 정나미가 떨어질 수도 있다'는 일견을 보여주는 내용이었다. 다만 정초롬은 '내가 야당 출입이라 친소관계나 신뢰관계가 성립이 안 돼서 민의당이 솔직한 얘기를 해주는 게 조금 부담스러운가.' 정도로만 생각했다.

정초롬의 기사는 며칠에 걸쳐서 꼼꼼하게 취재한 내용을 담았기 때문에 사실관계에서 오류가 있는 지점은 없었다. 윤목걸 원내대표의 상황실장도 기사를 보고 기분이 상해서 "원내대표님이 기사보고 인터뷰 안 하시겠답니다."라고 아침에 전화를 걸어 왔을 뿐이다. 별다른 기사 수정이나 삭제 요청은 물론 언론중재위원회 제소 등은 언급하지도 못했다. 국회에서는 여야를 막론하고 기사 수정이나 삭제를 위한 협상 지렛대용으로 언중위 제소를 이용하는 사례가 비일비재하다. 그마저도 하지 못했다는 것은 사실관계로 꼬투리를 잡을 만한 요소가 없단 얘기다.

정초롬은 '원내대표가 빈정이 상한 게 아니라 당신이 빈정이 상한 거겠지.'라고 넌지시 짐작했다. 상황실장의 인터뷰 거절 전화를 받았을 때도 "기사 마음에 안 든다고 당일 날 이렇게 인터뷰 취소하는 게 어디 있습니까! 이거 비판 언론 길들이기 아닙니까."라고 거칠게 항의는 했다. 정초롬에게 그렇다고 윤목걸 원내대표에 대한 표적 기사를 쓰는 건 전혀 다른 방향의 문제였다.

비슷한 시각 소통관에 있는 지금경제신문 기자실 부스도 한윤태 기자의 목소리로 시끄럽다.

"그걸 왜 저한테 총(지시를 의미하는 기자들의 은어)을 쏩니까. 그런 부당 지시 따를 수 없습니다!"

한윤태한테도 아침부터 마찬가지로 헌법당 윤목걸 원내대표를 표적 삼아서 비난하는 기사를 작성하라는 지시가 떨어진 것이다. 지시를 한 사람은 지금경제 구석경 정치부장이다. 이유는 며칠 전 지금경제가 주최하는 회사 포럼 행사에 윤목걸 원내대표가 참석을 약속하고는 당 회의를 이유로 불참했다는 것이다. 포럼 하루 전 오후 4시쯤 윤목걸 원내대표 측에서 축사를 못 하겠다고 일방 통보가 온 것에 대해 지금경제 수뇌부는 부글부글한 상태다.

지금경제 편집국장은 오늘 편집회의에서 기사 배치는 안중에도 없다는 태도를 나타냈다.

"감히 언론사와 약속을 깨. 어떤 형태로든 윤목걸 이 새끼가 후회하게 만들어 줘야지."

편집국장은 편집회의가 시작하자마자 구석경 정치부장부터 닦달한다.

"구 부장, 어떻게든 윤목걸이 우리 행사 안 온 거 후회하게 만들어."

"네, 본때를 보여주겠습니다."

구석경 정치부장은 충성스럽게 답한다. 주변에 다른 부장들이 조선 시대 임금에게 머리를 조아리는 말단 신하도 저렇게까지 하지는 못할 거라는 표정으로 쳐다본다. 지금경제 편집국장이 재차 지시를 한다.

"구 부장, 약속 깬 윤목걸에 대해 주변에 얘기하고 그래서 윤목걸이 우리한테 제대로 사과하게 만들어."

"그럼요. 가만히 놔두면 우리만 바보 되는 겁니다. 제가 국회반장이랑 가서 인사하고 면담까지 했는데 공적 약속을 이렇게 팽개치는 게 어디 있습니까? 아주 두 번 다시 이딴 짓 못 하게 조져놓겠습니다."

"그래. 당 회의 시간 좀 늦추면 되는 건데 감히 언론사 행사를 펑크 내. 지금경제가 작살 내고 있다는 소문이 나야 다른 놈들도 다음에 안 이런다고. 본보기를 보여줘."

결국 앞으로도 윤목걸 원내대표와 취재원으로 대면해야 하는 야당 출입이 하기는 부담이 있으니 여당을 출입하는 한윤태가 표적 비난 기사를 쓰라는 게 구석경 정치부장의 주장이다. 한윤태는 이런 지시를 끝까지 거부한다.

"그런 기사 발제도 못 하고, 작성도 못 하고, 제 이름 바이라인 달고 송고도 못 합니다."

구석경 정치부장도 좀처럼 물러서지 않는다.

"야, 너는 회사가 물을 먹었는데 아무런 감정도 없나?"

"그날 우리 회사 포럼 안 오고 당 긴급안보간담회의 주관했잖아요. 나라의 녹을 먹는 제1야당 원내대표가 북한이 미사일 빵빵 쏴대는 마당에 언론사 돈줄인 포럼에 얼굴 안 비추고 안보 관련 현안회의 주재하는 게 맞는 거 아닙니까?"

곧바로 구석경 정치부장의 고함소리가 들려왔지만 한윤태는 휴대전화를 덮어서 노트북 뒤로 멀찌감치 던져버린다. 한윤태는 입김을 불어 앞머리를 한번 날리더니 기자실 내 선배 기자들이 들으란 듯이 큰소리로 혼잣말을 한다.

"포럼 섭외 때문에 맹목적으로 민의당 허수안 대표 띄워주는 기사 쓰라는 것까지는 그러려니 했는데. 포럼 안 왔다고 이렇게 무작정 조지란 부당 지시는 못 해 먹겠다."

지금경제 기자실 부스가 쥐죽은 듯 조용하다. 정치부 메신저 단체방에서 구석경 정치부장 지시에 맞장구를 쳤던 지금경제 여당 일진 신강욱 기자는 괜히 딴청을 피운다. 한윤태는 신강욱 기자가 언급했던 메시지를 인용하면서 빈정거린다.

"구석경 저딴 지랄 맞은 지시에 '100% 공감한다'고 맞장구치면 그게 기레기지 기자냐!"

- 1주 전

지금경제 정당팀 기자들이 본청 '큰 식당' 매점 옆 테이블에 모여 앉아있다. 박성현 국회반장이 소집한 정당팀 회의 자리다.

"얘들아, 올해도 포럼 시즌이 왔다. 여기 초청 리스트 보고 각자 분담해서 초청장 돌리고 섭외하자."

경제 전문지에서 포럼은 티켓을 정부와 기업 홍보 담당자 등에게 사실상 강매하고 별도의 후원까지 받는 주요 이익 창출창구, 소위 '돈줄'이다. 정치부 정당팀의 포럼에 대한 역할은 여야 지도부의 현장 축사를 섭외하고 금배지(현역의원들을 지칭하는 기자들의 은어)들을 최대한 많이 출석시키는 것이다. 실상 알맹이 없는 행사 사진과 참석자 '급'을 높이기 위한 의전용 섭외다.

박성현 국회반장이 포럼 섭외 업무를 분장한다.

"지도부는 내가 직접 가서 초청장 주고 티타임 할 테니까 평의원들 회관방 좀 돌아줘."

한윤태 기자를 제외한 다른 기자들이 기어들어 가는 목소리로 "네."라고 답한다. 박성현 국회반장은 개의치 않고 말을 잇는다.

"그리고 부장 지시사항인데 민의당 허수안 대표 꼭 데리고 와야 한다고. 어제 종편 시사프로그램 나와서 말한 내용으로 단신 하나 써달란다, 윤태야."

그동안 말없이 듣고만 있던 한윤태가 한숨을 한 번 쉰다. 박성현 국회반장이 흘낏 눈치를 본다.

"네네, 한다고요. 제가 언제 안 한다고 했어요."

한윤태는 뾰로통한 표정으로 한마디 덧붙인다.

"근데 무슨 언론사 포럼이 이렇게 많아요. 올해에만 부동산 포럼, 전기차 포럼, 디지털 포럼까지 영감(국회에서 현역의원들을 지칭하는 은어)들 포럼 섭외하는 거 보면 제가 기자가 아니라 캐스팅 디렉터인 줄 알겠어요."

박성현 국회반장은 헛기침을 한 번 하고는 말을 잇는다.

"그리고 하나 더 있는데 오늘 허수안이 강원 현장 가는 것도 따라가라."

"네? 그거 기자단에서 풀단(특정 현장을 대표로 취재하고 관련 내용을 공유하는 기자를 의미하는 언론계 용어) 섭외했는데 허수안 현장 가는 거 아무 취재 가치도 없어서 신청자 한 명도 없던 건데요."

한윤태가 이번에는 대놓고 투정을 부린다.

"나라고 허수안 현장 방문 기사 밸류 없는 거 모르겠냐. 그래도 어떻게 하냐. 우리만 혼자 가면 그래도 인사도 하고 좋지 않겠냐는 거지 포럼 불러오는데."

"네, 갑니다. 가요."

한윤태는 입을 다문 채로 턱을 움직여 위아래 치아를 몇 번 부딪힌다.

그렇게 포럼 섭외를 논의한 정당팀 회의가 끝난 뒤 한윤태는 민의당 홍치숙 공보국장에게 전화를 건다.

"국장님, 오늘 허수안 대표님 현장, 공보실에서 누가 따라가요?"

"어 그거 김 차장이 가기로 했는데. 풀단 받았는데 아무도 없었다던데. 한 기자 가려고?"

"네. 불순한 의도를 품고 갑니다."

홍치숙 국장의 웃음소리가 들린다.

"대표실에 뭐 민원 있구나? 알겠어."

한윤태는 공보실 김 차장에게 전화를 건다. 둘은 동갑내기로 막역한 사이다.

"오늘 대표 현장 간다며 어떻게 가나?"

"차 섭외했지. 가려면 점심 먹고 오후 1시에 소통관 입구에서 봐. 차 그쪽으로 부를게."

한윤태는 결국 포럼 섭외를 위해 허수안 대표의 강원 복지원 방문 현장까지 출입기자 중 홀로 동행했다. 당초 민의당 출입기자단 메신저 단체방에서 기자단 간사가 풀단을 섭외했지만 아무도 신청자가 없을 정도로 언론 주목을 받지 못한 일정이다. 민의당에서는 장소가 협소한 외부 일정 등은 미리 소수 기자만 참여할 수 있도록 기자단에 협조를 구한다. 그러면 민의당 기자단은 선착순으로 현장에 갈 매체를 추린다. 물론 당 내외 정치적 영향력이 미비한 허수안 대표의 외부 일정은 굳이 그렇게 하지 않아도 따라가는 기자가 거의 없는 게 현실이니 사실상 불필요한 절차다.

한윤태는 현장에서 허수안 대표의 발언 등을 스마트폰 애플리케이션에 적당히 메모한다.

'역시 아무 알맹이 없는 얘기만 하는구나. 대충 둘러보면서 대통령한테 샤바샤바하는 농이나 던지고 있고.'

국회에 복귀한 한윤태는 박성현 국회반장에게 보고한다.

"역시 아무 꺼리 없더라고요. 그냥 6매 정도로 간단하게 정리할게요."

기자들은 아직도 원고지 200자 기준으로 기사 분량을 가늠한다.

"근데 선배, 허수안 대표 어제 방송 발언 단신 쓰다 보니까 사실과 다른 주장했던데요."

"뭔데?"

"자기는 무슨 예전에 통과됐던 근로기준법 개정안을 반대했는데 당론 때문에 어쩔 수 없이 했다고 거짓말을 해도 말도 안 되는 거짓말을 했더라고요. 본인이 지도부인 상태에서 법안 찬성 발언들을 줄줄이 해놓고는요. 왜 그때 법 통과되고 독소조항 때문에 한창 시끄러웠잖아요."

박성현 국회반장이 황당한 표정으로 한윤태를 쳐다본다.

"그래서 그걸 지금 쓰겠다고?"

"지금 쓰겠다는 게 아니라 포럼 끝나면 팩트체크로 하나 정리할게요."

"너도 진짜 징하다. 그래 일단 섭외부터 하고. 그 건은 포럼 끝나고 다시 얘기하자."

지금경제 한윤태 기자는 금요일인지라 민의당 최고위회의를 마치고 일일보고 기사 발제를 올렸다. 지금경제를 비롯한 상당수 경제지는 토요일자 지면을 발행하지 않는다. 그래서 금요일 기사 발제보고 시간은 다른 평일에 비해 약 1시간 반 여유가 있다. 1주일 전 민의당 허수안 대표 발언을 팩트체크 하겠다던 그 기사다. 허수안 대표가 과거 반대했다고 주장한 법안에 대해 '법안 통과 사유, A4용지 수백 장 줄줄'이라고 강조하는 결이 다른 발언을 했다는 내용을 담았다. 끝까지 해당 법안에 반대한 의원들은 표결 자체에 불참했다는 점과 당시 허수안 대표가 지도부 자리에 있었다는 점도 꼬집었다. 품이 많이 들지 않는 기사다. 당시 행위는 허수안 대표의 정치적 아킬레스건이라 관련 언급이 있을 때마다 횡설수설한 발언들을 찾기도 어렵지 않다. 당연지사 기사 작성에 시간이 오래 걸리지 않는다. 한윤태는 점심 직후에는 기사 상신 보고를 한다. 지금경제 박성현 국회반장이 한윤태 옆에서 고개를 절레절레 흔든다.

"헌법당 윤목걸 조지는 기사는 죽어도 안 쓰겠다고 하더니. 이런 건 또 귀신같이 찾아서 써요."

"제가 1주일 전에 쓰겠다고 미리 보고 드렸잖아요."

"그래도 우리 회사 포럼 온 대표한테 꼭 이래야 되냐 너도 너."

"포럼 오면 사주랑 사진 찍고 인맥이나 쌓는 거지 저랑 무슨 상관이에요."

"너도 나중에 데스크 돼봐라."

"데스크 안 할 건데요."

"뭔 소리야. 나 정치부장되면 국회반장 너로 찜해놨는데. 그다음에 나 편집국장되면 너 정치부장 시킬 거야."

한윤태 이마에 내천(川) 자 모양의 주름이 잡힌다.

"선배, 제 기자 로드맵을 왜 선배가 정해줘요?"

"내가 보기에 너는 어차피 주구장창 정치 관련 출입만 하게 돼있어. 안 그러면 회사 붙어있을 놈도 아니고."

한윤태가 한 마디 더 하려는 찰나에 휴대전화가 울린다. 논정일보 정초롬 기자다.

"한 선배, 오늘 뭐 하냐?"

한윤태가 심드렁한 목소리로 답한다.

"뭐 하긴 일하지 일과시간에."

"아니 지금 말고 끝나고 뭐 하냐고?"

"집에 갈 건데."

"소주나 하자."

"내가 방금 집에 갈 거라고 한 얘기는 뭐로 들은 거냐?"

"나 월요일부터 여당 출입한다고 이제. 후배랑 같이 좀 먹고살자."

몇 시간 뒤 국회 앞 삼겹살집. 지금경제 한윤태 기자와 논정일보 정초롬 기자가 마주 보고 앉아있다. 한윤태는 정초롬을 보는 듯 마는 듯 삼겹살을 무채에 올리면서 한마디 건넨다. 반면 정초롬은 젓가락을 움직이면서도 시선은 한윤태 얼굴에서 떼지 않는다.

"너 아침부터 부스에서 고래고래 소리 질렀다면서. 소문 다 났다 벌써."

정초롬이 입을 삐죽 내민다.

"누가 할 소리를 하고 있어. 한 선배는 왜 또 발끈했는데?"

"회사 행사 안 왔다고 헌법당 윤목걸 원대 조지라잖아. 그래서 안 한다고 했지."

"오 정말? 나도 윤목걸이 오늘 인터뷰 깬 거 막무가내로 조지라고 해서 그런 건데."

한윤태는 맞장구치는 정초롬 얘기에 대꾸하지 않으면서 '17도 맑은 소주'를 따라 소주잔을 채운다.

"아 왜 술을 자작해! 앞에 있는 사람 재수 없게. 내가 따라줄게."

정초롬은 한윤태 손에서 소주병을 뺏는다. 그리고 한윤태가 잡고 있는 소주잔을 다시 자신의 다른 한 손으로 살짝 포개 잡으면서 술을 채운다. 한윤태가 비꼬는 투로 말한다.

"예전부터 이상한 거에 집착하더라."

"언론고시 준비 오래 했는데 꼬이고 꼬여봐라 징크스만 많아진다. 자 짠도 해. 건배!"

한윤태는 못 이기는 척 정초롬과 건배를 하고 소주잔을 입에 가져다 댄다. 정초롬이 또 한소리 한다. 타박하는 목소리와는 반대로 입꼬리 한쪽이 살짝 올라가 있다.

"예전부터 꼭 소주잔 그렇게 밑에서 받쳐서 들더라. 하여간 겉멋이야 겉멋!"

"학생 때부터 그냥 이렇게 마시던 거거든요."

"아무튼 그래도 난 오늘 윤목걸 조지는 기사 한 선배가 안 써서 좋네."

"네가 왜 좋은데?"

"한 선배가 첫 번째 팬 실망 안 시켜서."

한윤태는 못 들은 척 말을 돌린다.

"너 다음 주부터 여당 넘어온다면서."

정초롬이 턱을 손바닥으로 괴면서 한윤태를 쳐다본다.

"어, 나오니까 재미겠지?"

"여당, 네가 생각하는 것만큼 그렇게 장밋빛 아니다."

"뭐야 우리 반장도 그 얘기 하던데. 똑같은 소리 하고 있어."

"오늘 너 동기 한 명 더 온다면서 아직이야?"

"아, 지면 강판 늦어져서 그거 마감하고 온대."

그렇게 한윤태와 정초롬이 소주를 주거니 받거니 하는 데 삼겹살 집 문에 달린 종이 '따릉.' 하고 울린다. 컬러 티셔츠에 블레이저를 걸 치고 면바지에 하얀색 '삼선 로고 스포츠 브랜드' 운동화를 신은 남 자가 들어온다. 짧은 스포츠형 머리에 피부가 거무스름한 그가 가게 안을 한 번 두리번거린다. 정초롬이 오른손을 위로 뻗어서 흔든다.

"이슬아, 여기야 여기."

한윤태가 혼잣말을 한다.

"이름이 이슬? 남자라고 하지 않았나."

방금 삼겹살집으로 들어온 그가 한윤태와 정초롬이 앉아있는 테 이블로 다가온다. 한윤태를 보더니 고개를 숙인다.

"안녕하세요, 선배. 열국신문 강이슬입니다. 초롬이한테 말씀 많 이 들었습니다. 기사 잘 보고 있습니다."

한윤태도 일어서서 마찬가지로 고개를 숙인다.

"안녕하세요, 한윤태입니다. 앉으세요, 앉으세요."

어색할 사이도 잠시, 술이 몇 순배 도니 대화가 활발해진다. 강이 슬도 한윤태와 정초롬이 겪었던 표적 기사와 관련한 일화를 꺼낸다.

"저희 회사도 오늘 민의당 의원 한 명 조지는 기사 썼거든요. 그 쪽이 저희만 취재 응대 제대로 안 해줘서 물 먹었다고요. 갑자기 그 의원 정치자금 사용 내역이랑 해외출장 내역 정보공개 청구하고 상임위, 본회의 출석률 체크하고요. 그래서 의정활동 제대로 안 하고 있다는 야마로 조졌어요. 다행히 제가 쓴 건 아니고요. 저희 회사 다른 선배가 썼어요."

한윤태가 고개를 끄덕인다.

"어디나 다 똑같네요. 그런데 강 기자님은 초롬이랑 어떻게 친해지셨어요?"

"저희 언론고시 준비할 때 스터디도 같이하고요, 인턴이랑 수습도 같이했었어요. 결국 둘 다 그 회사에는 안 붙어있지만요."

정초롬이 오른손 엄지손가락으로 강이슬을 가리킨다.

"한 선배, 나는 내쫓기 듯 옮긴 거고 얘는 자발적으로 점프 뛰어서 더 좋은 데로 이직한 거고."

한윤태는 정초롬 얘기를 듣고는 일부러 다른 화제를 꺼낸다.

"너 '꾸미'는 구했냐?"

"다음 주부터 여당 출입한다니까. 내 얘기를 뭐로 들은 거야. 당연히 아직 없지."

"그러면 강 기자님까지 해서 우리 셋이 꾸미 할래요? 세 명이면 꾸미원이 좀 적기는 한데 일단 이렇게 방파고 또 충원하는 거로다가 어때요?"

강이슬이 되묻는다.

"근데 저도 이번 주에 국회 발령받은 거여서요. 꾸미가 정확하게 뭐하는 건가요, 선배?"

"흠, 정확하게…… 조를 짠다고 할 때 조(組)를 일본식으로 읽은 건데요. 다른 매체 기자들끼리 친목도 도모하고 정당 회의 발언 같은 것도 교환하면서 정보교류도 하고요. 의원 오찬이나 만찬 잡으면 같이 가고 뭐 대충 동아리 비스무리한데 업무 양념을 친 기자들 소모임 정도일까요?"

"좋습니다. 그러면 저 혹시 한 선배 나이가 어떻게 되세요?"

"저 올해 서른하나요."

강이슬이 양손을 허벅지에 올리더니 한윤태를 쳐다본다.

"제가 스물여덟이니까요. 그럼 형님이라고 부르겠습니다. 이제부터."

"형님은 무슨 형님이에요. 그냥 형이라고 해요."

"네, 형! 형도 말 편하게 하세요."

술이 올라 불거진 얼굴로 정초롬이 한윤태를 흘긴다.

"둘이 처음 봤는데 아주 죽이 잘 맞네. 나보다 더 친해지겠어."

"그러면 안 되냐?"

"흥. 그럼 우리 꾸미 이름이나 짓자. 그리고 꾸미는 너무 일본식 표현이잖아. 같은 조(組)자 써서 꾸미 대신 '밥조'로 부르는 거 어때? 어차피 이렇게 앞으로 자주 밥 먹고 술 마시고 할 거니까."

한윤태가 고개를 끄덕인다.

"밥조 괜찮네. 음…… 그러면 이름은 '여당 최강 밥조' 어때?"

"한 선배…, 네이밍 센스하고는. 국회랑 주요 정당들이 어디에 있지?"

"여의도 공원 기준으로 서쪽, 서여의도지."

"그러면 우리가 국회랑 정당 출입하는 '서여의도의 기자들'이니까. 줄여서 '서기들' 어때?"

강이슬이 끼어든다.

"좋네요. 우리가 국회 현장을 기록하는 '서기'라는 중의적 의미도 있고!"

정초롬이 술잔을 들면서 건배 제의를 한다.

"그러면 건배하자 서기들 결성 기념으로. 밥조장 시킬 거니까 한 선배가 건배사 해."

한윤태와 정초롬, 강이슬은 서로 소주를 채우고 잔을 높이 치켜든다.

한윤태가 건배사를 한다.

"건배, 내가 결성 서기들 선창하면 후창으로 파이팅 파이팅해 줘."

"결성 서기들!"

"파이팅 파이팅!"

그렇게 소주 한잔을 원 샷 한 세 사람. 정초롬이 갑작스레 푸념한다.

"근데 월요일부터 여당으로 가는 데 기사 발제는 뭐 하나 당장……."

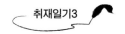

내 편 네 편 가르는 정당

민의당 최고위회의가 막 끝난 뒤 국회 본청 민의당 당대표 회의실 앞. 민의당 출입기자 수십 명이 복도 의자에 나란히 앉아있다. 일부는 빠르게 노트북 자판을 두드리는 반면 무료한 듯 백그라운드 브리핑을 기다리며 휴대전화를 만지작거리는 이들도 있다. 지금 경제신문 한윤태 기자는 분주하게 노트북에 올린 손가락을 움직이는 부류다. 한윤태는 민의당 허수안 대표의 최고위회의 공개 모두발언을 단신 기사로 정리 중이다. 그러던 와중에 '서기들' 밥조 메신저 단체방 알람이 울린다. 논정일보 정초롬 기자가 보낸 메시지가 한윤태의 휴대전화 팝업창에 뜬다.

"제가 오늘 지각해서요……. 허수안 최고위 모두발언 좀 올려주실 수 있을까요……."

한윤태가 허수안 대표 발언을 메신저 단체방에 공유한다.

"악 역시 한 선배! 최고위회의로 바로 출근한다고 보고했는데 지각한 거 선배들한테 안 들키겠다. 덕분에 살았어!"

한윤태는 혼자 피식하면서 웃는다. 그 순간 한윤태는 갑자기 풍겨오는 강한 향수 냄새에 코가 찡긋함을 느낀다.

"어, 지금경제네. 몇 기?"

허리춤까지 오는 밝은 갈색 머리의 여성이 한윤태의 팔꿈치를 슬쩍 치면서 옆에 앉는다. 한윤태가 의뭉스러운 표정으로 한 번 쳐다볼 뿐 대답이 없자 다시 입을 땐다.

"노트북에 지금경제 스티커가 붙어있어서 반가워가지고. 나도 지금경제 다녔었거든. 나는 15기였고 지금은 NNB."

실크 블라우스에 무릎 위까지 올라오는 노란색 치마가 민의당 당대표실 앞에 앉아있는 취재기자들 사이에서도 유난히 눈에 띈다. 청바지 차림으로 바닥에 철퍼덕 되는대로 앉아있는 일부 말진 기자들과 비교하면 이질적이기까지 하다.

"안녕하세요, 21기고 한윤태입니다."

"선배한테 명함 하나 줄래. 자 이건 내 거."

'아무리 같은 회사 출신이라지만 다짜고짜 반말이야.'

한윤태는 그녀가 건넨 명함을 받고는 마지못해 자신의 파란색 명함지갑을 꺼낸다. 받은 명함에는 'NNB 정치부 유진'이라고 적혀있다. 한윤태도 명함을 꺼내 건넨다.

"그럼 연락할게. 자주 보자."

NNB 유진 기자는 한윤태에게 윙크인지 눈웃음인지 모를 미소를 보이고는 본청 2층 정문 쪽으로 걸어간다. 염색을 했음에도 윤기가 도는 풍성한 머릿결이 자연스럽게 찰랑거린다. 바닥을 '또각또각'

울리는 하이힐 소리는 경쾌하기까지 하다.

지금경제 한윤태 기자가 소통관 기자실 부스에 복귀하자 앉을 새
도 없이 시금경제 박성현 국회반장이 말을 선다.

"윤태야, 오늘 민의당 원내대표 누가 되냐?"

"이자웅 의원이요."

"확실하냐?"

"결선투표도 안가고 1차에서 바로 될 거에요."

"그럼 당선 기사랑 주요 약력 좀 미리 써놓고. 원내대표 선출 의
원총회 끝나면 바로 출고하자. 속보는 내가 안에서 생중계 보면서
처리할게."

한윤태가 건성으로 "네."라고 대답하는 동시에 휴대전화 메신저
알람이 울린다.

"안녕, 나 아까 인사한 유진."

"안녕하세요."

"우리 윤태 꾸미 있니? 있으면 나 좀 넣어주면 안 될까?"

'언제 봤다고 이 사람은 우리 윤태라고 하냐.'

한윤태는 잠시 내용을 고민한 뒤 답장을 보낸다.

"제가 하는 거는 2~3년 연차 기자들만 있는데 괜찮으시겠어요?
그리고 저희는 꾸미가 일본식 표현이라 '밥조'라고 하고 있어요."

"어머, 요즘 젊은이들은 표현도 그렇게 순화해서 쓰네. 그럼 나는
넣어만 주면 좋지! 내가 워딩 기여는 못 해도 짬바가 있으니까 의원
들 오찬, 만찬은 책임지고 물어올게. 무임승차 절대 안 할 테니까 걱

정 마!"

"네, 밥조방에 물어보고 다시 답 드릴게요."

한윤태는 논정일보 정초롬 기자와 열국신문 강이슬 기자에게 NNB 유진 기자를 밥조에 초대해도 될지 의견을 묻는다. '서기들'이 밥조라고 부르는 일명 '꾸미'에 새로운 구성원을 합류시킬 때는 기존 구성원 전체의 동의를 받는 게 관례다.

"NNB 유진 선배인데 입사 9년 차고. 꾸미 합류 어떻게들 생각해? 연차가 있으니까 본인이 워딩 기여는 못 해도 의원 밥 약속은 열심히 물어오겠다고 하네. 프리라이딩은 안 하겠다고."

강이슬이 곧바로 찬성한다.

"형, 좋아요. 저희는 주로 필드 뛰니까 연차 좀 있는 선배 밥조에 있는 것도 균형 맞고요. 꾸미에 방송사 선배도 한 명 있으면 좋죠."

정초롬도 맞장구를 친다.

"한 선배, 나도 찬성."

"그럼 유진 선배 이 방에 초대할게. NNB 유진 선배입니다."

유진은 메신저 단체방에 신고 인사를 한다.

"안녕하세요, 입사 9년 차고요. NNB 유진입니다. 제 번호는⋯⋯ 이고요. 초대해 주셔서 감사합니다. 앞으로 열심히 기여하겠습니다."

"저는 논정일보 정초롬이고요. 입사 2년 차입니다."

"선배, 안녕하세요. 서기들 네 번째 밥조원 환영합니다. 열국신문 강이슬입니다. 초롬이랑 마찬가지로 입사 2년 차입니다. 잘 부탁드립니다."

유진과 다른 서기들 밥조원 간 간단한 인사 메시지가 오간 뒤 이내 메신저 단체방은 잡담의 장이된다.

"오늘 이자웅 되는 걸로 써놓으면 되겠죠?"

"웅웅웅~"

"시금 이자웅 이름으로 스웩한 거임? 웅~ 우웩?"

이런 알맹이 없는 얘기들이 오가는데 유진이 한윤태에게 메신저 개인 메시지를 보낸다.

"윤태야, 여기 원래 분위기가 이러니……? 누나가 알아들을 수 없는 무슨 희한한 용어들이 난무하네."

"네. 선배, 저희가 비슷한 연차 또래들이고 해서 워딩 교환하고 오·만찬 잡는 거 외에도 실없는 얘기도 많이 하고 그래요."

"어머, 그럼 누나가 드립 날렸을 때 우리 윤태가 어색하지 않게 리액션 해주면 되겠네."

한윤태는 유진의 메시지를 보고 얼굴을 찡그린다.

'이 분은 다짜고짜 반말하더니 이제는 누나라고 하네. 언제 봤다고 누나야 누나는. 여기가 학교 동아리도 아니고.'

오후 2시 민의당 원내대표 선출을 위한 의원총회가 열리는 국회 본청 246호. 지금경제 한윤태 기자와 논정일보 정초롬 기자, 열국신문 강이슬 기자가 회의장 오른쪽 기자석에 나란히 앉아있다.

정초롬이 한윤태의 팔꿈치를 '툭' 치며 묻는다.

"한 선배, 오늘 이자웅이 되는 거 확실한 거지?"

"어, 무난하게. 저번에 떨어지고 1년 동안 열심히 표밭 다져왔으니까 별로 이변 있을 게 없는 분위기야."

"헌법당은 출입할 때 원내대표 예측 쉽지 않았는데. 여기는 기사 미리 써놔도 될 정도야?"

"민의당은 다음에 나갈 선수들이 미리 1년 동안 공들여서 작업해 놓기 때문에 어느 정도 당락이 미리 보여."

"헌법당 출입할 때는 판세 읽기 진짜 빡셌었는데. 거기는 또 워낙 계파 대리전 양상이다 보니까 오만 경선에 아주 목숨 걸고들 뛰고 그러잖아. 얼마 전까지만 해도 런닝메이트로 정책위의장도 붙어있고 했으니까."

강이슬이 지루한 듯 하품을 하면서 의총장 왼편 뒤쪽 가장자리를 돌아본다.

"저기 의원 출신 현직 장관들 세 명도 와있는데요."

한윤태는 별일 아니라는 듯 어깨를 한 번 으쓱한다.

"작년에도 그랬어. 현역 국회의원들 반장격인 원내대표 뽑는데 장관들도 자기 표 행사하러 국회를 꼭 오더라고. 오늘 출석해야 하는 본회의나 상임위원회 있는 것도 아닌데."

한윤태와 정초롬, 강이슬이 잡담을 주고받는 사이 원내대표 선거 정견발표와 투표가 이어진다. 개표 결과 범주류로 분류되는 3선 이자웅 의원이 무난하게 당선된다. 이자웅 의원이 일찌감치 대세론을 형성하다 보니 정견발표부터 긴장감이 떨어지는 싱거운 승부였다. 이자웅 신임 원내대표가 당선 소감을 말하고 의총장을 나서려는 데 기자들이 달라붙는다. 한윤태가 이자웅 원내대표 바로 옆에서 첫 질문을 한다.

"지금 야당이 국회 보이콧 중인데요. 정국 경색 어떻게 풀 계획이십니까?"

"일단 최대한 빠르게 헌법당 윤목걸 원내대표와 만날 생각입니다."

한윤태가 질문을 이어간다.

"원내수석부대표랑 원내대변인 등 원내지도부 인선은요?"

"이번 주말을 넘기지 않을 생각입니다."

계속된 질문에 이자웅 신임 원내대표는 말을 아낀 채 원내대표실로 들어간다.

한윤태가 소통관 기자실 부스에 돌아오니 지금경제 신강욱 기자가 이죽거린다.

"너 또 맨 앞에서 질문하는 거 카메라에 잡혔더라. 방송사 외에 취재하는 펜기자가 영상이나 사진 나오면 3년 동안 재수 없어."

한윤태는 신강욱 기자를 본체만체하면서 가죽 재킷 깃을 한번 턴다.

"언제 적 구닥다리 얘기입니까? 질문도 안 하고 그냥 옆에 가만히 스마트폰이나 들이대려면 현장을 왜 갑니까?"

"어차피 현장 질문이라는 게 다 뻔한 거 아니냐?"

"그 뻔한 거 선배는 현장 뛸 때 해본 적 있으세요?"

"이게 또 어디서……."

"적어도 저는 제가 질문해서 받은 답변으로 기사 씁니다. 선배처럼 남이 떠먹여 준 거 받아먹기만 하지 않는다고요. 가만히 있으면 그게 녹음기 들이대는 로봇이야 기자야."

결국 또 박성현 국회반장이 교통정리에 나선다.

"시끄러. 정치면 마감들 하자 마감."

민의당 이자웅 신임 원내대표가 당선된 지 며칠 뒤인 일요일 오전 11시. 민의당 원내대표 회의실에서 신임 원내지도부 인선 관련 기자간담회가 진행 중이다. 둥그런 원탁 테이블 절반을 신임 원내대표단이 채우고 나머지 자리에 기자들이 마주 보고 앉아있다. 테이블에 자리 잡지 못한 기자들은 원탁 주변에 있는 소파에 앉아있다. 주말인지라 평소 평일 아침 정당 회의처럼 북적거리는 풍경은 아니다.

　이자웅 원내대표가 신임 원내지도부 소개를 이어간다. 아직은 카메라나 기자들을 마주 보는 시선이 다소 어색하다.

　"우리 송정혁 원내수석부대표는 대야 관계가 원만해서 원내협상에서 큰 역할을 기대하고 있습니다. 또 고대식 원내대변인은······ 자더 자세한 얘기는 저희가 신고식 겸해서 오찬을 마련해 놨으니까 거기서 허심탄회하게 얘기 이어가시죠."

　한윤태는 이자웅 원내대표 발언이 끝나자 자리에서 일어나지 않고 민의당 신임 원내지도부 인선 기사를 간단한 스트레이트(해석이나 분석보다는 발생사건, 사실 위주의 나열 기사를 의미하는 언론계 용어)로 마무리 중이다. 그때 한윤태의 어깨를 누군가 감싼다. 방금 신임 원내대표단으로 소개된 민의당 고대식 원내대변인이다. 한윤태와 고대식 원내대변인은 한윤태가 1년 전 막 민의당 출입을 시작했을 때부터 호형호제하는 막역한 사이다.

　"윤태야, 오찬 갈 거지?"

　"당연히 가야죠. 어차피 일요일이라 약속도 없어요."

　"소통관 들렀다 가냐? 바로 가냐?"

　"스트 쓰던 것만 마무리하고 바로 가려고요."

"그럼 오찬 자리 가서 마저 해. 내 차 타고 같이 가자 일어나."

한윤태는 고대식 원내대변인과 원내대표회의실 바로 옆에 있는 국회 본청 2층 정문을 나선다. 고대식 원내대변인의 승합차를 타고 국회 본청에서 도보로 약 10분 남짓 거리에 있는 여의도 민의당 중앙당사 지하에 있는 한식집에 도착한다. 가게를 통째로 빌렸는지 모든 테이블에 이미 음식이 세팅돼 있다. 신임 원내지도부와 출입기자들은 서로 명함을 교환하면서 안면을 트느라 분주하다. 송정혁 원내수석이 논정일보 정초롬 기자의 명함을 받더니 대뜸 한마디 한다.

"아이고 논정일보면 우리 편이네, 우리 편. 앞으로 자주자주 보고 잘 부탁해요."

정초롬 얼굴에서 웃음기가 가신다. 옆에 있던 열국신문 강이슬 기자가 송정혁 원내수석에게 명함을 주자 반응이 사뭇 다르다.

"아 열국신문⋯⋯ 어제도 열국은 우리 원내지도부 구성을 무슨 운동권 일색 전망이라고 써놨더라고. 기사를 뭐 그렇게 써. 아니 강기자가 쓴 건 아닌데 그냥 그렇다는 거지."

송정혁 원내수석은 이어서 지금경제 한윤태 기자의 명함을 본다.

"지금경제는 논조가 어떤가? 경제지라 아무래도 좀 보수적인 쪽이고 그런가요?"

고대식 원내대변인이 끼어든다.

"형님, 여기 한윤태 기자는 딱 불편부당하게 팩트로만 기사 씁니다. 걱정 마세요."

고대식 원내대변인이 한윤태 어깨를 치면서 눈을 한 번 찡긋한다.

한윤태와 정초롬이 이자웅 원내대표가 착석할 헤드테이블에 앉아 동시에 강이슬을 부른다.

"이슬아, 여기 한 자리 비어있어. 이쪽으로 와."

강이슬이 손사레를 친다.

"에이 거기 갔다가 또 뭔 소리를 들으라고요. 저는 이쪽 사이드에 앉을게요."

정초롬의 표정이 계속 좋지 않다. 이런저런 현안 얘기가 오가고 막걸리가 몇 순배 돈다. 자리가 마무리될 분위다.

"자, 이제 슬슬 정리들 하실까요."

고대식 원내대변인이 일어나 운을 띄운다. 원내부대표들이 일어나서 한마디씩 한다.

"자자 우리 언론인 여러분들도 몇 분 화답해 주세요. 지금 간사는 없으니까……. 한윤태 기자 한마디 해."

"저요?"

고대식 원내대변인이 재촉하는 손짓을 한다.

"빨리 일어나."

한윤태는 못 이기는 척 막걸리잔을 들고 일어난다.

"전임 원내지도부는 기자들 전화를 그렇게 안 받아서 받을 때까지 '바를 정자'를 썼다는 친구도 있었습니다. 기자들한테 제일 좋은 국회의원은 전화 잘 받는 의원이라는 거 아시죠? 이자웅 원내대표님 비롯해서 신임 원내지도부는 출입기자들과 잘 소통하면 좋겠습니다. 저희도 원내지도부 의견 기사에 적극 반영하도록 하겠습니다. 앞으로 1년 잘 부탁드립니다."

강이슬이 한윤태의 모습이 재미있다는 듯 동영상을 찍어 서기들 밥조 메신저 단체방에 올린다.

"어머, 우리 윤태 오늘도 잘생겼네. 피부도 손에든 막걸리처럼 뽀 야니."

NNB 유진 기자와 강이슬이 연신 한윤태를 놀리는 메시지를 올 리지만 정초롬은 반응이 없다.

민의당 출입기자 몇몇이 한마디씩 한 뒤 이자웅 원내대표가 마무 리 발언을 한다.

"민의당은 언론을 통해 세상에 비친다. 따라서 언론이 민의당이 고 민의당이 언론이다. 여기 출입기자들은 이제 다 우리 편입니다. 자 막걸리잔들 채우시고. 제가 '민의당이 언론' 선창하면 '언론이 민 의당' 후창해 주세요."

"민의당이 언론!"

"언론이 민의당!"

"건배!"

화기애애한 분위기 속에서 정초롬의 표정만 계속 굳어있다.

소통관 기자실 부스에 복귀한 지금경제 한윤태 기자의 휴대전화 가 울린다. 민의당 고대식 원내대변인이다.

"네, 선배."

"윤태야 형이 소스 하나 줄 테니까 취재해서 기사 써볼래?"

"뭔데요?"

"헌법당이 어제 장외투쟁이랑 보이콧 철회하고 내일 대정부질문 부터 국회 복귀한다고 선언했잖아."

"그랬죠."

"근데 그게 국회법 위반이야."

"네? 국회 보이콧이 아니라 대정부질문 들어오는 게 국회법 위반이라고요?"

"국회법 조항 보면 대정부질문 요지서를 질문 48시간 전에 정부에 송달되도록 해야 하거든. 근데 지금 오후 2시가 넘었는데 아마 내일이랑 모레 오후 2시 시작되는 대정부질문 요지서가 국회의장 쪽에 안 넘어갔을 거야. 질문요지서를 의장 쪽에 넘기면 의장 쪽에서 정부로 이송하는 절차거든. 의장 쪽 한번 취재해서 써봐."

"아, 그러면 지금 헌법당이 의장 측에 내일이랑 모레 정치랑 경제 부분 대정부질문 요지서를 안 넘겼으면 국회법 위반이란 거죠?"

"그렇지. 국회가 자기들 놀이터도 아니고 나가고 싶을 때 나가고 들어오고 싶을 때 마음대로 들어오나. 세게 조저죠."

"네, 확인하고 빨리 쓸게요. 감사해요, 선배."

"앞으로 우리 원내지도부랑 잘 지내보자는 의미에서 형이 너한테 제일 먼저 찔러주는 거야."

지금경제 한윤태 기자는 민의당 고대식 원내대변인 전화를 끊자마자 관련 국회법 조항부터 확인한다. '정부에 대한 질문(대정부질문)' 사항을 규정한 국회법 122조의2는 '질문을 하고자 하는 의원은 미리 질문의 요지를 기재한 질문요지서를 구체적으로 작성하여 의장에게 제출하여야 한다. 의장은 늦어도 질문시간 48시간 전까지 질문요지서가 정부에 도달되도록 송부하여야 한다'고 명시돼 있었다. 한윤태는 장명석 국회의장 공보수석비서관에게 전화를 건다. 통화연결음이 몇 번 울리더니 목소리가 들린다.

"한 기자, 일요일에 어쩐 일이야?"

"선배, 헌법당이 보이콧 풀고 내일 대정부질문부터 등원하잖아요."

"그런다고 하지. 나도 뉴스 보고 알았어."

"근데 국회법 보면 대정부질문 48시간 전에 질문요지서를 의장님께 보내야 한다고 돼있더라고요. 지금 오후 2시 넘었는데 헌법당에서 아직 의장님께 제출 안 한 거죠?"

"우리 민완기자 한 기자가 또 어떻게 그 부분을 잡아냈네. 맞아 아직 제출 안 했어."

"그러면 국회법 위반 아니에요?"

"국회법 위반은 위반인데. 국회법상 질문요지서를 48시간 전에 정부에 제출하는 건 정부 편의를 위한 거라서. 나는 정부가 양해만 하면 진행에는 사실 별문제는 없어 보이네. 한 기자도 알지만 국회법이 처벌조항이 있고 한 게 아니라 원활한 의사일정 운영을 위해서 여야 간에 합의해 놓은 조문 같은 거잖아. 의장님도 민의당이랑 헌법당이 합의만 하면 별말씀 안 하시고 본회의 진행하실 거야."

"네. 선배 감사합니다."

한윤태는 바로 헌법당 원내지도부 의원에 전화를 건다.

"국회법상 대정부질문 48시간 전에 질문요지서 제출해야 하는데 헌법당이 아직 제출을 안 해서요."

"저희는 내일 의원총회에서 국회 등원을 최종 확정한 뒤에 제출할 예정입니다. 관련 법 내용도 내일 의총에서 검토해 보고 다시 의견을 내겠습니다."

'오케이 반론도 받았다.'

한윤태는 마지막 취재 과정으로 민의당 고대식 원내대변인에게 다시 전화를 건다. 고대식 원내대변인이 전화를 받자마자 먼저 묻는다.

"윤태야, 취재 좀 됐어?"

"네, 아직 질문요지서 의장 측에 제출 안 한 거 맞고요. 근데 의장실은 정부가 양해하고 민의당이랑 헌법당만 합의하면 본회의는 별문제 없다는 기류던데요?"

"그러면 내가 멘트 하나 줄게. '질문요지서 제출은 국회가 견제대상인 정부에 대해서 절차적 정당성을 먼저 갖출 것을 요청하는 것이지, 정부 측의 아량과 양해를 전제로 하는 것은 아니다.' 이렇게."

"네, 원내관계자로 할게요."

"기사 나가면 내일 아침 회의에서 우리 자웅이 형님도 멘트 세게 하나 칠 거야. 잘 좀 써줘."

지금경제 한윤태 기자는 취재를 마친 뒤 기사 작성을 시작한다. 제목은 『헌법당, 내일·모레 대정부질문 참여하면 국회법 위반』으로 상신한다. 취재한 대로 국회 보이콧을 철회하고 헌법당이 내일부터 의사일정에 복귀하지만 국회법 조항대로라면 이틀간 대정부질문을 할 수 없다는 점을 지적하는 내용이다. 또 헌법당이 이틀간 정치 분야와 외교·안보·통일 분야 대정부질문에 참여할 경우 위법 논란을 피할 수 없다는 점을 꼬집는다. 지금경제 박성현 국회반장이 기사를 한 번 쭉 본 뒤 "문제없다. 시의성도 있으니까 바로 웹출고 하자."

고 말한다.

기사가 나가자 민의당 고대식 원내대변인이 자신 명의 논평으로 바로 헌법당 행태에 대해 비판을 시작한다. 열국신문 강이슬 기자는 밥조 메신저 단체방에 한윤태 기사의 링크를 올린다.

"형, 바로 한 건 하셨네요. 이런 건 어떻게 취재하는 거예요?"

"그냥 뭐 얻어걸렸지."

NNB 유진 기자도 거든다.

"윤태야, 기사 잘 썼네. 오늘 일요일이라 다들 일찍 마감하지? 선배가 꾸미 들여보낸 준 턱으로 술 한 잔 살게. 5시 반에 소통관 입구에서 보자."

서기들 밥조원 네 명은 국회 인근 생태찌개 가게에 둘러앉아 소맥을 연신 들이키고 있다. 논정일보 정초롬 기자가 계속 말이 없자 열국신문 강이슬 기자가 한 마디 건넨다.

"초롬아, 이상하게 조용하다."

"강이슬 너는 오늘 오찬에서 그런 취급당하고 기분도 안 나쁘냐?"

"뭐가?"

"아니 대놓고 열국이라고 초면에 너한테 면박 주는 거 봐. 개별 출입기자랑 매체랑 무슨 상관인데."

"나는 온 지 며칠 안 됐지만 하도 시달려서 이제 그러려니 하는데."

"나한테도 우리 편이 뭐냐 우리 편이. 내가 왜 지들 편이야. 어이가 없어서 진짜. 야 마 돈다고!"

NNB 유진 기자가 흥미롭다는 표정으로 정초롬을 바라본다. 유진은 오른쪽 머리를 귀 뒤로 넘기면서 입을 뗀다.

"초롬이가 아주 곤조(근성을 의미하는 일본어로 기자들이 사용하는 속어)가 있구나."

"곤조는 무슨 곤조에요. 상식이죠. 언론이랑 출입처랑 같은 편이 어디 있어요. 우리는 출입처 취재하고 견제하기 위한 존재죠. 왜 자기들이랑 나를 마음대로 편먹여 편을!"

"초롬이는 화장기도 하나 없고 아주 이름 그대로 새초롬하네."

정초롬이 눈을 부릅뜬다.

"제 초롬은 새초롬할 때 초롬이 아니라 함초롬 할 때 초롬이거든요. '젖거나 서려있는 모습이 가지런하고 차분하다' 함초롬! 그리고 저는 선배처럼 풀메 화장 떡칠하고 아이라인 그릴 시간에 기사 한자 더 읽고 취재 전화 한 통이라도 더 돌리겠네요. 그리고 그 허벅지까지 훤히 보이는 치마는 아무리 좀 편하게 입는 일요일이어도 취재하러 온 건지 클럽 온 건지 모르겠네요. 그리고 그 머리컬도 펌 한 거 아니고 고대기죠? 저는 아침마다 발제거리 고민에 발 동동 구르느라 머리 말고 앉아있는 거는 언감생심이네요."

"하하하하하. 내가 치장하는 건 인정, 하지만 그만큼 취재랑 기사에 자신감이 있으니까."

유진은 그러고는 자신의 소주잔에 소주를 가득 채운 뒤 가방에서 홍초 꺼내 몇 방울 떨어트린다.

"이건 소주에 홍초를 타는 게 아니라 홍초에 소주를 타는 거야, 한약 먹으면 쓰니까 사탕 먹는 거랑 비슷하다고나 할까."

지금경제 한윤태 기자가 붉은색으로 바뀌는 유진의 잔을 신기한 듯 쳐다보고 있는데 정초롬이 한마디 한다.

"한 선배. 조금 전에 헌법당이 대정부질문하면 국회법 위반이라는 기사 그거 어떻게 취재한 건데?"

"아니 뭐 민의딩서 이런 거 있다고 찔러줬지."

"거봐 거봐. 기사 시각이 완전 민의당이라고 생각했어. 그냥 준거 받아먹었구나."

한윤태가 발끈한다.

"뭘 그냥 받아먹어. 내가 그거 취재하느라고 하루 종일 전화를 몇 통을 돌리면서 사실관계 확인했는데. 국회법이랑 씨름하고. 또 기사 시각이 무슨 민의당이야. 헌법당이 국회법 위반한 건 맞잖아."

"기사 보니까 국회의장은 오히려 익스큐즈하는 사안이던데? 그리고 국회 보이콧 그만두는 게 맞는 거지 국회법 위반이라고 보이콧 며칠 더하는 게 맞나 그럼?"

"아니 그렇게 쌍심지 킬 건 없잖아. 기자가 새로운 팩트나 소스 알게 되면 그거 취재해서 쓰는 건 당연한 건 아냐?"

"출입처에서 소스 주는 거는 다 이유가 있는 거야. 자기들 편한 대로 이용해 먹는 거라고. 고대식 원내대변인 논평도 한 선배 기사 나오자마자 기다렸다는 듯이 나온 거 봐봐."

"네가 너무 오버하는 거야. 헌법당 반론도 다 받고 기사 썼는데 그렇게까지 얘기할 건 없잖아."

"한 선배도 민의당 출입 오래 해서 지금 출입처 시각에 너무 경도 돼 있어."

정초롬은 혼자 소맥을 가득 채워 연거푸 들이킨다.

"진짜 내가 헌법당 질색팔색하면서 여기로 넘어왔는데 오늘 민의당 보면서 잘 모르겠다는 생각이 든다. 기자들 면전에다 대고 내 편 네 편 대놓고 편 가르기나 하고."

유진이 다시 한번 끼어든다.

"원래 다 그런 거다. 보이는 게 전부가 아냐. 민의당 이자웅 원내대표도 엄청 인자하고 술에 술 탄 듯 물에 물 탄 듯 보이잖아?"

"그런데요?"

한윤태가 반문한다.

"이번에 원내대표 되고 나서 상임위 간사들 숙청이 있었대."

"숙청이요?"

한윤태가 눈을 동그랗게 뜬다. 쌍꺼풀이 한층 짙게 보인다.

"내일부터 상임위 정상 가동되면 한 번 유심하게 주요 상임위 간사들 어떻게 바뀌었나 봐봐."

"무슨 말씀이세요?"

"원내대표 경선에서 상대편에 붙었던 재선 의원들 있잖아. 알짜배기 상임위 간사에서 다 날려버렸다지 뭐냐."

"와 저 부처님 같은 이자웅 원내대표가요?"

"그러니까 말이야. 오히려 이쪽도 저쪽도 아니고 가만히 있었던 의원들을 뜬금없이 핵심 상임위 간사로 밀어 넣었나 봐. 그래서 그쪽 의원방이 '몰래 이자웅한테 줄 대고 있었냐고' 욕먹고 있대. 웃기지?"

정초롬이 다시 끼어든다.

"선배 얘기를 왜 그쪽으로 돌려요? 원내대표가 건배사로 '민의당이 언론이고 언론이 민의당'이라고 하는 게 가당키나 한 얘기에요.

도대체 우리 기자들을 얼마나 우습게 봤으면 저런 말을 해요. 무슨 출입처 기자들이 자기들 기관지 기자인 줄 아나. 아 열 받아!"

유진이 피식 웃는다.

"말 돌리려고 재밌는 소스 하나 던져봤는데 안 통하네. 그나저나 얘들아 내일 발제 뭐 할 거니?"

2장

싸
우
고
저
항
하
다

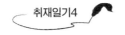

국정감사 기사의 공식

"유진아, 네 기사 큐시트에서 잘렸다."

NNB 정당팀 국회반장이 정기국회 국정감사 첫날 오후 유진 기자를 불러 일방 통보를 한다.

"네? 제 기사가 갑자기 왜 잘려요? 국정감사 꼭지 톱으로 들어가기로 했잖아요?"

"하여튼 그렇게 됐대. 데스크회의에서……"

유진이 취재와 리포트 작성까지 마무리한 국정감사 기사는 내미그룹이 생산한 배터리 결함 문제를 꼬집는 내용이었다. 국회 산업통상자원중소벤처기업위원회 소속 민의당 의원실과 협업한 결과물이다. 내미그룹이 본사 차원에서 배터리 결함을 인식하고 있었음에도 불구하고 협력 업체에게 잘못을 떠넘긴 정황을 폭로하는 기사다. 정부 부처 역시 이런 사안에 대한 감사를 벌였음에도 불구하고 봐주기 논란이 있다는 의혹도 제기했다.

유진은 취재 과정에서 이미 내미그룹으로부터 여러 차례 민원 전화를 받았다. 내미그룹 홍보총괄인 전무이사가 NNB 국회반장과 정치부장에게 전화해 읍소와 압박을 동시에 하기도 했다. 그래도 보도 가치가 충분하다고 생각한 NNB 정치부와 정당팀은 유진의 내미그룹 배터리 결함 은폐 의혹 지적 기사를 내보내기로 한 상태였다. 국정감사 시작 수일 전부터 준비해 온 기사기 때문에 보도국 차원에서도 국정감사 첫날 관련 뉴스들 중 헤드라인으로 나가기로 이미 얘기가 돼있었다.

유진은 심호흡을 한 번 한 뒤 NNB 정치부장에게 전화를 건다. NNB 정치부장이 전화를 받자마자 먼저 말을 꺼낸다.

"기사 때문에 전화했지?"

"부장, 당일 날 이러는 게 어디 있어요. 의원 싱크(취재영상을 의미하는 언론계 용어)까지 다 따놓고 이렇게 기사 뭉개면 제가 출입처에서 뭐가 돼요?"

"그게 그렇게 됐다."

"뭐에요? 산업부에서 압력 들어왔어요? 아님 국장 오더에요?"

"단순히 보도국 차원에서 그런 게 아니고. 아침에 국별 회의에서 광고국 컴플레인도 들어왔었더라고. 그래서 그다음은…… 알지?"

"어떻게 돌아가는지 대충 알겠네요. 부장 선에서 기사 넣고 빼고 할 기재가 아니라는 것도요. 알겠습니다."

유진은 한숨을 한 번 내신 뒤 다시 휴대전화를 집어 든다. 기사 작성을 위해 협업했던 산자위 소속 민의당 의원실 보좌관에게 전화를 건다. 유진은 일부러 목소리 톤을 높인다.

"보좌관님! 국감 때문에 정신없으시죠?"

"유 기자님. 아니에요, 오늘 내미그룹 기사 나가는 건 변동 없으신 거죠?"

"사실 그것 때문에 전화드렸어요……."

"무슨 문제 있으실까요?"

"기사 잘렸어요, 하하."

"왜요? 내미그룹에서 민원 들어온 거예요?"

"그렇죠, 뭐……. 엿 바꿔먹은 거 같아요. 광고국 얘기까지 나오는 거 보니까."

"저희는 괜찮습니다. 그러면 아이템 만들어 놓은 거는 아까우니까 제가 다른 타사 기자님한테 넘길게요."

"죄송해요, 보좌관님. 의원님 영상까지 따놓고 이렇게 뭉개서……."

"에이, 괜찮습니다. 방송 쪽으로 섭외될지는 모르겠는데 안 되면 지면 쪽으로라도 알아봐야죠. 그래도 기사 나갈만한 아이템이니까요."

"그러니까요. 진짜 야마(주제를 의미하는 기자들의 은어) 섹시한 기사였는데 저도 아쉽네요."

"기사는 못 나가도 NNB에서 내미그룹 광고 단가는 올라가는 거 아니에요?"

"정곡을 찌르시네요. 하하하. 제가 이렇게 회사를 또 먹여 살립니다."

"너무 마음 쓰지 마세요, 유 기자님. 대신 제가 국감 끝나고 술 한 잔 얻어먹겠습니다."

"그럼요. 제가 거하게 쏘겠습니다. 광고 단가도 올려줬는데 회사서 뭐라도 주겠죠. 하하하."

유진은 전화를 끊고 명품 핸드백에서 쿠션 팩트를 꺼내 거울을 본다. 쿠션 팩트도 큼지막하게 'C'자가 찍혀있는 명품이다. 유진은 전화하는 내내 입으로라도 웃고 있다고 생각했다. 하지만 이제 보니 표정에서 심란함을 감출 수 없다.

'기분이 별로니까 화장도 허옇게 떠 보이네.'

유진이 쿠션 팩트로 볼을 몇 차례 두드리고 있는데 NNB 국회반장이 다시 부른다.

"부장이 내미그룹 대신 오늘 이색 국감현장 스케치 모아서 넣으란다."

"뭐 이상한 동물 데려오고 기구 시연하고 그런 거요?"

"알면서 또 뭘 물어봐."

"그런 거 자꾸 보도해 주니까 영감(국회에서 현역의원들을 지칭하는 은어)탱이들이 아무 알맹이 없는 이상한 쇼맨십에 집착하잖아요. 오늘도 도대체 뭐에요? 행정부 감시하는 국정감사가 애들 장단도 아니고요. 애꿎은 동물 국감장 데려와서는 뭐하는 짓인지 당최 저는 모르겠어요. 국민 대표하는 입법부가 제대로 정책질의를 하는 게 아니라 이상한 아이템으로 주목이나 받으려고 하고요."

"그림이 되지 않냐, 그림이. 그림 되면 방송은 해야지 뭐 어쩌겠냐."

"매년 이게 뭐예요 이게. 기업 조지는 기사는 뭉개고 맨날 이모저모 스케치나 하고."

"알았어, 알았어. 다음에는……."

"다음 언제요! 언제 다음!"

결국 유진은 앵무새를 데려온 민의당 의원과 스타트업 업체의 음성 인식 청소 로봇을 가져온 헌법당 의원, 회의장에서 불량식품 예시를 들며 동영상 스트리밍 서비스를 켜놓고 먹방 하는 의원 등의 내용을 담은 리포트 작성을 시작한다. 다리를 꼰 채로 스켈레토힐을 까딱거리는 유진의 표정이 영 못마땅하다.

비슷한 시각 국회 소통관 열국신문 기자실 부스. 열국신문 국회 반장이 턱을 괴고 앉아있는 강이슬 기자를 부른다.

"이슬아, 상임위별로 기업인 증인 신청된 거 목록 좀 취합해라."

"네. 알겠습니다."

"'이번 국감도 기업인 무더기 소환하나' 야마로 하나 묶자. 경영 차질 우려랑 망신주기 이런 방향으로 잡아봐. 나라경제 위해서 일하는 바쁜 사람들 불러서 대기시키기고 이런 내용도 추가하고."

"선배, 근데 이제 바쁜 사람 불러서 대기시키고 이런 주장은 좀 안 맞는데요. 요즘은 국감 효율화 위해서 증인이랑 참고인은 오후 2시부터 출석시키고 질문 다 끝나면 바로 귀가시켜요."

"아니 그래도 바쁜 사람들 오라 가라 하면 회사 경영에 차질은 있지."

"국감이라는 게 입법부 권한인데 1년에 한 번 반나절 나오고 말고가 그렇게 회사 경영 차질 있나요?"

"답변 준비하고 그런 것도 미리 해야 하잖아."

"저희는 그럼 사장이랑 국장이 반차 내고 어디 가면 신문 못 나오나요? 그런 회사면 그건 회사 자체가 문제 아니에요?"

"그래도 기업인들한테는 국감 나오는 것 자체가 일이고 부담이지."

"정무위 국감 요람 보세요. '일반 증인과 참고인은 출석에 따른 불편을 최소화하기 위하여 특별한 사유가 없는 한 오후 2시부터 출석시킨다.' 이 정도면 편의 봐줄 만큼 봐주는 거 아닌가요?"

"이슬아, 나는 좋아서 쓰라는 줄 아냐. 데스크가 편집회의서 그렇게 면을 잡아왔는데 나라고 어쩌겠냐."

"그리고 요즘은 민의당에서도 기업인 총수 부르려고 자체를 안 해요. 다 실무진 부르죠. 간사 방이랑 원래 증인 신청했던 방에서 스리쿠션으로 얻어먹을 거 다 얻어먹고요."

"아는데 나도……."

"증인 신청했다가 의원들 자진 철회하는 거 보세요. 증인 신청했던 의원 지역구 시설에 뜬금없이 그 기업이 기부를 왜 합니까? 참 나 아무 연고도 없으면서. 뻔히 보이는 이런 수나 조져야죠."

열국신문 국회반장이 강이슬의 얼굴을 잠시 빤히 쳐다본다.

"알았어, 알았어. 일단 이번엔 면 잡혀있으니까 쓰고."

"이번 말고 다음이 언제 있어요? 제가 다음 국감 때까지 국회 있을지 없을지도 모르는데요."

강이슬이 답답하다는 듯 오른손으로 짧은 머리를 박박 비빈다.

국회 소통관 논정일보 기자실 부스에서도 정초롬 기자와 국회반장 간 기 싸움이 한창이다.

"초롬아, 너는 의원실에서 국감 자료 빼온 거 좀 없냐?"

"선배, 국감이 무슨 의원실 자료 빼오는 단독(특종을 의미하는 언론계 용어)경쟁 레이스에요? 입법부가 얼마나 행정부 견제기능 잘하는지 그런 거 짚어야 맞는 거 아니에요?"

"그건 그거고, 이건 이거지."

"뭐가 그거고 뭐가 이건데요?"

"다른 일간지들 오늘 국감 단독으로 '원톱, 삼박(1면 톱기사와 그에 연계되는 3면 박스, 해설기사를 의미하는 언론계 용어)'으로 쫙 지면 발랐던데. 우리만 물먹으면 되겠냐?"

"어차피 의원실에서 자료 다 만들어 놓은 거 어느 매체에 먼저 찔러주느냐, 빼오느냐 싸움 아니에요? 그게 무슨 취재에요."

"너는 또 말을 그렇게까지 하냐."

"그냥 의원실 죽치고 앉아서 보좌진이랑 노가리나 깔까요? 취재하지 말고. 저도 자료 빼올 수 있어요. 근데 그게 무슨 의미가 있느냐 그겁니다."

논정일보 국회반장이 양쪽 어깨를 으쓱한다.

"무슨 의미긴 우리 정당팀 단독 하는 의미지."

"그놈의 국감 자료 단독, 단독 진짜……."

"다들 하는 거 우리만 안 할 수는 없지 않냐."

"어차피 다들 하니까 우리부터 이런 관행 손절하고 제대로 국감 취재 보도하면 안 되나요?"

"너는 무슨 1인 매체냐? 언론사도 회사야. 조직이 그렇게 안 돼요."

"조직이 그렇게 안 되면 조직을 바꿔야죠. 선배 무슨 넥타이 매고 월급날만 기다리는 양복쟁이 되려고 기자하세요?"

논정일보 국회반장이 괜히 다소 촌스러운 윗옷 매무새를 고친다.

"야 양복 입지도 않는데 무슨……. 그리고 단독 하면 그만큼 다 인사 고과 반영되고 우리 팀 위상도 올라가고 하는 거지."

"팀 위상은 무슨 위상이요. 선배 인사고과 때문에 그러시는 거 아녜요? 선배 기수 이번에 데스크 승진 가능한 연차잖아요."

정초롬이 빽빽한 머리칼을 움켜쥐었다 놓았다 한다. 머리를 뒤로 한번 강하게 당기는데 마음처럼 되지 않는 취재환경처럼 잔머리들이 삐죽삐죽 뻗쳐 나온다. 정초롬은 결국 허공에 소리를 한 번 지른다.

논정일보 국회반장이 다시 한번 타이르듯 말을 한다.

"너도 특종 욕심 있잖아. 우리 팀 한 주 동안 지면용 단독 기사 하나도 못 썼다. 좀 봐줘라, 좀."

"특종 욕심 있죠. 근데 그냥 앉아서 의원실 자료 받아먹는 게 무슨……. 저는 제가 발로 뛰고 취재해서 특종 잡고 싶다고요!"

"윤태야, 나도 아는데……."

지금경제신문 기자실 부스에서는 박성현 국회반장이 한윤태 기자를 한창 다독이고 있다.

"그냥 워딩이 나왔으니까 간단하게 발언 묶는다고 생각하고."

"헌법당 의원들이 법사위에서 기업인 사면 건의한 거를 정당팀에서 지면용으로까지 써주는 게 맞아요?"

"부장이 쓰라고 하지 않냐. 어지간하면 이런 거는 후배들 안 시키고 내가 그냥 쓰고 짬 처리하고 싶은데 나도 다른 기사 취재하고 써야 해서 손이 없다."

지금경제 구석경 정치부장의 지시는 법무부를 대상으로 진행 중인 법제사법위원회 국정감사에서 헌법당 의원들이 법무부 장관에게 주요 재벌 총수 사면을 건의한 발언을 종합하는 기사를 쓰라는 얘기다. '정치권서도 총수 사면 건의…… 국가경제 위해 결단해야' 방향으로 사면 여론을 띄우자는 노골적인 의도다.

"선배, 국가경제 기여한다는 논리로 노골적으로 유전무죄 무전유죄 하자는 거잖아요. 이게 지금 시대에 정말 맞는 얘기라고 생각하세요? 재벌들이 90년대부터 허구한 날 주구장창 하는 레퍼토리잖아요. 회삿돈 뻥땅 쳐서 쇠고랑 차 놓고는 나라경제를 위해서 어쩌고, 정치인들한테 뒷돈 멕여놓고 그동안 국가경제에 이바지한 점을 정상참작 어쩌고. 그냥 나 돈 있으니까 봐줘 그 이상도 그 이하도 아니잖아요."

"나도 맞는 얘기라고 생각하는데……. 그러니까 그냥 워딩 묶는 단순한 기사라고 생각하고……."

"그런 기사가 아니잖아요. 산업부에서나 홍보팀, 재벌 이사, 경제단체가 불러주는 대로 국가경제 위한 사면 결단 기사 받아 써주면 되는 거죠. 국회에서까지 기업입장 이렇게 일방 대변해야 합니까?"

"우리가 또 경제지지 않냐. 나는 뭐 좋아서 하라는 줄 알아."

"우리가 경제지지 기업 사보입니까. 재벌 총수 기관지냐고요. 죄를 지었으면 그에 합당한 대가를 치르는 원칙을 만드는 게 오히려 국가경제를 위한 길이죠. 그런 재벌총수들은 형량대로 형기 다 채워서 나오는 게 나라경제에 이바지하는 겁니다. 저는 오늘 아침에 나간 기사도 진짜 창피하다고요. 그놈의 역차별!"

지금경제 한윤태 기자가 말한 역차별 기사는 국정감사에서 국내 기업들이 국내에서 사업을 하는 외국 기업들에 비해서 피해를 받고 있다는 내용이다. 국정감사 증인에 국내 기업 경영진은 꼼짝없이 꼬박꼬박 불려 나오는 반면 외국 기업 경영진들은 해외 체류 등을 이유로 불출석 사유서를 제출하고 있다는 지적이 담겼다. 또 각종 법규에서 국내 기업들은 규제를 받는 반면에 외국 기업들에게는 현실적으로 그런 규제를 강제하기 쉽지 않아 국내 기업들이 외국 기업들과의 경쟁에서 역차별을 당할 우려가 있다는 점을 꼬집었다.

한윤태는 한숨을 한 번 쉬고는 지금경제 박성현 국회반장을 쏘아붙인다.

"미국 청문회에 그럼 우리 재벌 총수들도 출석하나요? 그러면 경제지는 또 국내 기업 옥죄기라고 열심히 때리겠죠."

"네 말이 틀린 건 아닌데. 이미 나간 기사고……."

"외국 기업 처벌 실효성을 높이는 건 맞는데 그렇다고 우리나라 기업이 문제 일으키는데 그럼 그냥 그걸 봐줍니까?"

"공자님……, 맹자님……."

"선배 노조위원장일 때 기억나세요? 제가 수습 떼고 정기자 발령 받았을 때 동기 기수 중에 혼자 노조 약관이랑 정관 보고 가입 여부 생각해 보겠다고 했던 사람이잖아요."

"그래서 내가 너랑 둘이 면담하고 이틀 내로 노조 가입 결정하라고 압박했었잖아. 당연히 기억하지."

"그때 덩치 이만한 사람이 와가지고 갓 수습 뗀 애한테 협박하는데 저도 겉으로는 센척했지만 살짝 마음 졸렸다고요. 그렇게 노조 들어가네 마네 생각 좀 해보고 결정하겠다고 했던 제가 이 정도로 느끼는 거면요. 우리 회사, 아니 경제지들이 기업 보는 시각은 상식 수준에서 문제가 있는 거예요."

"일단 그 얘기는 나중에 다시 하고 마감부터 하자 마감부터. 네 말대로 내가 노조위원장까지 했는데 나라고 기업 총수 일방적으로 커버치는 기사 쓰라고 하고 싶겠냐……."

오후 5시가 조금 넘어 '서기들' 밥조 메신저 단체방 알람이 울린다.

"오늘 제가 도저히 맨정신에 집 못 들어가겠거든요. 저약 없으신 분 계십니까?"

지금경제 한윤태 기자가 발신한 메시지다. 논정일보 정초롬 기자와 열국신문 강이슬 기자, NNB 유진 기자가 모두 금방 맞장구를 친다.

"한 선배, 나도 오늘은 퍼먹어야겠다."

"형, 저도요."

"누나가 오늘 술주정 하고 싶은 날이다, 윤태야."

한윤태가 맞바로 메뉴를 교통정리한다.

"그럼 아직 날 조금 텁텁하니까 호프로 시작하시죠."

잠시 뒤 한윤태가 약속장소로 정한 국회 앞 호프집에 자리 잡고 있는데 정초롬이 가장 먼저 들어온다. 정초롬은 의자에 앉기도 전에 빈 테이블을 쳐다보더니 손을 먼저 든다.

"아직 안 시켰네. 일단 500cc 2개 가자. 사장님."

"국감 이제 시작인데 이렇게 한 달 동안 기사 어떻게 쓰나 진짜."

"오기 전에 한 선배 기사 몇 개 봤는데 딱 봐도 부글부글하면서 썼을 것 같더라."

"오늘같이 정신없는 날 또 그걸 찾아봤냐?"

"나 한 선배 기사 구독하고 있으니까. 올라오면 째깍째깍 보지."

정초롬이 눈썹을 만지작거린다. 한윤태는 막 나온 생맥주를 한 모금 들이키더니 거추장스럽다는 듯 라운드티의 긴 소매를 올리고 기본 안주로 나온 땅콩을 집어 든다.

"너는 취재 안 하고 기사 안 쓰냐?"

정초롬이 입을 삐죽 내민다.

"선배 기사 뭐 짬 나서 보는 건가. 짬 내서 보는 거지."

"그런 민망한 얘기를 면전에서 잘도 한다."

"흥. 안주는 일단 치킨."

"그래 이슬이랑 유진 선배는 조금 늦는데. 근데 오늘 너 국감 박스 기사 괜찮던데."

"하도 아이템 물어오라고 하니까 버티고 버티다가 아이디어 짜내서 그거라도 쓴 거지. 근데 사실 그것도 기시감이 있는 기사고."

지금경제 한윤태 기자가 말한 논정일보 정초롬 기자의 기사는 여야 가릴 것 없이 의원들이 국정감사 기간에 피감기관을 일방적으로 몰아붙이면서 답변 기회를 제대로 주지 않는다는 게 요지다. 윽박지르거나 모욕성 발언을 하고 면박을 주면서 자신의 질의시간을 잡아먹다 보니 정작 상대방은 어떤 대꾸도 제대로 하지 못하고 끝난다는 점을 지적하고 있다.

정초롬은 이런 문제를 꼬집으면서도 개별 의원 성향보다는 제도적인 부분 자체를 개선해야 한다는 점을 대안으로 제시했다. 지나치게 짧은 기간에 수백 개의 피감기관을 감사하다 보니 내실은 떨어지고 의원 본인 부각에 치중하는 전략으로 나갈 수밖에 없다는 얘기다. 이때 정초롬의 휴대전화 진동이 한 번 울린다. 정초롬이 휴대전화를 보더니 반가운 표정을 짓는다.

"어, 한 선배 국감 기사 하나 새로 출고됐네."

"너는 내 기사를 뭐 알람 설정까지 해놓냐?"

"우리 민의당 출입기자 나으리께서 국감 여당 태도 '현장에서'로 조졌네."

"뭐 얼마 전에 내가 출입처 시각에 경도돼 있네 마네 그렇게 네가 나 갈궜잖아."

"그럼 나 때문에 이 기사 썼다는 얘기야? 진짜?"

"내 얘기를 어떻게 들으면 그렇게까지 해석을 하는 거냐?"

한윤태는 정초롬을 한 번 쳐다봤다가 눈이 마주치자 맥주잔으로 시선을 돌린다.

"그래도 내 얘기가 영향 미친 건 맞는 거지?"

"뭐래……."

한윤태는 괜히 치킨을 포크로 쿡 찌른다.

"한 선배, 내 얘기가 양심을 찔러서 치킨을 찌르나 보네."

정초롬이 언급한 한윤태의 '현장에서' 기사는 여당이 입법부 본연의 역할을 잊고 국정감사에서 지나치게 헌법당 '투톱'인 최국경 대표와 윤목걸 원내대표 비난에 골몰한다는 내용이었다. 운영위원회에서 여당 의원들이 '소관기관 국정감사 및 조사, 업무현황보고·청취' 업무규정을 등한시한 채 청와대를 향해 최국경 대표와 윤목걸 원내대표의 치부를 드러내는 정치공세에 집중하는 점을 주요 비판 소재로 삼았다.

한윤태가 멋쩍은 듯 몇 마디 한다.

"아니 여당도 입법부인데 국정감사에서 야당 대표들 표적으로 삼고 청와대에 질문 하는 건 아니란 거지. 운영위에서 청와대가 제대로 답변할 수 있는 내용의 질문들도 아니고."

"역시, 역시. 한 선배는 한 선배야."

그때 열국신문 강이슬 기자와 NNB 유진 기자가 호프집 문을 열고 들어온다. 유진이 한윤태를 몸으로 밀치면서 그 옆에 앉는다. 정초롬이 그런 유진을 쌔려보면서 맥주를 한 모금 들이킨다. 유진은 한윤태 쪽으로 다리를 꼬더니 상체를 반쯤 돌린다. 유진은 한윤태에게 말을 걸면서 양손을 들어 머리를 몇 차례 잡아당기더니 오른쪽 손목에 있는 머리띠로 질끈 묶는다. 정초롬은 그런 유진을 다시 한번 흘긴다.

"윤태야 둘이 무슨 얘기 하고 있었어?"

"국정감사 기사 얘기하면서 한숨 쉬고 있었죠, 뭐."

"오늘 누나도 진짜 좀 열 받았다."

"왜요?"

"기업 조지는 기사 광고랑 엿 바꿔 먹었잖아. 아이템 협업한 의원실에 미안하다고 전화하는데 얼굴이 화끈거리더라."

"다들 국감 기사 쓰는데 애환이 있네요."

"우리 윤태는 왜 또?"

"총수 사면이랑 그놈의 역차별 기사 때문에 그렇죠, 뭐."

"아, 역차별. 외국계 기업은 사실 국내 언론사 홍보도 관심 없고 광고도 잘 안 하니까. 당연히 기사는 광고주에다가 홍보실에서 열심히 뻐꾸기 날리는 국내 기업 시각으로 써줄 수밖에 없지. 일단 전화 받는 것도 국내 기업 홍보실이고 하니까 시각이 아무래도 그쪽으로 갈 수밖에 없는 것이고."

"그래서 어떻게 국감 기사를 풀어가야 하나 고민은 되는데 또 답은 잘 모르겠고 그래요."

"정답이 있을까? 우리 윤태가 그런 고민 과정 자체가 의미가 있는 거지."

유진은 한윤태의 머리를 한 손으로 헝클린다.

"누나는 매일 이런 고민하는 윤태 귀여운데."

한윤태는 유진을 보면서 눈을 한 번 크게 뜬다. 정초롬이 접시에 포크가 긁히는 소리가 날 정도로 치킨을 푹푹 찌른다. 한윤태는 남은 맥주잔을 비운다.

"내일은 또 데스크가 이상한 총 쏘는 거 반까이(만회를 의미하는 일본어로 기자들이 사용하는 속어)하는 국감 기사 발제 뭐로 틀어막죠?"

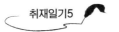

언중위, 소송, 길들이기

"아이고 국장님, 그거 제목 다 데스크가 단 거예요."

열국신문 강이슬 기자가 소통관 기자실 부스에서 아침부터 전화를 하고 있다. 목소리가 능글능글하다. 통화 상대방은 민의당 홍치숙 공보국장이다. 옆 사람에게까지 들릴 정도로 격앙된 홍치숙 국장 목소리가 강이슬의 휴대전화 밖으로 새어 나온다.

"아니 강 기자. 제목도 제목인데 내용도 내용이잖아. 기사를 이렇게 쓰면 어떻게 해!"

강이슬은 의자를 빙빙 돌리면서 대꾸를 한다. 오른손으로는 귀를 파고 있다.

"제가 그렇게 쓰고 싶어서 썼나요. 저는 쓰라고 하니까 그냥 쓴 거죠. 국장님 종합지 일개 말진 기자가 기사 방향까지 어떻게 정합니까? 이해 좀 해주세요."

"그럼 온라인판 제목이라도 톤다운시켜 줘. 이건 좀 아니지."

"저희 반장이랑 한 번 통화해 보세요. 저는 회의 가야 해서 이만 끊겠습니다."

"알았어! 끊어!"

강이슬은 민의당 최고위회의가 열리는 국회 본청으로 향하기 위해 자리에서 일어나면서 열국신문 국회반장에서 한 마디 던진다.

"선배, 홍치숙 국장한테 곧 전화 올 거예요. 저는 최고위회의 다녀오겠습니다."

열국신문 국회반장이 혀를 차면서 대답한다.

"야, 다 들렸다. 너는 그런 전화를 반장한테 퉁치냐!"

열국신문 국회반장이 고개를 내밀며 소리까지 질러보지만 강이슬이 기자실을 빠져나가는 뒷모습만 보인다.

강이슬이 민의당 당대표 회의실에 도착하니 지금경제신문 한윤태 기자가 언제나처럼 기자석 맨 뒷줄 오른쪽에서 다섯 번째 자리에 앉아있다. 마찬가지로 이제는 자신의 지정석인 것처럼 그 옆인 오른쪽에서 여섯 번째 자리에는 논정일보 정초롬 기자가 있다.

"형, 안녕하세요?"

한윤태가 강이슬을 보더니 턱을 내밀며 고개를 한번 까딱한다.

"안녕, 이슬. 근데 아침부터 표정이 히죽히죽거리냐?"

강이슬이 눈썹을 한 번 치켜올린다.

"그냥 또 홍치숙 국장한테 기사 항의전화 받아서 반장한테 토스하고 왔거든요. 이제 아침에 민의당 공보실이나 대변인한테 기사 수정 전화 안 오면 조금 서운할 정도라고요."

"대단하다. 그걸 그렇게 승화시키네. 나야 홍치숙 국장이랑 좀 아귀가 잘 맞는 편이지만 다른 기자들은 전화 받으면 엄청 쫄려하던데.”

“일 뭐 복잡하게 생각할 거 있나요. 저는 ‘말진 기자는 아무것도 몰라요. 시키는 대로 했을 뿐입니다.’ 모르쇠 전법으로 나갑니다.”

강이슬이 분주해 보이는 정초롬에게 말을 옮긴다.

“너는 오늘따라 조용하냐?”

“아 시끄러! 말 걸지 마! 지금 기사 발제 일보 올리느라고 바쁘다!”

그때 민의당 허수안 대표와 이자웅 원내대표를 비롯해서 최고위원들이 나란히 당대표 회의실로 입장한다. 당대표 회의실 내 기자석의 잡담 소리를 카메라 플래시와 셔터음이 대체한다.

민의당 사무부총장이 회의 시작을 알린다.

“그러면 민의당 최고위회의를 시작하겠습니다. 먼저 허수안 대표의 여는 말씀이 있겠습니다.”

오늘 허수안 대표와 이자웅 원내대표 등의 주요 발언은 일제히 강이슬의 기사를 비판하는 게 주된 내용이다.

“거짓 선동으로 국민들을 호도하고 있습니다.”

“언론개혁이 필요한 이유를 절실하게 보여주고 있습니다.”

비슷비슷한 발언들이 최고위원들의 입에서 쏟아진다. 새로운 당대표 회의실 백드롭(배경판)인 ‘개혁으로 수구 타파’에서 수구가 열국신문을 지칭하는 것처럼 느껴진다.

“그러면 최고위회의를 비공개로 전환하겠습니다. 언론인 여러분께서는 협조 부탁드립니다.”

사무부총장의 발언 이후 기자들이 줄이어 당대표 회의실을 나가 당대표실 앞 복도에 붙어있는 의자에 나란히 앉는다.

'서기들' 밥조 메신저 단체방에 최고위회의 발언 워딩이 공유됨과 동시에 강이슬을 놀리는 메시지들이 연신 올라온다.

"이슬이 기사 오늘 완전 최고위 핫이슈네."

"이슬이 없었으면 민의당 최고위원들 뭐 먹고 살았을까 몰라."

강이슬도 맞장구를 친다.

"당대랑 원대 워딩 들으면서 아 그래도 내가 보수 종합지에서 월급 값은 하고 있구나, 생각이 들더라고요. 뭐 민의당이 다짜고짜 우리 회사 까는 게 하루, 이틀인가요. 그냥 고정픽으로 그러려니 합니다. 본인들도 지지자들한테 썹을 거리 던져줘야죠. 이해합니다, 암요."

뒤늦게 최고위회의에 들어왔던 NNB 유진 기자도 거든다.

"이슬이 오늘 1면 톱기사 죽이던데."

비공개 최고위회의가 끝난 뒤 민의당 송정혁 원내수석부대표가 씩씩거리면서 대표실을 나온다. 송정혁 원내수석이 대표실 앞 의자에 죽 앉아있는 기자들을 보고 고개를 두리번거린다.

"여기 NNB 유진 기자 있나? NNB 유진!"

NNB 유진 기자가 말꼬리를 길게 올리며 대답한다.

"네에."

송정혁 원내수석이 유진 앞으로 다가온다.

"아니 기사를 그따위로 쓰면 어떻게 해! 어제저녁부터 아침까지 전화도 안 받고!"

유진이 자리에서 일어나 송정혁 원내수석을 마주 보면서 눈을 치뜬다.

"제가 기사를 뭐 어떻게 썼는데요? 그리고 업무시간 끝난 야밤이랑 꼭두새벽에 전화하는데 제가 그걸 왜 받아야 합니까? 수석님도 제 전화 잘 안 받잖아요."

"전화 얘기가 중요한 게 아니라!"

송정혁 원내수석은 유진이 어제 메인뉴스에서 리포트한 국회 특수활동비 기사를 문제 삼고 있었다. 유진도 지지 않겠다는 기세다. 고개를 뻣뻣하게 들고는 송정혁 원내수석에게 한 걸음 더 다가간다. 유진은 자신보다 키가 작은 송정혁 원내수석을 향해 일부러 내리깔아 보는 자세를 취한다. 송정혁 원내수석이 허리를 펴고 고개를 치켜세워 보지만 시선이 위로 향하는 건 어쩔 수 없다.

"우리가 특활비 개혁 안 한다고 했어? 어 안 한다고 했냐고!"

"지금 안 하고 계시잖아요."

"검토할 시간이 있어야 할 거 아냐? 검토할 시간이!"

"검토를 도대체 언제까지 할 건데요?"

"몇십억 예산 자르고 말고 하는 게 하루, 이틀 사이에 되는 줄 알아?"

"누가 하루, 이틀 사이에 하라고 했나요. 지금이 몇 달째에요 몇 달째?"

"아니 그래도 그렇지 이거를 한 달 내내 조지면 어떻게 해 어? 그리고 이게 우리만 결단해서 되는 거야? 헌법당도 동의를 해야 할 거 아냐 헌법당도!"

"같은 원내교섭단체여도 민의당이 여당이고 의석도 더 많은데 민의당이 드라이브 걸고 하면 되는 거잖아요? 다른 법안은 범여권끼리 짬짜미해서 헌법당 패싱하고 강행 처리한다고 엄포도 잘 놓으면서 이건 왜 합의정신 강조하는데요?"

국회 특활비는 국회의장단과 상임위원장, 의석이 20석 이상인 원내교섭단체에 배분되는 예산으로 영수증 증빙이 필요 없고 지급 자체가 현금으로 되기 때문에 일명 '눈먼 돈' 논란이 많았다. 시민단체의 정보공개 청구 소송과 대법원의 판결로 일부 내역이 공개되긴 했다. 하지만 이런 상황에서도 민의당과 헌법당이 특활비 개혁에 미온적이라는 기사를 유진은 계속 송고했다. 송정혁 원내수석이 단단히 화가 난 것도 이 때문이다.

"기자들은 뭐 특활비 혜택 안 받는 줄 알아?"

"저희가 무슨 특활비 혜택을 받는 데요?"

"우리랑 밥 먹고 술 마시고 하는 돈이 어디서 나오는데. 다 교섭단체 특활비랑 운영위원장 특활비에서 나오는 거야? 그렇게 밥 먹을 거 다 먹고 술 마실 거 다 마셔놓고 이렇게 나오기야 어!"

유진은 송정혁 원내수석이 보란 듯이 고개를 한 번 돌려 깔깔거리면서 노골적으로 웃는다. 그리고는 양손을 허리춤에 올리고 한 걸음 더 송정혁 원내수석에게 다가선다. 송정혁 원내수석이 뒷걸음질 치듯 한 발 물러서지만 뒤에는 당 행사 포스터가 붙어있는 벽이 가로막고 있다.

"밥 안 먹고 술 안 마시고 말죠. 그리고 운영위원장이 어차피 여당 원내대표인데 거기에 월 수천만 원씩 특활비를 왜 또 줍니까. 교섭단체에 주는 거랑 중복 지급 아니에요?"

"무슨 중복 지급이야 그게. 그리고 그 특활비로 우리가 호의호식

하나. 정책위에 배분하고 원내 운영하는 데 쓰고 다 국민들 위해서 쓰는 거야. 그 돈으로 정책개발하고 연구도 하는 거라고. 인 마이 포켓 같은 거는 아예 가당치도 않다고!"

"그럼 영수증 안 써도 되는 특활비 말고 세부 내역 보고하는 업무추진비로 예산항목 변경하면 되겠네요. 내년부터 그렇게 떳떳하시면요!"

"정치하다 보면 다 그렇게 쓰고 필요한데도 있는 거지 알면서 왜 그래, 유 기자."

유진이 지지 않고 송정혁 원내수석에게 계속해서 맞대응을 한다.

"알긴 뭘 알아요. 기재부 예산 편람에서 특활비 항목 읽어보긴 하셨어요?"

기재부 예산 편람에서 특활비는 '기밀유지가 요구되는 정보 및 사건수사, 기타 이에 준하는 국정 수행활동에 직접 소요되는 경비.'라고 명시하고 있다.

"국회에서 기밀유지 요구되는 정보 및 사건수사를 뭘를 하는데요?"

"그에 준하는 국정 수행활동 있잖아. 의원외교나 어 뭐 그런 것들 어 왜 있잖아!"

"있긴 뭐가 있어요!"

송정혁 원내수석과 유진이 말진 기자들이 대기하고 있던 민의당 당대표실 앞에서 언성을 높이면서 싸우다 보니 양측의 발언과 주요 다툼 내용이 각 사 정당팀에 실시간으로 보고되고 있다. 빠르게 '받은글'이라는 항목으로 만들어져 요약본까지 국회에 돌기 시작한다. 송정혁 원내수석과 유진의 말다툼이 점점 격해지면서 감정싸움

양상으로 변해간다. 송정혁 원내수석이 손가락을 올리면서 한 마디 더 하려는데 민의당 고대식 원내대변인이 송정혁 원내수석의 옆구리를 파고든다.

"아이고 형님 여기까지만 하세요. 지금 여기 기자들 몇 명이나 있는 줄 아세요."

"아니 기사를 이따위로 쓰는데……."

고대식 원내대변인이 송정혁 원내수석에게 얼굴을 바짝 들이대더니 귀엣말을 한다.

"지금 국회서 찌라시 돌고 있어요. 형님이 특활비 기사 때문에 말진 기자 조지고 있다고요. 더 하시면 저희만 손해에요. 이쯤에서……."

송정혁 원내수석이 헛기침을 한 번 한다.

"음음, 알았어. 우리 원내대표단도 회의해야 하니까 회의실로 집합!"

"예이 분부대로 하겠습니다."

고대식 원내대변인이 송정혁 원내수석 등을 떠밀면서 유진 기자에게 윙크를 찡긋한다.

최고위회의가 끝난 뒤 소통관 기자실 부스에 복귀한 논정일보 정초롬 기자는 민의당 허수안 대표실에 전화를 건다. 허수안 대표가 어제저녁 장애인 단체 행사에 참석해 "야당은 외눈박이 사고를 가지고 있다. 대화를 하다 보면 가끔 귀머거리가 아닌가 하는 생각까지 한다."고 한 얘기가 장애인 비하 논란을 일으키고 있기 때문이다.

민의당 대표실 실장이 전화를 받는다.

"안녕하세요, 논정일보 정초롬입니다."

"어, 정 기자 무슨 일이야?"

"어제 허 대표님 장애인 단체 행사에서 한 발언이 장애인 비하 논란이 있어서요. 어떤 취지에서 나온 건지 좀 여쭤보려고요."

"아니 뭘 어떤 취지에서 나와. 그냥 좀 농담하시면서 분위기 풀어보려고 하신 말인데. 논란은 무슨 논란."

"장애인 단체 행사에서 아무리 비유라지만 외눈박이, 귀머거리 언급하신 건 분명히 말실수하신 거죠."

"정 기자, 그거 기사 쓸 거야?"

"네, 기사 쓰려고요. 문제 있는 발언인 건 맞잖아요?"

"우리 같은 편끼리 왜 이래 정 기자. 이거 그렇게 섹시한 기사도 아니잖아. 별로 클릭 수도 안 나올 것 같은데."

정초롬은 전화를 받지 않는 다른 손으로 머리칼을 움켜쥐었다 놓았다 한다.

"그게 무슨 상관이에요. 그 정도 발언하신 건 분명 문제 있는 거고 기사로도 쓰는 게 맞는 거죠. 그리고 뭐가 같은 편입니까?"

"우리가 논정일보에 얼마나 편의를 많이 제공하는데. 진짜 기사 나가? 진짜 쓸 거야?"

"네, 쓸 겁니다. 실장님께 전화한 것도 반론 받으려고 전화한 겁니다."

"반론은 무슨 반론! 그냥 농담하신 거라니까. 아이스브레이킹 몰라? 분위기 좀 유하게 하려고 한 마디 한 거에 그렇게 쌍심지 켜야겠어?"

정초롬은 휴대전화를 얼굴에서 잠시 떼어낸 뒤 숨을 한 번 고른다.

"집권여당 대표 발언이에요. 한 마디 한 마디 신중하셨어야죠. 그리고 장애인 비하하신 게 이번이 처음도 아니잖아요. 그 정도면 대표 인식 자체에 문제가 있는 거예요."

"뭐 인식?! 정 기자 기사만 써봐. 진짜 그러면 우리 앞으로 남은 임기 동안 논정에 취재 소스 제공이고 인터뷰고 없어."

"지금 저 기사 쓰지 말라고 협박하시는 겁니까?"

"맘대로 해석해!"

정초롬은 전화를 끊고 어이없다는 표정을 짓는다. 정초롬이 눈을 감고는 이를 한 번 꽉 깨문다. 그리고는 다시 눈을 감았다 떴다 몇 번 반복하더니 논정일보 국회반장에게 통화 내용을 보고한다. 논정일보 국회반장은 타이르기 바쁘다.

"초롬아 좋게좋게 가자. 그렇게까지 흥분하고 그러냐. 간단하게 스트(스트레이트, 해석이나 분석보다는 발생사건, 사실 위주의 나열 기사를 의미하는 언론계 용어)로 하나 정리해. 헌법당이 허수안 대표 발언 비판한 논평 하나 정도 걸치든가."

정초롬이 의자를 밀치고 자리에서 일어난다.

"뭘 좋게좋게 해요 선배. 저게 얼마나 심각한 발언인데요. 장애인 차별이고 비하고 소수집단에 대한 인지 구조 자체에 문제가 있는 거라고요. 전문가랑 야당 멘트까지 추가로 받아서 강하게 조지겠습니다. 부장한테 지면 넣어달라고 건의해 주세요."

"하이고 참……."

지금경제 한윤태 기자도 소통관 기자실 부스에서 휴대전화를 붙잡고 한참을 씨름 중이다. 통화상대는 지금경제 구석경 정치부장이다.

"기사 고치라고."

"못 고칩니다. 팩트랑 반론 여부 문제없는 기사를 도대체 왜 고칩니까?"

　한윤태는 구석경 정치부장과 언론중재위원회에 제소된 기사 때문에 몇십 분째 줄다리기 중이다.

　한윤태가 언중위에 제소된 기사는 민의당 현역의원 출신 장관 후보자의 인사청문회 과정에서 헌법당이 지역구 내 부동산 투기 의혹을 제기했지만 헌법당 의원들도 마찬가지인 경우가 다수였다는 점을 지적하는 기사다. 한윤태가 제보와 부동산 등기부 등본, 관보 재산 등록 등을 통해 헌법당 의원들의 지역구 소유 부동산을 약 일주일에 걸쳐 전수조사해서 쓴 기사였다. 문제가 된 헌법당 의원 당사자와 의원실의 소명 역시 모두 받아서 기사에 반영했다. 그래서 반론권 차원의 문제도 전혀 없었다는 게 한윤태의 생각이다.

　하지만 기사에서 언급한 헌법당 의원 한 명이 해당 기사를 언중위에 제소했고 별도의 법적 소송으로 손해배상 2억 원도 청구했다. 청구액이 당초 2천만 원이었지만 하루 만에 10배를 올렸다. 언론사와 기자에 엄포를 놓는 차원에서 하는 소위 재갈용, 길들이기용 청구다. 한윤태는 기사의 사실관계에 대해 자신이 있었고 반론 문제에 있어서도 거리낄 것이 없었다. 한윤태는 언중위와 소송 모두에서 이길 수 있다고 자신하면서 기사를 못 고치겠다는 입장이다.

"못 고쳐요. 일점일획도 못 고칩니다. 제목 톤다운도 못 해줍니다.

이미 출고된 기사고요. 청문회에서 여당 의원이 공개적으로 인용까지 해서 반향도 있었습니다. 고칠 이유가 없습니다."

"부장이 고치라면 고치는 거지. 이게 나 생각해서 그러는 거야. 다 널 위해서 고치고 언중위 취하하자는 거야. 그 의원이 기사 내릴 필요도 없고 자기 이름만 빼주면 언중위랑 소송 취하하겠다잖아. 그러면 의원들 중에서 언중위랑 소송 건 당사자 의원 한 명만 빼고 나머지는 톤 그대로 유지하면 기사 문제없는 거 아냐?"

"뭐가 문제가 없어요. 그거 우리 기자들 길들이기 하는 거에요. 언중위 제소하고 소송 걸어서 기사 수정이나 삭제 압박하고 수정이나 삭제해 주면 취하하고. 뻔한 수법이라고요. 그러면 기자들은 압박받아서 후속기사 사전검열하면서 톤다운하고. 저치들이 언중위랑 소송을 자신들 비판 기사 차단하는 걸로 이용하는 데 왜 거기 놀아나야 하냐고요! 저는 언중위, 소송해도 이길 자신도 있습니다. 기사 못 고칩니다."

"너 엊그제 기자협회에서 이달의 기자상도 받았는데 언중위 가면 편집국장한테도 보고해야 돼."

"보고하면 되죠. 그게 무슨 문제에요."

"정정보도문 결정 내려지면 너 경력에도 안 좋아. 꼬리표처럼 따라다닌다고."

"그거 제가 감수하겠다잖아요. 그리고 반론도 충실하게 받고 다 기사에 반영해서 안 진다니까요."

"또 소송까지 가면 사장한테도 보고해야 한다."

"국장이랑 사장한테 보고해야 한다고 언중위 취하하고 소송 취하하려고 기사를 고쳐줍니까! 말도 안 되는 얘기를 하고 계시잖아요, 지금! 보고하는 부장이 쫄려서 지금 기사 쓴 기자한테 부당하게 기사 고치라는 거 아닙니까!"

"아무튼 좀 기사 고치라면 고쳐!"

"저는 그 기사 절대 손 못 댑니다. 못 고쳐요."

"그러면 내가 데스크 권한 발동한다. 내 권한으로 기사 고치고 언중위랑 소송 취하하게 할 거니까 그렇게 알아!"

"여기서 데스크 권한 발동이 왜 나옵니까. 데스크가 다 데스킹 보고 나간 기산데요. 기사 쓴 제가 납득을 못 하는 데 무슨 권한 발동이요!"

"시끄러! 데스크 권한으로 네 기사 수정하고 드러낸다. 그렇게 알아!"

"아이씨 맘대로 해!"

데스킹은 편집을 포함한 기사 확인 등을 포괄적으로 의미하는 언론계 용어다. 현장 기자가 작성해 상신한 기사의 제목을 바꾸거나 내용, 논조, 전개 순서, 분량 등을 각 팀장이나 부장이 수정하는 모든 관련 행위가 데스킹에 포함된다. 흔히 현장에 나가지 않고 사내 편집국 내부 책상에 앉아있는 부장 이상 데스크들이 하는 업무이기 때문에 데스킹이라고 불린다.

한윤태는 기자실 부스에서 소리를 지르고는 휴대전화를 집어 던진다. 한윤태는 씩씩거리면서 양손으로 눈을 찌르려고 하는 머리카락을 쓸어 넘긴다. 그러고는 고개를 숙여 관자놀이를 누르기 시작한다.

지금경제 기자실 부스 분위기가 싸하다. 박성현 국회반장이 잠시 눈을 감고 있다가 입을 뗀다.

"나도 수정하지 말자고 그냥 그대로 언중위랑 송사 가보자고 했는데. 부장이 말을 안 들으시네, 참. 또 좋은 기사 이렇게 날리려나."

"저는 이제 모릅니다. 구석경 그 새끼가 기사를 고치든 말든 내리든 말든 지 맘대로 하라고 하세요. 언론계 구악, 적폐 자식. 저렇게 기사에 대한 아무런 사명감과 목적의식 없는 데스크들이 기사 고쳐주고 내려주고 하니까 언중위 제소랑 소송을 이용해 먹는 거라고요. 영감탱이들이. 조퇴할게요."

한윤태가 노트북을 크로스백에 욱여넣는다. 거친 숨소리와 함께 어깨가 들썩거린다. 한윤태가 막 소통관을 나서려는 데 '서기들' 밥조 메신저 단체방 알람이 울린다. NNB 유진 기자다.

"윤태야 소리 여기까지 다 들린다. 오늘도 집에 그냥은 못 들어가겠지?"

"후…… 한숨…… 두숨…… 세숨입니다."

"누나도 송정혁 그 또라이 새끼 때문에 야마 좀 돌았거든. 비싼 술 먹자. 위스키 어때?"

"좋죠. 먹고 죽으시죠 오늘. 저는 회사고 모고 내일 출근 안 할 각오로 마시렵니다."

"누나가 30년산은 좀 힘들고…… 12년산 사준다! 동생 위해서. 초록이랑 이슬이도 콜이지?"

"윤태야, 표정 좀 풀어. 나라 잃었니? 어머 술 나왔다."

NNB 유진 기자가 지금경제 한윤태 기자의 왼쪽 팔을 위아래로 한 번 쓰다듬은 뒤 툭툭 친다. 논정일보 정초롬 기자는 고개는 돌리지 않은 채 머리칼을 움켜쥐었다 놓았다 하면서 유진의 행동을 눈으로 따라간다.

"자, 다들 온 더 락이지?"

"저는 스트레이트요."

"오 윤태가 역시 술 마실 줄 안다니까."

"그냥 저는 쓴맛 좋아해서요. 온 더 락은 물 타는 거 같기도 하고."

그때 한윤태의 휴대전화가 울린다. 지금경제 구석경 정치부장이다. 한윤태는 거절 버튼을 왼쪽으로 민다. 또 휴대전화가 울린다. 역시 구석경 정치부장이지만 한윤태는 다시 거절 버튼을 왼쪽으로 민다. 잠시 뒤 이번에는 지금경제 박성현 국회반장이 전화를 걸어온다. 한윤태는 전화를 받을지 말지 잠시 망설이다가 통화 버튼을 누른다.

"네, 선배."

"술 마시냐?"

"네."

"기분은 알겠다만 적당히 마시고."

"내일 오전에 출근 안 하면 그냥 하루 연차 처리해 주세요."

"그래 알았다. 구석경 부장이 전화하는데 계속 너 안 받는다더라."

"씹고 있는데요. 그 치랑 얘기하기 싫어서."

"그래도 부장도 걱정되는지 나보고 너 퇴사하거나 이직 못 하게 잘 좀 챙기라고 하더라. 홧김에 때려치는 거 아니냐고. 방금 나한테 전화 와서는 말이야."

"무슨 부조리 넘치던 20세기 군대에요? 전우조 어쩌고 하면서 자살 방지를 할 게 아니라 자살할 생각이 안 드는 환경을 만들어야지. 뭐 퇴사나 이직하지 말라 소리를 할 게 아니라 그런 마음이 안 들 게 필드 뛰는 기자들이 취재하고 기사 쓴 거 믿고 똑바로 내줘야 할 거 아닙니까."

"이번 일은 부장도 좀 너무 독단적으로 했어. 나도 기사 고쳐주는 건 아니라고 몇 번을 말씀드렸는데."

"걱정 마세요. 전직을 하면 전직을 하지 무슨 이직을 해요. 그리고 이제 기자 얼마나 했다고 그만둬요. 아직 할 거 많습니다."

"알았다, 그럼. 오늘은 더 얘기 안 하마. 술 마셔라."

한윤태가 한숨을 길게 푹 쉰다.

정초롬이 돌연 성질을 낸다. 목소리가 유난히 까랑까랑하다.

"진짜 지금경제 정치부장 쓰레기네. 나는 며칠 전에 한 선배 그 기사 때문에 우리 반장한테 갈굼 먹었는데. 너는 이런 거 취재 안 하고 뭐 하고 있었냐고. 그런 게 진짜 좋은 기사고 공들여서 쓴 취재 기산데 그걸 언중위랑 소송 들어왔다고 홀라당 바꿔 먹냐."

한윤태가 고개를 좌우로 절레절레 흔든다.

"데스크 권한 발동은 뭔 놈의 데스크 권한 발동이야. 변신합체 로봇이냐 발동하게 참나. 우리 부장은 정치부 있으면서 권력 감시라는 것 자체에 아무 생각이 없다. 그냥 책상 앞에 앉아서 클릭 수 높여가지고 국장한테 엉덩이 두드림 받는 게 지상 최대 과제다."

정초롬이 다시 맞장구를 친다.

"데스크는 다 왜 그 모양들이냐."

"예전에 정치부 출입했다는 데 뭐 빠하지. 그냥 대충 확인도 안 하고 다른 데서 속보 나오면 베껴서 쓰고. 자극적인 SNS 발언이나 써서 꼭지 수랑 클릭 수 올리고. 지가 기자질 그렇게 했으니까 우리한테 똑같이 시키는 거 아냐."

"우리도 아무리 성향이 헌법당보단 민의당이라지만 민의당 잘못하면 잘못하는 대로 쓰고 잘하면 잘하는 대로 써야지. 헌법당 조질 때는 아주 신나게 조지면서 민의당 조질 때는 움찔움찔하고. 그렇게 써주면 취재 잘해주고 소스 더 주나. 설사 취재 잘해주고 소스 더 준다고 해도 그래. 우리가 명색이 언론인데 흰 건 희다, 검은 건 검다고 써야 할 거 아냐."

한윤태가 고개를 끄덕인다.

"맞아, 또 단순히 진보와 보수가 중요한 게 아니라 어느 쪽이든 집권세력이랑 여당을 그만큼 더 견제해야 하는 게 맞기도 하니까."

"근데 한 선배 진짜 내일 출근 안 할 거냐?"

한윤태는 정초롬 질문을 듣고는 스트레이트 잔을 입으로 가져가 위스키를 한 번에 들이킨다.

"몰라 마시는 거 봐서."

"그건 또 부럽네……. 나는 내일 기사 발제 뭐하나……."

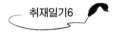

질문하는 자, 회피하는 자

월요일 오전 9시가 조금 넘은 시각. 논정일보 정초롬 기자와 열국신문 강이슬 기자가 여느 때와 마찬가지로 국회 본청에서 열리는 민의당 최고위회의에 가기 위해 소통관 정문 앞에서 만난다.

정초롬이 숙취로 인한 술 냄새를 풍기면서 말한다.

"휴가 기간이라서 그런지 소통관 기자실 부스들도 조금 한산하다, 이슬아."

"그러게 윤태 형도 이번 주 내내 휴가라고 하던데. 부럽다."

국회 본청 2층에 도착하자 강이슬은 여느 때와 마찬가지로 로텐더홀로 향하는 계단 아래에서 민의당 대표실이 있는 왼쪽으로 방향을 튼다. 그런데 정초롬이 스니커즈를 신은 발을 오른쪽으로 돌린다. 국회본청 2층 정문을 기준으로 오른쪽은 헌법당 대표실과 원내대표실 등 헌법당이 사용하는 공간이다. 민의당 대표실과 원내대표실 등 민의당 사무공간은 왼쪽에 있다.

"어 초롬아 어디가? 술 덜 깼냐?"

"나 이번 주만 헌법당 커버하란다."

"갑자기 왜?"

"야당팀 줄줄이 휴가 가서 사람 부족하다고. 내가 또 헌법당 출입했었잖아. 만만한 게 나지."

헌법당 최고위회의 공개 발언이 끝나고 논정일보 정초롬 기자는 헌법당 출입기자들과 함께 헌법당 최국경 대표의 백그라운드 브리핑(공식 브리핑이나 마이크가 있는 상태의 회의석상 발언이 아니라 그 외의 자리에서 기자들과 취재원이 주고받는 질의응답 등을 총칭하는 개념의 언론계 용어)을 기다리고 있다. 평소에도 실언이 많은 최국경 대표지만 최근 들어서 저소득층 차별문제나 역사인식 부분에서 논란이 되는 발언을 이어가면서 헌법당 출입기자들은 질문을 벼르고 있다. 방송국 ENG 카메라가 학익진 모양의 반원으로 헌법당 최고위회의가 열린 본청 228호 회의실 문 앞을 둘러싸고 있다. 정초롬을 비롯한 취재기자들은 카메라 앵글을 가리지 않게 그 앞에 앉아있다. 공개 최고위회의가 끝나고 몇십 분 뒤 회의실 문이 열리고 최국경 대표가 나온다. 정초롬과 헌법당 출입기자들이 질문을 쏟아낸다.

"최근 저소득층 차별 발언 논란이 되고 있는데요. 어떤 배경에서 하신 말씀이십니까?"

"……"

"역사인식 문제에 있어서도 과거사 부정이라는 지적이 있는데요."

"……"

"그러면 신상 관련 말고 국회 상황 관련해서 질문드릴게요. 총리 인사청문회와 인준 전망 어떻게 보십니까?"

"지금은 정무적인 현안에 대해 언급하기에 시기가 적절하지 않습니다. 다음 일정이 있어서 좀 지나가겠습니다. 수고들 하세요."

최국경 대표는 주요 질문에 묵묵부답으로 일관한 채 기자들 사이를 빠져나가려고 한다. 바닥에 노트북을 펴고 질문과 답변 과정을 받아치고 있던 취재기자들은 당황한 듯 황급히 일어나 최국경 대표를 따라간다. 헌법당 최고위회의가 열린 본청 228호부터 최국경 대표와 기자들의 추격전이 시작된다. 최국경 대표가 대답을 회피한 채 발걸음을 재촉한다. 정초롬과 헌법당 출입기자들은 녹취를 위한 휴대전화와 마이크를 최국경 대표에게 들이댄 채 따라붙는다. ENG 카메라를 든 촬영기자들도 뒷걸음질 치면서 그렇게 질문을 회피하는 최국경 대표의 모습을 화면에 담는다.

"대표님, 요 며칠 논란 발언에 대해서 해명해 주시죠."

"입장이 없는 것입니까?"

최국경 대표는 말없이 걸음을 재촉하면서 국회 2층 정문으로 나간다. 정초롬도 포기하지 않고 최국경 대표를 쏘아붙인다.

"이 정도 사안에 대해서는 공당 대표로서 제대로 답변해 주셔야 되는 것 아닙니까?"

"아니면 답변하실 능력이 안 되시는 겁니까?"

최국경 대표가 정초롬을 몇 초간 노려보듯이 쳐다본다. 정초롬도 그런 최국경 대표의 눈을 피하지 않고 마주 본다. 몇 초간 그렇게 기 싸움을 하면서 정적이 흐른다. 최국경 대표가 정초롬을 쳐다보던 눈길을 돌리면서 한마디 한다.

"길바닥에서 인터뷰 안 합니다."

"길바닥이 무슨 상관입니까. 길바닥이건 맨바닥이건 언론은 질문할 권리가 있고 공직자와 공직후보자는 그 질문에 답변할 의무가 있습니다. 저희는 국민을 대신해서 질문하는 겁니다!"

"차가 왜 이렇게 안 와!"

최국경 대표는 정초롬을 비롯한 기자들이 백블을 포기하지 않자 괜히 자신을 보좌하는 당직자에게 역정을 낸다. 그런 상황에서 정초롬은 최국경 대표와 몇 번 더 실랑이를 벌이지만 최국경 대표는 끝끝내 현안에 대해서 입을 열지 않는다.

"대변인한테 물어보세요. 대변인이 왜 있습니까. 대변하라고 있는 거지요."

"저희는 대표님 입을 통해 대표님의 입장을 직접 듣고 싶습니다. 대표님은 입이 없으십니까? 생각이 없으십니까?"

때마침 최국경 대표의 승합차가 국회 본청 2층 정문 앞에 도착하고 최국경 대표는 국회를 빠져나간다. 정초롬을 비롯해 허탈한 표정으로 최국경 대표의 승합차를 쳐다보는 헌법당 출입기자들을 헌법당 대변인이 달랜다.

"대표님께서 이렇게 매일매일 건건이 기자들 질문에 답변하는 건 좀 개선했으면 하고 생각하시는 것 같아요. 민의당 대표도 보면 직접 백브리핑 잘 안 하더구만, 뭘."

정초롬이 어이없다는 듯 눈꺼풀을 반쯤 감으며 대꾸한다.

"그래서 민의당 대표도 출입기자들한테도 그렇고 당내 의원들한테도 제대로 된 대표 취급 못 받잖아요. 바지사장이라고 초선들도 대놓고 비아냥대는데 최국경 대표도 그런 스탠스를 원한다는 말씀이세요? 당내서 그런 취급 받기를 원하시냐고요?"

"아니 그런 게 아니라, 앞으로 좀 이런 방식은 개선을 생각해 볼 필요 있다는 거지요. 아니면 대변인인 저한테 물어봐도 되고요."

정초롬은 그 말에는 대꾸를 안 하고 바로 소통관 기자실 부스로 복귀한다. 그리고는 논정일보 국회반장에게 한마디 던진다.

"선배, 저 오늘 발제 바꿀게요. '현장에서'로 대권 행보 시작도 전에 불통, 질문회피, 바닥 드러낸 최국경으로 조지겠습니다."

논정일보 정초롬 기자는 헌법당 최국경 대표가 언론의 질문을 회피하기 시작하면서 대선 레이스가 본격화하기도 전에 자신의 정치력에 대한 바닥을 드러내고 있다는 취지로 기사 작성을 시작한다. 그는 최국경 대표가 차기 대권 주자로 거론되고 있지도 않은 민의당 허수안 대표를 비교 모델로 삼은 것 역시 정무적 판단 부재임을 꼬집는다. 또 최국경 대표가 향후 대권 주자로 대선에 뛰어든다면 지금과는 비교도 하기 어려운 질문 공세 상황을 마주해야 할 것임을 상기시킨다. 이와 연관해 최국경 대표의 백블 거부는 언론의 검증 과정 자체를 버티기 어렵다고 자인한 꼴이라는 점을 부각한다. 언론이 질문할 기회를 차단하고 국무회의에서 일방적 메시지 발표만 일삼다가 결국 몰락한 전직 대통령과 등치시키며 기사를 마무리한다. 기사가 송고되자 정초롬이 헌법당을 출입할 때부터 알고 지내던 최국경 대표실 당직자에게 전화가 걸려온다.

"아니 정 기자님 너무 세게 쓰신 거 아니에요. 조금만 봐주시지요."

"과장님도 조금 전에 최국경 대표가 질문 자체에 대해 어떻게 리액션 하는지 현장에서 보셨잖아요?"

"그래서 지금 저희도 기자님 기사 돌려보고 있는데 다들 아무 말도 못 하고 있습니다. 그냥 제가 총대 메고 안부 차 인사나 드릴 겸 전화 드렸습니다."

"저는 그래도 제1야당 공당 대표가 언론이 이 정도 궁금증을 가진 사안이라면 장소나 시간에 구애받지 말고 답변하는 게 맞다고 생각해요."

"저희 참모진이 조금 더 살펴서 비슷한 실수 하지 않도록 하겠습니다."

며칠 뒤 부산. 열국신문 강이슬 기자와 NNB 유진 기자가 민의당 부산시당 회의실 앞에 나란히 대기하고 있다. 여당으로 다시 복귀한 논정일보 정초롬 기자도 마찬가지다. 지역을 순회하는 민의당 최고위회의가 끝난 뒤 나올 허수안 대표의 백브리핑을 기다리는 중이다. 허수안 대표는 최근 헌법당 지도부를 싸잡아 '여의도 깡패'라고 비난하면서 논란의 중심에 서있다. '여의도 깡패' 발언은 헌법당이 총리 인사청문회를 마친 뒤 인준에 협조하지 않고 있는 상황에 대한 지적을 하면서 나온 말이다. 하지만 오히려 헌법당을 자극하면서 정국경색의 빌미만 제공했다는 비판이 당내에서도 나오고 있는 상황이다. 헌법당 지도부는 허수안 대표가 공식적으로 사과하지 않는다면 총리 인준에 협조할 수 없다며 강경한 입장이다. 총리는 국회 본회의에서 재적 의원의 과반 출석과 출석 의원의 과반 이상 찬성을 조건으로 임명동의안이 통과돼야 임명이 가능하다. 현재 민의당 의석으로는 헌법당 협조 없이 단독으로 인준을 하기 어렵다.

허수안 대표가 막 민의당 부산시당 회의실을 나온다. 유진이 허수안 대표에게 핀마이크를 들이민다.

"헌법당이 '여의도 깡패' 발언 사과를 요구하고 있습니다."

"……."

"해당 발언 때문에 지금 총리 인준 과정이 막혀있는데 책임 통감하십니까?"

"……."

"당내에서도 막말이라는 지적 나오면서 비판 일고 있는데 한 말씀해 주시죠."

이 과정에서 질문을 하려는 민의당 출입기자들과 그들을 몸으로 막으려는 심인경 대변인 간 실랑이가 벌어진다.

"아니 대표가 무슨 검찰 피의자야. 길 좀 터!"

"답변 부탁드립니다, 허 대표님. 입장 없으십니까?"

"아이씨 비켜 비켜. 당직자들 보지만 말고 일로와!"

"아 왜 밀치고 그래요!"

그 사이에 허수안 대표는 기자들 질문에 침묵으로 일관한 채 부산시당을 빠져나간다. 심인경 대변인이 유진에게 일방적으로 언성을 높인다.

"아니 유 기자 우리 출입기자 아냐? 이렇게까지 해야 해? 여기자가 남자 대표한테 마이크 들이대면서 몸으로 그렇게까지 밀착하고.

이거 성추행이야, 성추행."

유진이 한마디 대꾸를 하려는 찰나에 정초롬이 먼저 심인경 대변인에게 고래고래 소리를 지른다.

"성추행은 무슨 성추행!"

"아니 왜 정 기자가……."

"허수안 대표가 막말 싸질러 놓고 대답을 똑바로 안 하니까 그렇죠."

"그 정도가 무슨 막말이라고……."

"여당은 그 정도도 안 되는 야당 발언에는 막말이라고 하잖아요. 야당이 하면 막말이고 여당이 하면 뭐 깡패도 국어사전 나와 있는 말이니까 막말이 아닙니까?"

"대표님이 다음 일정 있으셔가지고 불가피하게……."

"다음 일정은 무슨 다음 일정이요. 걸어가면서 답변하시면 되잖아요. 그리고 여기서 출입기자가 뭐요? 출입기자니까 출입처 수장이 똑바로 못하면 거기에 대한 해명이든 변명이든 들어야 할 거 아닙니까! 출입기자가 무슨 당이 하는 얘기 받아 써주는 사람인 줄 알아! 바빠 죽겠는데 누군 부산 놀러 온 줄 알아!"

심인경 대변인이 머쓱한 표정으로 혼잣말인지 주변에 들으라고 하는 말인지, "나도 대표님 따라가야 하는데……."라고 한마디 하고는 서둘러 발걸음을 옮긴다.

유진이 정초롬을 다독인다.

"초롬아, 이 정도 해. 언니 괜찮으니까."

정초롬이 유진을 째려본다.

"누가 선배 편드는 줄 알아요? 대변인이라는 양반이 기본적인 언론관부터가 개판이니까 이러지!"

유진이 멋쩍게 웃는다. 유진은 괜히 민소매 블라우스의 어깨끈을 고쳐 맨다.

부산에서 서울로 올라오는 KTX. 논정일보 정초롬 기자와 열국신문 강이슬 기자가 나란히 앉아있고, 복도를 사이에 둔 좌석에 NNB 유진 기자가 앉아있다. 대구까지 올라오는 동안 세 기자 모두 말이 없다. 대전역에 도착했을 때 정초롬이 하얀색 '그리스 신화의 여신 이름을 딴 스포츠 브랜드' 운동화를 신고 있는 강이슬 발을 툭 친다.

"윤태 선배 해외여행 갔다가 어제 오는 일정이었지?"

강이슬이 황당하다는 표정을 짓는다.

"그걸 너나 알지 내가 어떻게 아냐."

정초롬은 강이슬의 대꾸를 들은 체 만 체한다.

"정초롬…… 말을 걸어놓고 씹냐……."

"술 마시러 나오라고 전화나 해봐야겠다. 유진 선배 오늘 서울역 근처에서 한 잔 괜찮죠?"

유진이 정초롬을 보고 피식 웃는다.

"콜."

서울역 인근 횟집. 논정일보 정초롬 기자와 열국신문 강이슬 기자, NNB 유진 기자가 둘러앉아 있는데 지금경제신문 한윤태 기자가 막 문을 열고 들어와 자리에 앉는다.

"안녕하세요. 안녕 안녕. 너는 휴가인 사람을 불러내고 그러냐."

"어차피 어제 귀국해서 오늘 별달리 할 것도 없었잖아."

정초롬이 뾰로통하게 대구한다. 한윤태는 혀를 차면서 거꾸로 눌러쓴 미국 메이저리그 야구 브랜드 모자 양쪽을 누른다.

"얘는 표정이 오늘 또 왜 이러냐?"

강이슬이 설명한다.

"요 며칠 백블 때문에 야마 돌아서 그래요."

"왜 오늘도 허수안이 백블 제대로 안 했냐?"

강이슬이 어깨를 으쓱한다.

"그렇죠, 뭐. 성향이 어디 가겠어요. 백블 즉문즉답할 실력도 안 되고. 또 오늘 심인경 대변인 때문에 초롬이가 한 판 했죠. 권력이란 게 여야를 막론하고 불편한 질문을 피하고 싶어 하는 생리도 있고요."

"심인경은 계속 그러냐. 작년 대선 때도 나랑 몇 번 붙었는데."

"아 형 그때도 민의당 출입이셨죠?"

"어 초롬이랑도 그때 면 텄지. 그때도 백블 때문에 난리였는데."

- 1년 전

대선 레이스가 한창 진행 중인 와중에 민의당 대선 후보를 초청한 관훈토론회가 열린 프레스센터. 약 1시간 40분 동안 진행된 토론회가 마무리되는 분위기다. 민의당 대선 후보의 질문과 답변 내역을 열심히 받아치고 있던 지금경제 한윤태 기자가 고개를 갸우뚱한다.

'분명히 행사 진행 큐시트에 성소수자 관련 질문이 들어가 있었는데 왜 질문이 빠졌지.'

민의당 대선 후보는 며칠 전 한 강연에서 성소수자와 관련해 동성애 반대 입장으로 해석될 수 있는 발언을 하면서 논란에 휩싸여 있었다. 그 이후 당초 대선 캠프에서는 SNS로 성소수자에 대한 후보 입장을 발표한다고 공지했지만 사안의 민감성을 감안해 입장 표명을 취소하기도 했다. 언론의 관심도 민의당 대선 후보의 성소수자 관련 입장에 집중된 상태였다. 토론회가 끝나고 민의당 대선 후보가 프레스센터를 빠져나가는데 한윤태를 포함한 민의당 출입기자들이 백브리핑을 위해 달려든다. 한윤태가 가장 앞에서 녹음 버튼을 켠 휴대전화를 들이대면서 질문을 시작한다.

　"며칠 전 성소수자 관련해서 동성애 반대 뉘앙스로 발언하셨는데 해명 한 말씀해 주시죠."

　"……."

　"성소수자 단체에서 항의성명 발표했는데 읽어보셨나요?"

　"……."

　"소수자 차별 발언하신 것에 대해서 인정하시는 겁니까?"

　"……."

　민의당 대선 후보가 더 이상 답변이 없자 주변 경호원들이 기자들을 막아서기 시작한다. 대통령 선거에서 주요 정당 공식 후보자로 선출되면 여야와 관계없이 경찰이 경호 지원을 하고 이동할 때 교통통제와 신호변경 편의도 봐준다. 경호원들의 움직임과 동시에 민의당 당직자들도 후보를 둘러싸면서 기자들이 접근하는 것을 차단한다. 기자들과 민의당 대선 캠프 관계자들 사이에 고성이 오간다. 한윤태는 민의당 관계자들에게 밀리지 않으려고 몸에 힘을 주면서 질문을 이어간다. 하지만 민의당 대선 후보는 계속 답변을 거부한다. 심인경 민의당 대선 후보 대변인도 몸싸움에 가세한다.

"거기까지만 해, 한윤태 기자."

"답변 안 하실 겁니까 후보님."

"……."

"국민들이 후보님의 성소수자에 대한 명확한 입장을 궁금해하고 있습니다."

민의당 대선 후보는 끝내 답을 주지 않은 채 대기하고 있던 차에 올라탄다.

심인경 대변인이 한윤태를 향해 소리를 고래고래 지른다.

"대선 후보가 검찰 피의자야 뭐야 질문 태도가 왜 그래!"

"무슨 질문 태도요?"

"처음 답변 안 하면 그런가 보다 해야지."

"뭘 그런가 보다 해요. 언론은 질문할 권리가 있고 공직자와 공직 후보자는 그 질문에 답변할 의무가 있습니다. 저희는 국민을 대신해서 질문하는 겁니다! 지금 정당한 질문하는 언론에 재갈 물리시려는 겁니까!"

한동안 한윤태와 심인경 대변인 간에 비슷한 공방이 오간다.

"아무튼 나도 다음 일정 따라가야 해서 오늘은 여기까지만 하는 거야!"

심인경 대변인이 마지막으로 소리를 한 번 더 지르더니 현장을 빠져나간다. 그때 한윤태의 휴대전화가 울린다. 민의당 대선 캠프에 파견돼 있는 민의당 의원실 소속 보좌관이다.

"윤태야 방금 백블한 거 녹취 좀 보내줄 수 있니?"

한윤태는 숨을 한번 고르고 대답한다.

"네 보내드릴게요, 선배."

"질문 뭐 나왔어?"

"성소수자죠, 뭐. 후보님 답변은 안 하셨고요."

"그래 녹취 파일 좀 메신저로 부탁해."

한윤태는 백브리핑 과정을 녹취한 파일을 방금 통화한 민의당 의원실 보좌관에게 보낸다. 한윤태도 의식하지 못했지만 해당 녹취 파일에는 기자들과 경호원 간 실랑이 과정, 심인경 대변인과 한윤태의 언쟁 내용도 고스란히 담겨있었다. 녹취를 들어본 민의당 대선 캠프는 다소 언론 대응에 문제가 있었다고 판단하고 결국 성소수자 문제에 대한 백브리핑을 진행하기로 결론 내린다. 한윤태의 휴대전화가 다시 울린다. 조금 전 통화를 했던 보좌관이다.

"윤태야 공보실 현장팀 얘기 들어보니까 아까는 현장 백블하기에 상황이 너무 혼잡해서 어쩔 수 없이 그랬다고 하네. 미안하다."

"선배가 사과하실 건 아니죠. 무개념 심인경이라면 모를까."

"우리가 성소수자 질문을 회피하려고 했던 건 아니고 현안이 좀 복잡한 거 알잖아?"

"네, 명확한 답변 어려운 거까지는 이해합니다."

"하하. 말에 뭔가 가시가 있네……."

잠시 정적이 흐른 뒤 한윤태가 말을 잇는다.

"그냥 그렇다고요."

"이따 오후 행사 끝나고 관련 질문 우리가 받을 수 있도록 자리

잡을게."

"오, 진짜요?"

"그래 네가 그렇게까지 질문하는데 언제까지 피할 수도 없고. 네가 계속 질문했으니까 이따 직접 물어봐."

한윤태는 다음 현장 이동을 위해 민의당 취재지원 버스에 탑승한다. 홍치숙 공보국장이 헛기침을 한번 하더니 출입기자들에게 공지를 한다.

"조금 이따 의원회관 행사 뒤에 후보님께서 스탠딩으로 백브리핑 진행하실 예정입니다. 참고해 주세요. 약간 혼선이 발생할 수 있어서요. 질문 순서만 미리 정할게요. 한윤태 기자가 제일 먼저 하는 것으로 괜찮죠?"

홍치숙 공보국장이 한윤태에게 눈짓한다.

"네, 제가 할게요. 국장님."

홍치숙 국장이 공지를 마친 뒤 한윤태 기자 옆자리에 앉는다. 한윤태가 머쓱한지 먼저 입을 뗀다.

"아까 상황이 좀 그랬죠? 입장 난처하게 해서 죄송해요."

"아냐 우리가 미안하지 뭐."

"국장님이 왜요?"

"심인경 대변인 성격 알잖아? 아무튼. 한 기자 질문 방향 어떻게 할 건지만 좀 알려줘."

"그냥 좀 전에 백블 때 물어본 거 다시 물어보는 거죠. 성소수자 입장이랑 차별금지법, 며칠 전 발언 유감 표명 여부 이런 거요."

"내 얼굴 봐서 뉘앙스…… 그러니까 톤만 조금…… 너무 빡빡하게는 하지 말고 조금만 봐줘 카메라도 다 있을 거니까."

"후보님이 답변만 하시면 저야 더 세게 들어갈 거 없죠."

"그래 고마워. 한 기자가 결국 우리 후보가 이 문제 답변하도록 이끌어 낸 거야. 난 응원해."

"감사해요, 국장님."

민의당 대선 후보의 오후 의원회관 행사가 끝난 뒤 약속대로 기자들과 백브리핑이 진행된다. 한윤태가 성소수자 관련 입장과 군대 내 동성애, 차별금지법 등에 대한 질문을 이어간다. 민의당 대선 후보는 차근차근 질문에 대한 답변을 내놓는다. 이미 성소수자 관련 질문이 예상된 만큼 캠프 내 논의를 거쳐 완성된 답변은 상당히 정제돼 있다. 진보진영으로부터 비판 칼날 소나기는 피해 가면서도 보수진영을 자극하지는 않을 정도의 딱 그만한 수준이다. 민의당 대선 후보도 사안의 민감성을 감안해서 한 마디 한 마디 답변 톤 자체가 신중하다. 다만 이런 부연 설명은 붙인다.

"저는 중요한 선거를 앞둔 현실 정치인입니다. 제가 밝히는 이런 입장이 성적 지향점에 따른 차별금지를 갈망하는 성소수자 분들의 가치 기준과 간극이 있을 수밖에 없다는 점이 안타깝습니다. 이 점에 대해서는 양해를 부탁드립니다."

한윤태는 백브리핑이 끝난 뒤 콧바람을 내쉰다.

'그래도 잘 마무리했다. 충분하지는 않지만 후보의 답변도 진정성이 있었고. 대선 후보 입에서 성소수자 관련 제대로 된 입장이 나온 것 자체가 일단 한걸음 진일보한 거지.'

그때 누군가가 한윤태의 어깨를 살짝 건드리면서 말을 건다. 한윤태가 고개를 돌린다.

'누구지? 의원실 인턴이라고 해도 엄청 앳돼 보이는데.'

"선배님 안녕하십니까. 처음 뵙겠습니다. 저는 고려경제 인턴 정초롬이라고 합니다."

"네, 안녕하세요."

검은색 투피스 바지정장을 입은 정초롬은 수줍은 듯 두 손을 앞으로 모으고 있다. 받쳐 입은 흰색 셔츠는 마지막 단추까지 잠겨있다. 신발은 해진 스니커즈다.

"저 선배님 명함 하나 받을 수 있겠습니까?"

"아, 제 명함이요? 잠시만요."

한윤태가 파란색 명함지갑에서 명함을 한 장 꺼내 정초롬에게 건넨다.

"저도 하나 주세요."

"먼저 드려야 하는데 실례했습니다, 선배님!"

정초롬이 백팩을 앞으로 돌려 허둥지둥 뒤진다. 가방 안에서 펜과 수첩 등 잡동사니 몇 개가 '우수수' 바닥에 떨어진다. 한윤태가 가방에서 떨어진 정초롬의 소지품을 집어 건넨다. 정초롬이 한윤태의 손을 맞잡아 소지품을 받아들면서 어색한 웃음을 짓는다. 정초롬은 몇 번 더 그렇게 가방을 뒤지더니 명함을 꺼내 한윤태에게 건넨다. 그러고는 숱이 가득한 눈썹을 왼손으로 문지른다. 한윤태가 명함을 쳐다본다.

"정초롬 기자님."

"저 며칠 동안 민의당 대선 후보 현장 계속 다니면서 선배님 뵀습니다!"

"아, 네……."

"오늘도 아침부터 백블 붙으시고 심의경이랑 싸우는 것도 봤습니다."

"아니, 싸운 건 아니고……."

"저도 선배님 같은 기자가 되겠습니다!"

"더 훌륭한 분들 많은데 나를 왜……."

"제가 지금 인턴이어서 선배들이 현장 가면 질문은 하지 말라고 하시는데요. 제가 정기자 시험 합격하면 꼭 선배님처럼 현장에서 질문하는 기자되겠습니다!"

한윤태가 정초롬의 눈을 한 번 마주친다. 정초롬은 눈을 피하면서 다시 눈썹을 만지작거린다. 한윤태는 말을 다시 이어간다.

"그런 게 어디 있어요. 인턴이고 수습이고 다 같은 기자죠. 오히려 질문을 안 하면 그게 기자가 아닌 게 되는 거죠. 누가 정 기자님 질문하는 거 감시하는 것도 아니고 궁금한 거 있으면 얼마든 후보한테도 질문하시면 된다고 생각해요."

"선배님 그러면 선배님 조언대로 질문 하나 드려도 되겠습니까?"

"저한테요……? 네, 하세요."

"오늘 저녁에 뭐 하십니까? 술 한 잔 사주실 수 있으십니까?"

"……."

"선약 있으십니까? 아니면 야근하십니까?"

"그런 건 아닌데……."

"그러면 술 사주시면 안 됩니까?"

"방금 선배들이 질문하지 말라고 했다면서 계속 질문 하시네…… 술 말고 밥으로 하시죠. 이따 국회 앞에서 밥 먹어요."

얘기를 듣던 NNB 유진 기자가 '쿡쿡' 소리를 내면서 웃는다. 열국신문 강이슬 기자는 고개를 젖히고는 횟집이 떠나갈 듯이 박장대소한다.

"초롬아 너는 1년 전에도 진짜 윤태 형한테 직진이었구나, 직진. 윤태 형도 은근 벽치면서 선 긋는 거 여전했고요."

논정일보 정초롬 기자가 멋쩍은 표정을 짓는다. 왼손으로는 눈썹을 만지작거리고 있다.

"직진이 아니라. 그냥 팬이 된 거지. 후배 기자로서 현장에서 저렇게 질문하는 선배한테 말이야."

얼굴이 상기된 정초롬은 무채색 반팔 니트의 빠져나온 실밥을 손가락으로 돌린다. 강이슬은 계속 정초롬을 놀리는 투다.

"그래그래 어렵하시겠어. 윤태 형 현장에서 불꽃 기자니까."

정초롬이 강이슬에게 눈빛으로 레이저를 쏘면서도 맞장구를 친다.

"맞아. 처음 현장에서 봤을 때는 '뭐지 저 노랑머리 날라리는?' 싶었는데. 며칠 보니까 한 선배가 현장을 휘젓고 다니더라고. 누가 봐도 분위기랑 백블 주도하는 민의당 현장 기자들 중에서 알파독."

지금경제 한윤태 기자는 앞에 있는 '고급 소주'를 집어 든다.

"이슬아, 잔 비었다."

"저 술 있는데요. 형, 근데 형이 민망하신 것 같으니까 비우고 한 잔 다시 받을게요."

한윤태가 강이슬 잔에 소주를 채운다.

"그나저나 형은 진짜 일관성 있네요. 현장에서 폭풍 질문."

"다른 걸 다 떠나서 내가 궁금하잖아. 작년에 성소수자 문제도 그렇고. 그 정도 사안은 대선 나오는 공당의 공직후보라면 답변을 하는 게 맞는다고 생각했고. 또 언론은 질문할 권리가 있고 공직자와 공직후보자는 그 질문에 답변할 의무가 있다고 생각하고."

"다른 계기 같은 거는 없고요?"

"예전에, 그러니까 그때는 내가 기자가 되기 전이었을 때인데. 오바마 전 미국 대통령이 아시아태평양 정상회의 때문에 우리나라 온 적 있잖아. 그때 한국 기자들한테 특별히 질문 기회를 별도로 줬는데 아무도 질문을 안 했어. 오바마가 통역 있으니까 한국말로 질문해도 된다고까지 부연했는데 말이야. 우리나라 기자들이 아무도 질문을 안 하니까 결국 중국 기자에게 질문 기회가 돌아갔고. 정치학도인 내가 보기에는 한국 기자로서 세계 최강대국이자 자유 진영 리더인 미국 대통령에게 질문할 기회가 있는데 그런 모습이 도저히 이해가 안 가더라고. 창피하기도 하고. 국제 망신이다 싶었지. 내가 기자되기 전에 잠시 고등학교 방과후 교실 봉사활동 비슷한 거 했었는데. 첫 수업 때 애들한테도 그 얘기 소개하면서 뭐든지 궁금한 게 있으면 망설이지 말고 질문하는 사람 되자고 했거든. 앞으로 많이 얘기하고 소통하자고 하면서. 기자가 된 다음부터도 항상 그 장면 생각하면 현장에서 가만히 있지 않게 되더라고."

정초롬이 다시 눈썹을 만지작만지작하면서 중얼거린다.

"내일도 허수안 대표 언론 질문에 제대로 답변 못 한다고 그거나 조져야겠다. 야당 때 대통령 불통이라고 비판하던 여당 대표의 내로남불 행보라고."

한윤태가 소주 한 잔을 들이킨다.

"좋겠다, 내일 발제할 거 있어서. 나는 내일 휴가 복귀인데 생각해놓은 게 없네. 기사 뭐 쓰냐……."

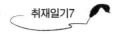

시기, 질투, 암약

"여러분 고대식방에서 오늘 오찬장소 어디가 좋은지 물어봅니다. 혹시 선호하는 메뉴 있으신가요?"

이른 아침 지금경제신문 한윤태 기자가 '서기들' 밥조 메신저 단체방에 메시지를 하나 올린다. 민의당 고대식 원내대변인과 서기들 밥조 간 오찬 약속 장소를 잡기 위해서다. 한윤태가 메시지를 올리기 몇 분 전 의원실이 메뉴 선택을 물어본 데 따른 것이다. 논정일보 정초롬 기자가 먼저 답한다.

"저는 보리굴비만 아니면 좋겠습니다. 민의당 의원들이랑 이번 주 오찬 내내 보리굴비 먹어서 이제 녹차 물만 봐도 질리네요······."

NNB 유진 기자도 거든다.

"윤태야, 나도 남도음식만 좀 어떻게 해줘. 민의당은 이번 달에 남도 음식만 주구장창 먹어서. 남도 산해진미도 하루 이틀이지 지겹다 지겨워. 호남 출신 아닌 영감들도 왜 이렇게 남도 음식에 부심이 있는 건지."

열국신문 강이슬 기자는 "형, 저는 아무거나 괜찮습니다."라고 답한다.

"네, 그러면 밥조원들 의견 반영해서 보리굴비랑 남도 음식만 좀 빼달라고 하겠습니다."

한윤태는 고대식 원내대변인의 의원실 일정 비서관에게 문자를 남긴다.

"비서관님, 오늘 오찬 보리굴비랑 남도 음식만 아니면 괜찮다는 의견입니다. 참석자는 저 포함 논정일보 정초롬, 열국신문 강이슬, NNB 유진 이렇게 변동 없이 네 명입니다."

문자를 보내자마자 기다렸다는 듯이 답장이 온다.

"네, 기자님. 그러면 제가 장소 정해서 다시 연락드리겠습니다."

다시 10분 뒤 고대식 의원실 일정 비서관에게 재차 문자가 온다.

"기자님, 평평중식 고대식 의원님 성함으로 12시 예약했습니다."

"네, 감사합니다."

보통 국회의원과 출입기자들 간 오찬 및 만찬 약속은 '서기들' 밥조와 같은 꾸미 혹은 팀 단위로 이뤄진다. 의원들도 한 명씩 기자들을 만나기에는 시간이 턱없이 부족하다. 그래서 비슷한 연차의 각기 다른 언론사가 있는 꾸미 약속을 잡거나 특정 언론사의 정당팀 기자들과 단체로 식사 약속을 잡는다.

"저희 오찬 같이 가실 분들은 소통관 1층 입구에서 11시 45분에 만나서 가실까요."

"네, 좋습니다."

'서기들' 밥조원 네 명은 소통관 입구에서 함께 만나 오찬장소인 평평중식으로 이동한다.

"고대식 의원으로 예약이요."

"네, 의원님 기다리고 계십니다."

예약된 방으로 이동하니 민의당 고대식 원내대변인이 보좌관 한 명과 함께 앉아있다. 서여의도에서 국회의원과 기자들 간 식사 자리는 대부분 칸막이가 쳐져있거나 별도의 룸으로 돼있는 장소를 잡는 게 관례다. 다소 민감한 현안 얘기들을 주변 눈치 보지 않고 편하게 나누기 위해서다. 다른 동료 여야 의원들에 대해 부담 없이 험담하기 위한 측면도 있다. 국회 출입기자들 사이에서는 "서여의도 밥값이 비싼 건 다 칸막이 비용 때문이다."는 우스갯소리가 나올 정도다.

서기들 밥조원들이 자리를 잡고 앉자 고대식 원내대변인이 마주 보고 앉은 지금경제 한윤태 기자에게 먼저 술을 권한다.

"윤태야, 오늘 술 괜찮아?"

"저는 좋아요."

한윤태가 다른 밥조원들을 한번 둘러보더니 이내 웃는다. 고대식 원내대변인이 의아하다는 듯이 묻는다.

"갑자기 왜 웃어?"

"다른 기자들이었으면 낮술, 반주 의향 물어봤을 텐데 여기 멤버가 다 술꾼들이어서요. 그냥 시키시죠, 선배."

한윤태 오른쪽에 앉아있던 논정일보 정초롬 기자가 테이블 밑으로 가죽 워커를 신은 한윤태의 발을 밟는다. 한윤태 얼굴이 붉어진다. 한윤태가 고개를 돌린다. 정초롬은 물을 마시면서 못 본 체한다.

음식보다 먼저 맥주가 나오면서 '서기들' 밥조원과 고대식 원내대변인 간 자연스럽게 현안 얘기가 오가기 시작한다. 얼마 전 민의당 허수안 대표가 야당 지도부를 향해서 독설을 퍼부은 '여의도 깡패' 발언이 단연 화두다.

"선배, 당내에서 허수안 대표 여론은 어때요?"

"어떻기는 뭘 어때, 인내심의 한계가 왔지. 한 번만 더 그딴 식으로 하면 이제 우리 원내대표단도 못 참아."

허수안 대표는 결국 '여의도 깡패' 발언을 사과하지 않았고, 대신 민의당 원내지도부가 백방으로 야당을 설득하고 읍소했다. 이런 전략이 통했을까. 국무총리 인준안은 겨우 본회의 문턱을 넘을 수 있었다. 국무총리 인준 표결을 앞둔 민의당 의원총회에서는 "이번에 총리 인준안 미끄러지면 전부 당대표 책임이다."라는 얘기까지 나왔다고 한다. 인준안 표결 당일 아침에 고대식 원내대변인이 한윤태에게 몇 차례 전화를 걸어 중립성향 무소속 의원들의 표심 동향 분위기를 물어봤을 정도로 민의당 원내지도부에게는 사활이 걸린 문제였다.

총리 인준 이후 허수안 대표는 꼭 참석해야 하는 최고위회의 등을 제외하고는 공개일정 없이 정중동 행보를 이어가고 있다. 고대식 원내대변인은 허수안 대표의 그런 점도 못마땅한 모양이다.

"당대표가 며칠 동안 공식 일정이 없고 아주 기본이 안 돼 있어. 아무 세력도 업적도 없이 그냥 선수만 쌓다가 정계은퇴할 노인네 우리가 판 짜서 대표로 만들어 줬더니 기고만장해가지고 보이는 게 없나 봐."

한윤태가 반문한다.

"선배, 허수안 대표 입지가 그 정도예요?"

"원내지도부만 이렇게 생각하는 게 아니야. 윤태야 형이 저번에 '총리 인준 미끄러지면 무조건 허수안 때문' 이거 원내관계자 멘트로 기사 꼭 써달라고 부탁까지 했잖아. 허수안 대표랑 우리 이자웅 원내대표랑 붙잖아? 그러면 의원들은 무조건 자웅이 형님 편이야. 17개 시도당 위원장 중에서도 허수안 편은 한 명도 없을 거다. 심지어 허수안이 임명한 수석대변인도 우리 편이야. 얄짤없어."

"근데 도대체 허수안 대표는 원내에서 중요한 협상 하는 줄 뻔히 알면서 도대체 번번이 왜 저러는 거예요?"

"당정청 운영에 대한 기본적인 생각이랑 개념이 없는 거지. 자기 하고 싶은 말 다 배설할 거면 정치를 하지 말아야지. 또 원래 집권당 대표라는 게 존재감이 없어요. 임기 초반부일수록 더 심하고. 그걸 인정하면 되는데 인정 못 하니까 저렇게 되는 거지. 여당은 원래 원내대표 중심이야."

"그게 무슨 뜻이에요?"

"원래 당대표는 지지층을 위한 스피커고 원내대표는 실무적으로 정책이나 법안을 챙기는 거지. 그렇게 양쪽에서 당을 굴리는 건데. 여당의 지지층을 위한 스피커는 대표가 아니라 대통령이야. 야당이야 다르지만. 그걸 법안이나 정책적으로 뒷받침하는 게 여당은 원내대표고."

"아 그래서 허수안 대표가 맨날 저렇게 아무 생각 없이 지르는구나."

"그렇지 그래서 맨날 수습은 우리 원내지도부가 하고. 피곤하다 피곤해."

민의당 고대식 원내대변인과 오찬이 끝난 뒤 소통관 기자실 부스에 복귀한 '서기들' 밥조원들은 각자 오찬에서 오간 말들에 대한 기억을 더듬어 복기 내용을 꾸미 메신저 단체방에 공유한다.

"이건 제가 고대식 오찬 복기한 내용입니다."

"여기에 여당 스피커는 대통령이라고 말한 부분 추가요."

"저는 의총에서 허수안 대표 책임 관련 발언 나온 거 첨언했습니다."

지금경제 한윤태 기자는 이렇게 공유된 오찬 복기 리스트 중에 일부를 발췌해서 지금경제 정치부에 메신저 단체방에 정보보고로 올린다. 지금경제 박성현 국회반장이 잠시 뒤 정당팀 메신저 단체방에 메시지를 남긴다.

"윤태야 비슷한 정보보고 많이 올라왔는데 나도 들은 게 있고. 허수안이랑 이자웅, 민의당 투톱 갈등 야마로 기사 하나 쓰자."

한윤태가 혼자 중얼거린다.

"정보보고 올리지 말걸……. 별 가십거리 비슷한 건데 귀찮게 시리……."

한윤태는 손가락을 한번 꺾더니 박성현 국회반장 메시지에 답장을 한다.

"투톱 갈등 맞나요? 허수안이 일방적으로 자기 하고 싶은 대로 하다가 당에 초치고 있는 거 아닌가요?"

가능하면 기사화하고 싶지 않다는 어필이다. 박성현 국회반장이 바로 맞받는다.

"아무튼 투톱 관련해서 일방적으로 한쪽 편들기는 우리도 애매하니까. 갈등 분위기 야마로 일단 잡고. 의원들 전화 좀 돌려서 멘트 추가하자. 비슷한 역대 투톱 갈등 사례들 좀 추가로 넣어주고."

"네, 알겠습니다."

한윤태는 고대식 원내대변인을 포함해 민의당 의원들과 식사 자리 및 의원회관에 인사를 돌면서 들은 분위기를 바탕으로 민의당 대표와 원내대표 간 투톱 갈등 기사를 작성한다. 최근 국무총리 인준 과정에 있었던 민의당 허수안 대표의 '여의도 깡패' 발언과 이에 대한 원내지도부의 불만 기류를 중심으로 당대표와 원내대표 간의 긴장 분위기를 짚어준다.

허수안 대표의 당직 인선에 대한 당내 불만과 그동안 대표 명의로 지시를 했지만 의원들이 수용하지 않았던 사안들도 명시한다. 청와대가 86(80년대 학번 60년대 출생) 운동권 라인들이 포진해 있는 원내대표단과 소통에 방점을 두면서 허수안 대표를 일부러 무시하는 기류를 보이고 있다는 점 역시 기사에 반영한다. 당내 의원들 의견을 반영하다 보니 다소 원내대표 쪽으로 기사가 치우친다. 한윤태는 먼저 당내 주류 측 실세 의원들에게 전화를 돌린다.

"아 의원님, 한윤태입니다."

"어 한 기자. 어쩐 일이야?"

"허수안 대표요. 얼마 전에 '여의도 깡패' 발언 때문에 한바탕 시끄러웠잖아요. 그것 때문에 잘못하면 총리 인준도 어그러질 뻔하고요."

"허수안 얘기하지도 마. 들으면 열 뻗치니까."

"그 정도예요, 의원님?"

"아휴 말도 마. 우리 의원들 회관 사우나에서 만나면 얘기의 반절이 허수안 욕이야. 피곤해 아주."

"이자웅 원대랑도 좀 껄끄럽잖아요?"

"하하하 그걸 껄끄럽다고 해야 하나? 그냥 자웅이 형님 발목 잡는 거지. 허수안 대표 하고 있는 꼬락서니 보면 아주 웃기지도 않지."

"그러면 좀 어떻게 해야 하는 거 아니에요?"

"뭐 우리 쪽 의원들도 허수안을 대리인으로 앉힌 거 후회하고 있어. 완전히 뒤통수 맞은 거지."

당내 세력이 없던 허수안 대표는 현재 주류 측 계파가 패권 비판을 의식해 전당대회에서 대리인격으로 내세워 당대표를 만들어 줬다. 당시 주류 측 특정 의원들이 판을 짜고 전당대회를 진두지휘했다는 얘기는 여의도에서 유명하다. 한윤태가 말을 잇는다.

"지방선거 나가려고 자기 정치한다는 얘기도 있잖아요?"

"경기지사? 허수안이 될 것 같아 한 기자? 당내 경선이라도 나가면 허수안 도와주는 의원 한 명도 없을 거라고 내가 장담한다. 캠프 합류 의원 0명 확신. 나는 그냥 본인 고향인 경북지사나 나갔으면 좋겠어."

"경북지사요? 그냥 보내버리자는 얘기잖아요, 의원님."

"말이 그렇다는 거지."

"그럼 입각설 얘기는 어떻게 보세요?"

"입각은 뭐 그냥 허수안 여의도에서 치워버리고 싶으니까 하는 얘기지. 정부 간다고 그 실력이 어디 가겠어. 갈등이나 잔뜩 유발하다 오히려 우리 정권 발목 잡고 후유증 남길 게 뻔하지. 아 참 지방선거랑 입각 얘기는 오프야 오프(오프 더 레코드, 비보도를 전제로 한 얘기라는 뜻의 언론계 용어)."

'허수안 세 글자만 던져 줬는데 욕이 끊임없이 나오네……. 진짜 당대표를 어떻게 하고 있기에 이 정도 얘기까지 하는 거지.'

한윤태는 통화를 끊고 휴대전화를 내려놓는다. 통화가 길어져 오고 간 대화를 받아치다 보니 손이 아프다. 잠시 팔목을 꺾으며 푼 뒤 이번에는 허수안 대표 측이라고 할 수 있는 민의당 심인경 대변인에게 전화를 건다.

"어, 한 기자."

"선배 허수안 대표 여의도 깡패 발언 이후에 이자웅 원내대표랑 투톱 갈등설 계속 나오잖아요."

"아니 갈등은 무슨 갈등. 그리고 투톱이라는 용어부터가 잘못된 거야, 한 기자."

"그래도 통상적으로 언론에서도 그렇고 투톱이라고 하잖아요."

"당 대표가 원톱이지. 권한이나 당직인선, 당헌당규에 명시된 조항들을 한 번 살펴봐 봐. 원내대표는 끽해야 원내 의원들 반장이야. 당대표는 수십만 당원들을 대표하는 거고. 선출 방법부터 달라. 원내대표는 의원총회에서 하루 달랑 의원들 백 명 남짓이 투표해서 끝나잖아. 당대표는 전당대회 몇 주 동안 전국 순회하지, 대의원 투표하지, 당원 투표하지, 여론조사 돌리지 이게 과정과 대표성 측면에서 천지 차이야."

"그래도 당대표 유고 시에 원내대표가 직무대행하고 원내대표가 보통 2인자니까 투톱이죠."

"한 기자도 국회 좀 출입해 봐서 잘 알겠지만 사실 원내대표가 원내대표 된 지도 얼마 안 되잖아. 그전에는 원내총무였어. 그냥 당대표가 임명하는 자리였다고. 사무총장보다도 한 단계 낮게 봤다니까."

"그건 몇십 년 전 얘기 아닙니까?"

"그냥 역사가 그렇다는 거야. 그리고 우리도 원내대표단에서 기자들한테 우리 욕하고 다니는 거 모를 줄 알아. 여의도에 비밀이 어디 있어. 다 아는데 그냥 모르는 척 참고 있는 거야. 우리한테도 당내에서 허수안 대표 욕 누가 하는지 얘기 다 들어와. 원래 언론이 싸움 붙이기 좋아하니까 갈등설 쓰는 것 자체야 내가 뭐라고 할 수 없는데 너무 원내대표 쪽에 치우치게 쓰진 말고 우리 의견도 균형 있게 넣어줘."

며칠 뒤 지금경제 한윤태 기자의 휴대전화가 울린다.

'모르는 번호인데 누구 전화지?'

"네, 한윤태입니다."

"지금경제 한윤태 기자님 맞으시죠?"

"네, 맞습니다. 실례지만 누구신지 여쭤봐도 괜찮을까요?"

"안녕하세요, 저 얼마 전까지 상임위원장이었던 헌법당 신질시 의원입니다."

'상임위원장까지 했던 다선 중진이 갑자기 알지도 못하는 나한테 왜 전화를 했지.'

"다름이 아니오라 어제 저희당 최고위원 관련 기사 잘 봤습니다."

"아 네, 감사합니다."

헌법당 신질시 의원이 언급한 한윤태의 기사는 헌법당 최국경 대표가 임명한 임명직 최고위원 중 한 명이 과거 민의당에 공천신청을 했다가 서류심사 단계에서 '컷오프(예비경선 탈락)'됐다는 내용이다. 한윤태의 기사가 송고된 이후 헌법당 내에서는 해당 최고위원의 자격 논란이 불거졌다. 관련해서 최국경 대표에 대한 비판도 나오고 있는 상황이다.

"기자님, 혹시 그 최고위원이 왜 민의당에서 컷오프됐는지 알 수 있을까요?"

한윤태가 황당하다는 듯이 되묻는다.

"네? 컷오프된 이유요? 개인정보 관련 사안이라서 취재한 내용은 제가 직접적으로 말씀드리기는 어렵습니다. 양해 부탁드릴게요, 의원님."

"혹시 범죄나 전과 관련 사안인지 정도라도 알 수 없을까요?"

"모두 해당 최고위원 개인정보와 관련된 민감한 사안이라서요. 제가 알고는 있지만 기사에도 쓰지 않았거든요. 그래서 말씀드리기가 어렵네요."

"하하하. 네, 이해합니다. 그나저나 기자님 어떻게 취재하셨어요?"

"어떻게 이래저래 취재하다가 얻어걸렸습니다."

"기자님 너무 말 아끼시네요. 하하하하하. 이제 최고위원 자격 논란도 있겠다. 최국경 대표 체제도 흔들흔들하겠네요. 하하하하하. 그럼 감사합니다."

한윤태는 별다른 말은 하지 않았지만 괜히 기분이 꺼림직했다.

'도대체 상임위원장까지 한 중진 의원이 면식도 없는 나한테 저런 전화까지 직접 하나. 보좌진도 아니고. 또 나랑 알지도 못하는데 대놓고 헌법당 최국경 대표 흔들어서 어떻게 자신의 정치적 입지를 넓히려는 수작이 뻔히 보이네. 무엇보다 저런 속내를 노골적으로 드러내는 웃음소리도 기분 나쁘고. 이 바닥은 참 아무리 정치판이라지만 정을 붙이려고 해야 붙이기가 쉽지 않네.'

헌법당 최국경 대표가 임명한 임명직 최고위원이 과거 민의당 공천을 신청했다가 컷오프된 이력이 있다는 기사를 최초로 특종 보도한 한윤태는 신질시 의원과 통화에서 말한 대로 민감한 개인정보임을 감안해 공천 탈락 사유는 기사에 명확하게 적시하지 않았다. '민의당 도덕성 기준에 부합하지 않았다' 정도로만 언급했다. 하지만 뒤이어 다른 매체들의 후속보도로 인해 해당 최고위원의 전과 이력이 구체적으로 언급되기 시작했다. 이후 신질시 의원을 비롯한 일부 헌법당 의원들의 해당 최고위원 사퇴 압박 발언과 SNS상 글이 지속적으로 이어졌다. 결국 자진 사퇴 형식이라는 모양새를 취하긴 했지만 헌법당 최국경 대표가 사실상 해당 최고위원을 경질한다. 신질시 의원을 비롯해 차기 당권을 모색하고 있던 의원들은 기다렸다는 듯이 최국경 대표 리더십에 의구심을 제기하면서 흔들기를 시작한다.

그로부터 며칠쯤 시간이 지난 뒤 한윤태는 언론과 연락이 닿지 않았던 해당 최고위원과 통화를 해서 인터뷰 기사를 내보냈다. 여당에 공천을 신청하고 야당에서 지도부 일원으로 잠시 몸담았던 해당 최고위원이 본 정치권에 대한 판단과 실망 내용들을 담아서 기사를 작성했다. 다만 이미 사퇴한 최고위원의 입장에 대한 기사는 큰 반향이 없었다. 최초로 해당 최고위원이 민의당에 공천신청을 했던 인사라는 기사를 냈을 때와는 180도 다른 반응이었다. 막 최고위원이 됐을 때는 종합지와 경제지를 가리지 않고 주요 매체들이 한윤태의 기사를 받아썼다. 또 추가 취재도 적극적으로 이어져 해당 최고위원의 과거 경력과 거취문제와 관련한 기사가 며칠째 계속 보도됐다. 하지만 직을 내려놓자마자 정치권과 언론의 관심은 그런 일이 있었느냐 싶을 정도로 싸늘히 식었다.

다시 며칠이 흐른 뒤. 동여의도 앞 한 막걸리 주점. '서기들' 밥조원들이 모여있다. NNB 유진 기자가 옷에 묻은 빗물을 손수건으로 털어내면서 투덜거린다. 특유의 격자무늬 패턴 문양이 큼지막하게 박혀있어 누가 봐도 브랜드를 알 수 있는 고가의 명품이다.

"비 오는데 왜 증권가 있는 동여의도까지 왔니. 애들아, 누나 옷 다 젖었다."

장소를 정한 논정일보 정초롬 기자가 새초롬한 표정으로 막걸리를 마시며 답한다.

"국회 앞에는 변변한 전집이 없잖아요. 비 올 때는 막걸린데 여기가 괜찮아서 여기로 잡았죠. 그리고 옷은 빨면 되는 거죠."

"이거 비싼 거야. 드라이 맡겨야 돼."

"취재하는데 불편하게 그런 옷 입고 오는 게 잘못이죠. 아 맞다. 선배 취재 별로 안 하시죠?"

유진이 한 손에 잡고 있던 손수건을 테이블에 툭 던진다. 손수건에도 명품 브랜드 로고가 새겨져 있다.

"초롬이 요즘 계속 기사 낙종 물먹더니 싸가지도 물 말아먹었네?"

순간 자리 분위기가 싸해진다.

열국신문 강이슬 기자가 '또 시작이네'라는 표정으로 중간에 끼어든다.

"자자, 술자리에서 술 드시죠. 다들 오늘도 수고하셨습니다. 건배."

정초롬과 유진이 동시에 외친다.

"야 지금 말하고 있잖아!"

지금경제 한윤태 기자가 말을 돌린다.

"오늘 이슬이 기사 재미있더라. 허수안 대표 측근들 권력암투."

"아, 윤태 형 그 기사요. 사실 별로 쓰고 싶지는 않았던 기사인데요. 데스크가 정보보고한 걸 기사로 쓰라고 해서요. 데스크들은 또 당내 갈등 기사 재미있어 하잖아요."

"근데 거기서 시기, 질투, 암약한다는 허 대표 측근 두 명은 누구냐?"

"심인경 대변인하고 대표 비서실장 두 명이요."

"둘 사이가 기사에서 나온 그 정도야?"

"무슨 소리예요, 형. 말도 마세요. 실제로는 그거보다 더해요, 더해. 차마 기사에 그대로 못 써서 그렇죠. 송고된 기사는 엄청 순화된 거예요. 빙산의 일각이라고요."

"그 정도냐? 무섭다, 무서워."

강이슬의 기사는 허수안 대표의 주요 측근 두 명이 권력암투를 벌이는 탓에 주변 실무진들이 겪는 애로사항을 담았다. 강이슬의 말대로 심인경 대변인과 허수안 대표 비서실장이 함께 있는 공간에서는 서로 눈도 마주치지 않고 말도 섞지 않는다는 소문이 이미 대표실 주변에서는 파다했다. 대표가 임명하는 주요 당직자인 둘이 서로 소통하지 않으면서 대표실 실무진들이 양쪽에 따로따로 업무 승인 절차를 밟고 있다고 한다. 특히 스스로 능력과 콘텐츠 부족에 자격지심이 있는 심인경 대변인이 허수안 대표의 비서실장을 노골적으로 견제하면서 대표실 직원들이 불편함을 느낄 정도라는 분위기라는 게 강이슬의 설명이다. 강이슬은 이런 점 때문에 대표실 실무진이 업무를 처리하는 데 애를 먹고 있다는 점을 기사에서 꼬집었다.

정초롬도 흥미롭다는 듯 강이슬에게 질문을 이어간다.

"도대체 실제로는 어느 정도인데?"

"원래 허수안 대표가 비서실장도 공동 대변인으로 임명하려고 했다나 봐. 근데 심인경 대변인이 여성 대변인은 무조건 자기가 원톱으로 한 명이어야 한다고 소리까지 지르면서 바득바득 우겼대. 그래서 지금 비서실장도 대변인 내정이었는데 비서실장으로 밀린 거지."

"그래?"

"아무래도 대변인이 언론에도 많이 얼굴 비치고 주요 논평은 기사에도 이름이 나가고 하니까 네임밸류 올리기에 훨씬 유리하지. 기자들이랑 관계 쌓아놔서 나중에 정치적으로 나쁠 것도 없고. 심인경이야 오히려 역효과라는 생각도 들긴 하지만. 또 심인경이 명색이 대변인이긴 한데 현안 1도 모르잖아. 자기 광파는 데만 혈안이고. 그러니까 비서실장이나 실무진들은 그걸로 부글부글하는 거고. 심인경이 일도 못 하는데 대장 노릇까지 하니까."

"같은 당 내에서 도대체 왜 그런다니?"

"둘이 같이 있는 공간에서는 아주 분위기가 싸늘하대. 허수안 대표가 있어도 그렇다네. 말 안 섞는 거는 물론이고 목례조차 안 한대. 서로 눈 마주치면 몇 초 동안 눈싸움하고 아주 살벌하다고 하더라."

"무섭네, 무서워."

"그리고 서로 허수안 대표 눈도장 찍으려고 난리인가 봐. 자기가 못 간 허수안 대표 현장에 상대방은 갔는지 안 갔는지 그거 맨날 체크하고 있다네. 그리고 심인경은 대변인이라는 양반이 요즘 전화 잘 안 받는 경우 많잖아, 왜 그런 줄 알아?"

"하긴 대변인 치고는 전화 잘 안 받는 편이지. 왜 이유가 뭔데?"

"허수안 대표 있는 자리에서는 비서실장한테 안 지려고 휴대전화 자체를 안 본대. 그냥 열심히 허수안 대표 옆에서 대표가 한마디 할 때마다 끄덕끄덕하느라고."

"와, 진짜 소름 돋는다."

한윤태도 한숨을 쉬면서 한 마디 거든다.

"민의당이나 헌법당이나 그런 거 보면 하나 다를 게 없구나."

"형, 야당은 갑자기 왜요?"

한윤태는 자신이 헌법당 최고위원의 민의당 공천 컷오프 내역 기사를 송고한 뒤 상임위원장까지 지낸 헌법당 중진 의원으로부터 걸려왔던 전화 얘기를 한다.

"면식도 하나 없는 기자한테 전화해서는 무슨 흠결이냐고 무슨 전과라도 있는 거냐고 꼬치꼬치 캐묻는 거 있지. 딱 봐도 최경국 대표 체제 흔들어서 자기가 다음 헌법당 대표 먹어 보겠다는 심산인데. 나는 전화 말미에 그 의원이 간사하게 '하하하하하.' 웃는 게 진짜 잊히지 않더라. 무슨 소설에 나오는 간신배를 현실에서 보는 ㄴ낌이었다니까. 그런데 저런 양반이 결국 또 주요 당직 차지하고 하겠지."

정초롬이 혀를 찬다.

"다들 앞에서는 나라를 위해서, 국민을 위해서 정치하네 어쩌고저쩌고 하면서 결국은 다 자기들 권력다툼이라니까. 그것도 여야 간이 아니라 당내에서 말이야. 안 그래 한 선배?"

"원래 생물학적으로도 이종 간 경쟁보다 동종 간 경쟁이 더 치열하다는 말이 있잖아. 아주 대놓고 시기와 질투, 암약을 드러내는 것을 아무렇지도 않게 생각한다니까. 심지어 언론한테도 말이야."

"한 선배, 나는 여야 대표 측이랑 원내대표 측이 서로 기자들한테 상대방 욕하는 것도 웃겨. 그거 그냥 상대방 욕, 기사로 써달라는 얘기잖아. 그러고 기자들이 투톱 갈등설 쓰면 당내 이간질을 하네 언론이 갈라치기 하네 경기 일으키는 척하고 말이야."

"맞아, 우리도 없는 얘기 가지고 기사 쓰는 것도 아니고. 자기들끼리 욕하고 투닥투닥하는 걸로 기사 쓰는 건데. 그리고 본인들도 다 네트워크가 있으니까 자기 욕 누가 하고 다니는지 다 알잖아. 상대방을 깎아내려서 잘되는 게 아니라 자기가 잘해서 잘돼야지. 여기는 여야를 떠나서 그냥 남 어떻게 헐뜯어서 잘되려고 하는 모양 세니까."

"저렇게까지 노골적으로 나오면 당내 갈등 얘기를 안 쓸 수도 없고 참 고민이야."

"나는 그것보다 당장 내일 발제가 고민이다. 내일은 또 뭐 쓰냐……."

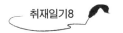

누군가의 목숨과 바꾼 법

월요일 오전 7시 30분을 조금 넘긴 시각. 민의당 당대표 회의실 앞 복도 의자에 기자들이 줄줄이 앉아있다. ENG 카메라도 곳곳에 대기하고 있다. 조금 전 시작돼 비공개로 전환된 민의당과 정부, 청와대 간 고위당정청회의 종료 브리핑을 기다리는 취재진들이다. 지금경제신문 한윤태 기자와 논정일보 정초롬 기자, 열국신문 강이슬 기자도 그들 사이에 나란히 앉아있다. 강이슬이 졸린 눈을 비비면서 투덜거린다.

"윤태 형, 애들은 무슨 주 52시간 근로기준법 보완논의를 하면서 아침 댓바람부터 회의를 소집한답니까?"

"당정 원래 항상 아침 7시 반 고정 픽이잖아. 이 시간이 아니면 당직자들이랑 청와대, 정부 공무원들 시간을 맞출 수가 없대. 뭐 가끔 꺼리 없는 날 기사 털고 싶을 때 금요일 오후에도 한다만 그건 그냥 요식행위고. 아니 어차피 공개 당정이 다 보여주기 요식행위지."

정초롬이 코웃음을 치면서 빈정거린다.

"한 선배, 월요일 날 하는 거야 다 높으신 어르신들 사정 때문이지. 자기들이 여기 얼굴 비추고 저기 얼굴 비추고 해야 해서 바쁘니까. 도대체가 월요일 아침에 회의하면 실무진들은 주말에 나와서 말씀자료 준비하고 보고사항 정리하고 논의결과 초안 만들고 할 거 아냐. 공무원들한테 고위당정청회의는 민의당 대표, 원내대표랑 국무총리, 청와대 정책실장 총출동하는 어마무시한 자리인데. 토요일부터 내리쪼임으로 주말 다 날리는 거지."

"주 52시간 근로기준법 관련 고위당정청인데 그것 때문에 당 실무진이나 공무원들이 주말부터 뺑이 친다는 게 웃기지."

한윤태는 정초롬 얼굴을 슬며시 보더니 한마디 더 한다.

"그런데 너 유독 오늘 피곤해 보인다."

정초롬이 한숨을 푹푹 내쉰다. 한윤태가 늘 하던 레퍼토리의 한마디를 한다.

"한숨 쉬지 마. 수명 8초 준대."

"들숨 날숨이다! 들숨 날숨!"

"뭔데?"

"내가 주 52시간 근로 준법이 안 되는데 지금 주 52시간 근로기준법을 취재하면서 자괴감을 느끼고 있어서 그런다 한 선배."

정초롬이 머리카락을 쥐었다 폈다 하면서 상황 설명을 해준다. 어제 민의당 원내지도부 일정을 따라서 부울경(부산, 울산, 경남) 출장을 갔던 얘기다. 민의당 원내지도부가 민생경제 살리기 현장행보 일환으로 부울경 투어에 나섰는데 기상 악화로 인한 서울 복귀 지연을 논정일보 회사에서 초과근무, 야근 처리를 안 해줬다는 게 짜증의 원인이다. 어제 일정은 국지성 호우가 쏟아지는 게릴라 장마 전선 탓에 원내대표단과 기자들이 김포공항에서 정오에 탑승하기로 예정돼 있던 비행기부터 1시간이 순연돼 타임테이블이 꼬이기 시작했다. 이후에도 우천으로 인한 기상 악화 상황이 계속돼 부울경발 귀경 항공편이 모두 취소됐고 정초롬 기자를 포함해 원내지도부를 동행 취재한 기자단은 밤 8시가 넘어서야 KTX를 타고 서울로 가기로 결정했다. 기자단이 서울 용산에 도착한 시각은 밤 11시 30분을 훌쩍 넘어서였고, 기자들의 귀가시간은 대부분 자정을 넘어섰다.

정초롬은 이런 배경 설명을 하면서도 열이 올라오는지 호흡을 가다듬는다.

"아니 그런데 회사에서 날씨 때문에 그랬다고. 그때까지 일한 것도 아니고 왔다 갔다 한 시간이라고 야근 처리 못 해주겠다잖아! 그걸로 옥신각신한 것도 열 뻗치는데 아침부터 내가 주 52시간 근로기준법 보완논의 취재하고 싶겠냐고!"

강이슬이 맞장구를 친다.

"이자웅 원대가 취임할 때 52시간 안 지키는 언론사 있으면 자기한테 말하면 해결해 주겠다고 호언장담을 했는데 웃기네."

"웃기냐? 강이슬 웃겨?"

정초롬이 강이슬에게 꿀밤이라도 한 대 쥐어박을 마냥 손을 올린다. 강이슬이 움찔하면서 몸을 피한다.

"왜 또 정색하고 그러나 무섭게……."

한윤태는 그런 둘의 대화를 들으며 웃음을 보였다가 이내 쓸쓸한 표정을 짓는다.

"언론사니까 이렇게 아침, 저녁 없이 굴리고 주말에도 근무시켜도 못 건드리는 거지. 일반 기업이 이렇게 했으면 진작 근로감독 나오고 지역 노동청에 민원 들어가고 난리 났다. 언론사에 일반 기업 잣대로 근로기준 적용하면 쇠고랑 찰 경영진이 줄줄이 사탕이다. 애초에 수습 때 경찰서에서 하리꼬미(갓 입사한 수습기자들이 경찰서 기자실에서 숙식을 해결하며 취재하는 것을 의미하는 언론계 용어)하는 거 근로시간으로 따지면 주 90시간에서 100시간까지 육박하는 데."

정초롬이 맞장구를 친다.

"진짜 경찰서 하리꼬미는 지금 주 52시간 기준이 아니라 5공 때 기준으로 해도 법 위반이다. 수습이 정기자보다 월급도 적은데 아마 빡세게 계산하면 최저임금 시급 기준에도 걸릴 걸. 그래도 우리는 주 52시간 도입하고는 수습도 주간조, 야간조 반반 나눠 경찰서 돌린다는데. 언론사마다 차이는 있지만 전체적으로 경찰서 숙식은 다 없어진 추세고."

강이슬이 한마디 더 보탠다.

"주간조, 야간조? 와 완전 놀고 먹는 거네. 그거는 경찰서 돌았다고 할 수도 없겠다. 그래서 어디서 수습했다고 할 수 있나."

정초롬이 강이슬을 쳐다보더니 경멸스러운 표정을 짓는다.

"너 꼰대냐……? 애초에 경찰서에서 24시간 먹고, 자면서 취재하라고 시킨 관행 자체가 구악스러운 거지."

강이슬이 괜히 헛기침을 한 번 한다.

"아니 반어법, 반어법……. 그나저나 윤태 형 우리도 주 52시간 경영애로라고 매일 조지는데요. 자세히 들여다보면 주 52시간도 일 많이 하는 거죠. 주말 제외하고 주 5일 동안 주 52시간 일하려면 저희 근로계약상 보장되는 점심시간 1시간 30분 빼고, 매일 아침 8시 출근해서 저녁 안 먹고 밤 8시까지 근무해야 하는 업무량이에요. 어느 분야든 일이라는 게 몰릴 때가 있는 건 사실이니 탄력성 예외 어느 정도 인정하는 건 현실적으로 뭐 그렇다고 치더라고요."

'서기들' 밥조원들이 그렇게 주 52시간 근로기준법에 대해 푸념을 늘어놓고 있는데 당대표 회의실 문이 열린다. 국무총리와 청와대 정책실장이 먼저 회의실을 빠져나온다. 일부 기자들이 휴대전화를 들이대면서 달려들지만 총리와 정책실장 모두 현안질문에 대답하지 않으면서 국회 2층 정문을 나선다. 곧이어 민의당 수석대변인이 나온다.

"오늘 당정청 회의결과 브리핑을 시작하겠습니다. 오늘 고위당정청에서는 주 52시간 근무를 골자로 하는 개정 근로기준법 적용의 충격을 최소화하고 제도 연착륙을 위해 계도와 처벌 유예기간을 1년간 추가 적용하기로 했습니다. 또 업종별 탄력근무 기준도 조금 더 유연하게 보완하기로 했습니다."

정초롬이 득달같이 질문을 던진다.

"결국 주 52시간제에서 후퇴하겠다는 것 아닙니까?"

"후퇴가 아니라 제도를 자연스럽게 정착시키기 위한 방편의 일환입니다."

"경영계 요구 수용이라는 사탕발림으로 이것 빼고 저것 빼고 주 52시간 어겨도 다 봐주겠다는 거 아니에요?"

"아니 정부와 여당은 노동시간 단축 관련해서 중견, 소규모 기업

들이 겪는 애로사항을 이해하고 지원하자는 차원에서……."

"그 말이 그 말 아닙니까 그러니까. 경영계가 앓는 소리하니까 노동자 권익, 일과 삶의 균형 원칙 내세웠던 주 52시간은 일단 홀드한다는 그 얘기잖아요?"

"홀드가 아니라!"

정초롬과 민의당 수석대변인이 비슷한 공방을 주고받으며 10여 분 옥신각신 하지만 진전이 없이 계속 도돌이표다. 정초롬도 결국 포기한다.

한윤태와 정초롬, 강이슬이 국회 본청에서 소통관 기자실로 복귀하면서 자조 섞인 얘기들을 주고받는다.

"윤태 형 우리는 주 52시간은커녕 그냥 완전 회사에서 갈리고 있는데 허구한 날 주 52시간 비판 기사 쓰려니까 참 뭐하는 짓인가 싶네요."

"그러게. 아까 우리도 부장이 당정청 결과 브리핑 보더니 아주 신이 났더라. 모처럼 경제계 요구 수용이라면서 친노동정책 펼치던 정부의 균형감 가지는 신호탄으로 야마 잡으란다. 다음 주 경제장관회의 때 구체적인 주 52시간 완화 정책 계획 나오는 거 아니냐고. 경제지랑 보수지만 노났지 아주. 주 52시간 사실상 유예한다니까. 참 나, 그래도 초롬아 너네는 주 52시간 찬성이 기조니까 그나마 낫지 않나?"

"낫긴 뭐가 나아 선배. 우리 기사는 주 52시간 도입 시급, 연착륙 핑계로 당정 꼼수 쓰지 말아야 이런 야마로 쓰는데. 정작 내 주 52시간은 어디 갔냐고. 주 52시간 찬성 기사 엄청 쓰면 뭐하냐고. 아까 얘기해 줬잖아. 이동시간도 사실상 근무시간으로 쳐줘야지 서울도 아니고 부산에서 퇴근하는데. 그리고 그 이동시간에 가만히 두나. 기사 고쳐라 강판 전에 이상한 거 없나 보고해라 특이사항 없었냐. 데스크가 오만가지 지시랑 문의 다 하면서 야근으로는 못 쳐 주겠다는 건 도대체 무슨 심보야."

강이슬이 혀를 한 번 찬다.

"어제 경영자 단체에서 주 52시간 탄력근무 더 폭넓게, 사실상 무제한 적용 가능해야 한다고 했잖아요. 오늘 당정청이 마치 기다렸다는 듯이 바로 받고. 누가 봐도 짜고 치는 고스톱이죠. 쯧쯧."

한윤태가 강이슬에게 어깨동무를 한다.

"경제지나 보혁 일간지나 그냥 주 52시간 기사 쓰면서 뭐하는 짓인지 자괴감 드는 건 다 똑같구나. 찬성하든 반대하든. 이따가 산업안전보건법 논의하는 환경노동위원회 소위 다들 커버할 거지?"

"가야죠, 형."

정초롬도 고개를 끄덕인다.

"나도 가라고 총 맞았어(지시를 받았다는 기자들의 은어), 선배."

한윤태가 강이슬과 정초롬의 대답을 듣더니 입꼬리를 올린다.

"근데 나는 다른 선배가 가기로 해서 안 간다."

정초롬과 강이슬이 동시에 소리를 지른다.

"뭐야! 그럼 왜 물어봤어!"

오후 2시 국회 본청 환경노동위원회 회의실 앞. 아침 민의당 대표실 앞처럼 기자들이 빽빽하게 들어차 있다. 오늘은 환노위 고용노동

법안소위원회에서 산업재해 현장에서 사고를 당해 숨진 20대 근로자의 이름이 별칭으로 붙은 산업안전보건법 심사가 예정돼 있다. 여당 환노위 간사가 고용노동소위에 참석하기에 앞서 한마디 한다.

"오늘만큼은 헌법당이 산업안전보건법에 대해 태클을 걸지 않기를 바랍니다. 만약 오늘도 헌법당이 태클을 건다면 우리는 전략적 프리킥을 준비하는⋯⋯."

민의당 환노위 간사 발언이 끝나자 논정일보 정초롬 기자가 짜증 섞인 목소리를 낸다.

"아오 제발 축구 비유 좀 그만하라 그래, 남자 의원들. 뭐만 하면 맨날 태클, 미드필더, 윙 역할 도대체 뭔 소리인지 알아먹을 수도 없거니와 무슨 되도 않는 비유를 가져다 대고 있어. 얼마 전에 민의당 고대식 원내대변인이 여야 대치랑 국회의장 중재 상황을 무슨 축구 심판, 감독, 선수 비유를 총동원해서 설명하던데 당최 맞는 대입인지도 모르겠고."

열국신문 강이슬 기자가 정초롬의 어깨를 툭 친다.

"너는 그래도 영감들 브리핑만 들으면 되지 않냐. 나는 얼마 전에 부장이 프리미어리그에서 뛰는 우리 국가 대표팀 선수가 보인 축구 매너 언급하면서 그거 인용해서 기자수첩 쓰라고 총 쐈어."

"뭐? 그걸 국회랑 어떻게 연결 지었는데?"

"그냥 국회에서도 여야가 태클을 하더라도 그 이후에 보이는 매너가 중요하다 이런 말 같지도 않은 야마로 썼지. 회사고 친구들이고 할 거 없이 엄청 놀림당했다."

"그래도 오늘은 그나마 소위랑 전체회의에서 산업안전보건법 처리될 분위기라 다행이다."

"그러게 환노위라는 게 참 누가 죽어야 이슈가 되는 슬픈 상임위 니까."

정초롬이 입을 앙다문다.

"이제 더 이상 누구누구 이름 붙은 법 좀 안 나왔으면 좋겠다."

"꼭 누가 희생되고 목숨을 잃어야 발등에 불 떨어진 듯 국회가 심의를 하니까. 가족들은 얼마나 가슴이 메어질까."

정초롬과 강이슬의 대화가 끊긴다. 둘 모두 표정이 심난하다.

약 1시간 30분이 지난 뒤. 비공개로 진행되던 환노위 고용노동소위가 종료됐다. 하지만 오늘도 산업안전보건법 소위 통과는 무산이다. 여야는 모두 준비된 수순인 양 네 탓 공방을 시작한다. 여당은 야당이 '침대축구', '발목잡기'를 하고 있다고 비난한다. 야당은 여당이 의지가 없으니 심사가 지연된다고 지적한다. 현재 국회 앞에서는 산업재해 현장 피해자 가족들이 산업안전보건법 통과를 촉구하면서 천막 단식 농성 중이다. 민의당 이자웅 원내대표와 헌법당 윤목걸 원내대표 모두 천막을 방문해 조속한 산업안전보건법 통과 필요성에는 공감대를 나타냈다.

"국회가 제 역할을 못 하고 있다. 산업현장에서 다시는 이런 불행한 일이 발생하지 않도록 방지하는 법안을 조속히 통과시키겠다. 목숨을 잃은 누군가의 이름을 딴 법안이 다시 생기지 않도록 하겠다."

이자웅 원내대표는 피해자 가족들 두 손을 꼭 붙잡으면서 약속했다.

"진즉 관심을 가지고 지켜봐야 했는데 송구하다. 헌법당도 법안 통과를 위해 힘을 쏟겠다. 이렇게 고생하시는데 죄송하다. 하루빨리 풍찬노숙 그만두실 수 있게 하겠다."

윤목걸 원내대표도 철썩같이 약속을 하면서 고개를 숙였다. 그게 3일 전 일이다. 하지만 이런 호언장담과 달리 산업안전보건법은 환노위 소위에서만 몇 주째 통과를 하지 못하고 있는 형국이다.

논정일보 정초롬 기자가 열국신문 강이슬 기자에게 푸념한다.

"결국 여야 모두 통과시킨다고 해놓고 이렇게 질질 끄는 건 중점 법안이 아니란 얘기지."

"진짜 관심 있었으면 몇 주가 아니라 며칠 내에 그냥 뚝딱뚝딱 해치우잖아. 본인들 아쉬운 법안은 일사천리에 말이야."

"그러게. 못 하는 게 아니라 안 하는 거지."

"여당도 진짜 필요하고 의지가 있으면 추가경정예산안 같은 거 봐봐 밤을 새워서라도 심사하고 어떻게든 하루라도 통과 앞당기려고 하지. 결국 의지가 없는 거지."

"도대체 올해에만 누군가의 이름 붙은 법안심사가 도대체 몇 번째야. 보는 우리도 이렇게 속 터질 지경인데 그 가족들 가슴은 얼마나 찢어질까. 정말 답답하다 이슬아."

"국회가 누구 눈물 닦아주기는커녕 계속 눈물을 흘리게만 하네."

며칠 뒤. 결국 여야 모두 여론이 심상치 않자 원내대표들이 직접 담판을 지어 산업안전보건법 통과를 합의한다. 원내대표 합의 이후

환노위 고용노동소위가 바로 열리고 몇 분이 지나지 않아 여야 간
사들이 나와서 법안심의 결과를 브리핑한다. 여야 환노위 간사 모두
자신들이 정의 구현을 실현한 마냥 득의양양하다. 신업안전보선법
은 예상대로 소위 문턱을 넘었고 곧바로 환노위 전체회의에서 심사
를 진행한다. 이후 환노위 전체회의에서도 별다른 이견 없이 산업안
전보건법이 통과된다. 논정일보 정초롬 기자와 열국신문 강이슬 기
자 모두 환노위 전체회의를 지켜본 뒤 국회 소통관으로 복귀한다.
그런데 얼마 지나지 않아 열국신문 기자실 부스에서 고성이 울린다.

"선배, 아무리 그래도 그렇지 이건 아니잖아요!"

강이슬이 열국신문 국회반장과 언쟁 중이다.

"야 아니긴 뭐가 아니야. 부장 얘기 하나도 틀린 게 없는데."

"선배 도대체 사람 목숨을 뭐라고 생각하는 거예요? 여야가 경영
계 눈치 보면서 산업안전보건법 얼마나 질질 끌어왔는지 아시잖아
요?"

"법이 문제가 있으니까 그동안 통과 못된 거 아냐. 그러다가 이번
에 사고 나서 반짝 이슈되니까 여야 다 뭇매 맞기 싫어서 부랴부랴
요식행위로 통과시키는 거지."

강이슬이 눈을 치켜뜬다.

"그래도 이렇게라도 해야죠. 아무리 우리가 보수지지만 어떻게 이
렇게 쓰라고 하십니까."

"너 회사 기조대로 기사 못 쓰겠으면 때려치워."

강이슬은 산업안전보건법이 통과되자 데스크에서 기다렸다는 듯
이 경영계 우려와 과잉 입법, '억울한 범법자 양산 불 보듯' 등의 기

조로 해당 법안을 비판하라는 지시가 떨어진 데 대해 강하게 반발하고 있는 중이다. 특히 특정인의 이름이 붙은 법안들에 대해 여론 떠밀리기 식으로 졸속입법이 이뤄지면서 제대로 된 법안심사 논의를 가로막고 있다는 점을 부각하라는 데스크 요구를 받자 강이슬은 "납득 못 한다."며 물러서지 않고 있다.

"강이슬 너 오늘따라 왜 이래? 평소에 데스크가 방향 잡아주는 거에 대해서 토 안 달았잖아."

"제가 생각이 없어서 가만히 있었겠어요. 그래도 우리 나름대로 시각을 가지고 쓰는 것도 어느 정도 언론의 균형을 잡는다는 생각이었어요. 근데 이건 정말 해도 해도 너무하지 않아요. 이건 보수고 진보를 떠나서 사람 목숨 보호하겠다는데 우리가 조지는 거나 마찬가지잖아요. 저희 언론이잖아요. 언론 역할이 뭡니까. 약자 보호라는 구태의연한 표현은 안 하겠습니다. 그래도 최소한의 사명감과 역할이란 게 있잖아요……, 선배. 어떻게…… 저 정말 이 방향으로 기사는 도저히 못 쓰겠습니다."

마찬가지로 논정일보 기자실 부스도 정초롬 기자의 목소리로 떠들썩하다. 정초롬 역시 논정일보 국회반장과 입씨름이 한창이다.

"선배, 그래도 이걸 어느 정도 의미를 평가해 줘야죠."

"누더기 맞잖아, 누더기."

정초롬이 옆에서 항의를 하지만 논정일보 국회반장은 앉은 채로 정초롬을 쳐다보지도 않고 대꾸한다.

"선배, 어떻게 한 술에 배불러요?"

"이 정도면 원안에서 얼마나 후퇴했는지 알아?"

"아는데요, 아는데요."

"알면 그렇게 쓰면 되잖아."

정초롬은 열국신문 강이슬 기자와는 반대로 산업안전보건법이 당초 민의당 의원이 발의한 원안에서 대폭 후퇴한 것에 대해 법안 통과를 평가절하하라는 데스크와 맞서고 있다. 정초롬은 피해자의 이름이 들어간 법들은 첫발을 뗀 것 자체에 대한 의미를 부여해야 한다고 국회반장에게 항변하고 있다. 또 자칫 여론에 떠밀려 졸속심사가 될 수 있기 때문에 처음 관련 내용을 삽입해 개정안을 통과시킬 때는 신중하게 접근할 필요성이 있다는 점도 지적하고 있다. 하지만 논정일보 국회반장도 물러서지 않는다.

"너 평소에 정의감 넘치는 애 아니었냐? 근데 왜 이 법안은 누더기 됐다는 거 야마로 잡는데 그렇게 쏘아붙이는 건데."

"선배 그래서 첫발 뗀 것 자체에 먼저 의미 부여하고 앞으로 어떤 방향으로 논의하면 이번 국회에서 어느 정도 선까지 개선할 수 있다는 메시지로 쓰자는 거잖아요. 저도 인정해요. 민의당이 처음 발의한 거에 비해 대폭 후퇴했죠. 그래도 당내에서 경영계 눈치 보던 의원들 벽이랑 로비하는 기업대관들 뚫고 이만큼 한 거잖아요. 누군가의 이름이 별칭으로 붙은 숭고한 법이잖아요. 그거 그냥 누더기라고 폄훼하면 그 사람의 목숨값은 뭐가 돼요. 그 사람이 정말 안타까운 청춘 희생해서 이만큼이라도 온 거잖아요. 그러면 그건 그 거대로 평가해 줘야 하는 거 아니에요? 앞으로 이만큼 더 나아갈 희망을 봤다 이렇게 써야 하는 게 지금 우리가 해야 할 역할 아니냐고요!"

    국회 인근 일본식 선술집. '서기들' 밥조원들이 막 자리를 잡는다. 열국신문 강이슬 기자가 먼저 나서서 주문을 한다. 논정일보 정초롬 기자는 말없이 휴대전화만 만지작거리고 있다. NNB 유진 기자도 오늘은 입이 무겁다. 지금경제 한윤태 기자가 눈짓으로 분위기를 전체적으로 한번 둘러보더니 강이슬을 툭 친다.

    "웬일이냐 네가 주도적으로 주문하고. 그거 초롬이 역할인데."

    "형, 오늘 술 많이 드실 수 있죠?"

    한윤태가 강이슬을 힐끔 쳐다보더니 고개를 끄덕인다.

    "어 그래……."

    "사케 일단 제일 큰 거부터 하나 시킬게요. '아빠를 응원해' 괜찮죠?"

    술이 몇 순배 돌았지만 여전히 분위기가 무겁다. 한윤태가 빠르게 비어가는 강이슬의 잔을 채워준다.

    "이슬아, 오늘 좀 평소랑 다르다."

    "형, 제가 우리 회사 다니면서 논조에 대해서 정말 항의 별로 안 했거든요. 근데 오늘은 진짜 아니다 싶더라고요."

    "산업안전보건법 때문에 그래?"

    "사람 목숨 구하자는 법까지 경영논리 들이대면서 과잉 입법이네 실효성 없네. 이런 야마로 쓰라고 하니까 진짜 뭐하고 있는 짓인가 싶더라고요. 반장 들이받고 못쓰겠다고 했어요. 뭐 오늘 술 진탕 마시고 내일 또 그냥 죄송합니다 하겠지만요."

조용히 있던 정초롬도 입을 연다.

"이슬아, 너 인턴할 때 생각나서 그렇지."

한윤태가 되묻는다.

"인턴?"

"한 선배, 이슬이랑 나랑 같이 인턴하면서 사회부 출입한 적 있었거든. 그때 철도 수리 하청업체 직원이 레일에 끼어서 사망한 사건 있었잖아."

"어, 있었지 기억나. 그때 여야 원내지도부도 다 현장 방문하고 언론 주목도도 높았잖아."

1년 이상 된 사건이지만 정초롬이 얘기한 사망사고는 철도 하청업체 직원 유품인 작업 가방에 먹지도 못한 삼각김밥이 잔뜩 짓눌린 채로 발견돼 사회적으로 큰 반향이 일었던 일이었다. 당시에도 스무 살을 갓 넘긴 청년이 안전과 휴식, 교대근무 환경이 제대로 보장되지 못한 상황에서 일을 하다가 참변을 당해서 여러 가지 논란과 제도개선 논의가 있었다. 하지만 여야 지도부가 사고 현장을 방문하고 잠시 언론의 조명을 받는 듯했으나 금세 잊혀 입법논의 등 실효적인 방지책으로 이어지지는 못했다.

정초롬이 착잡한 표정으로 말을 잊는다.

"그때 이슬이랑 나랑 희생자 부모님 현장 기자회견 갔는데 정말 우느라고 제대로 워딩도 못 치고 해서 선배들한테 엄청 혼났었거든. 그때 우리가 진짜 정기자 되면 오늘 저 부모님의 안타까움과 우리가 흘린 눈물 가슴에 새기고 꼭 진짜 꼭……."

정초롬은 잠시 말을 멈춘다. 눈시울이 붉다.

강이슬은 멍하니 사케잔을 쳐다본다.

"초롬이랑 그때 사고 현장부터 장례식, 피해자 부모님 기자회견 한 주 내내 취재했는데 정말 우울하다는 표현조차 민망할 정도였죠. 누군가가 정말 억울하게 간 상황인데 거기서 유족들한테 휴대전화 들이대면서 장례식 취재를 해야 하나 싶기도 하고. 나중에 발인 현장 취재하는데 자괴감까지 들더라고요. 뭐하는 짓인지 하고요. 우리가 지금 이렇게 감성만 자극하도록 쓰는 기사가 무슨 의미가 있을까 싶었죠."

정초롬은 강이슬의 말을 듣고는 술잔을 들이킨다.

"그래서 나도 오늘 산업안전보건법 통과 자체에 나름대로 밝은 면을 조명해서 쓰려고 했는데……. 우리 데스크는 그냥 누더기 된 법안, 마치 큰 의미 없다는 식으로 평가절하하잖아. 나도 인정해 원안에서 많이 후퇴했지. 내가 아쉬워. 나도 너무 아쉬운데……. 그렇다고 우리가 정말 이 법이 아무것도 아닌 것 취급하는 것을 중심으로 조명하면 목숨으로 희생한 그 청년들은 뭐가되는데……. 조지는 거야 얼마든지 조질 수 있지. 근데 단순히 그렇게 쓰면 정말 이슬이 말대로 무슨 의미가 있을까 싶으니까……."

유진은 정초롬을 가만히 안아준다. 평소 유진과 티격태격하던 정초롬도 오늘은 가만히 있는다. 그리고는 자연스럽게 고개를 유진 어깨에 묻고 손으로 유진의 몸을 감싼다. 서기들 밥조원들이 앉은 테이블에서 잠시 아무도 말도 들리지 않는다. 몇 초간 정적 뒤 작은 흐느낌 소리만 울린다.

그렇게 몇 분 흐른다. 조용히 있던 유진이 입을 연다.

"나도 오늘 산업안전보건법 환노위 통과되면서 총 맞았다."

유진은 담담하고 차분하게 자신의 취재 상황을 설명한다. 산업안전보건법이 통과됐으니 법안에 별칭으로 붙은 이름의 희생자 부모 인터뷰를 하라는 데스크 지시가 떨어졌단다. 데스크의 조건은 어떻게든 희생자 부모의 심리적인 취약함을 이용해서 눈물 떨어지는 영상을 확보하란 거였다. 최대한 감성적으로 갈 수 있도록 희생자 부모를 자극하라는 지시였다.

"나도 구르라면 구르고 삽질하라면 삽질하고 데스크 지시에 군말 안 하는데. 오늘은 정말 기자가 아니라 사람으로서 이건 아니다 싶은 거 있지. 내가 그냥 맨날 날로 먹는 것 같아도 그래도 기잔데. 정말 그거 하면 우리 서기들 밥조 후배들한테 감히 선배라고, 누나라고, 언니라고도 못 하겠더라고. 그래서 오후 3시에 오늘 연차 써서 결재 올렸어. 내가 얼마나 아등바등해서 NNB 들어왔는데. 근데 이번 지시 따르면 내가 기자임을 포기하는 게 아니라 그냥 뭔가…… 다른 더 무서운 걸 내려놓을 것 같았어……."

한윤태가 모두의 얼굴을 둘러본다. 다들 고개가 바닥을 향해있다.

"선배, 초롬아 이슬아. 우리 내일 하루만큼은 뭐 쓸까가 아니라 어떻게 쓸까를 고민해 보자."

3장
───────

여의도의 민낯

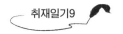

여야 대동단결의 순간

오후 1시 50분 여의도 국회 본청 246호 앞. 오후 2시 본회의를 앞두고 열린 민의당 의원총회가 마무리되자 의원들이 삼삼오오 회의장에서 빠져나온다. 공장에서 찍어낸 듯 천편일률적 감색 정장에 넥타이를 맨 중년 남성들이 대부분이다. 간간이 보이는 특징이라고는 운동화에 노타이 셔츠 정도다. 여성의원들이 중간중간 보이지만 역시나 무채색에 튀지 않는 옷들이다. 젊은 여성 의원 두세 명 정도가 흰색 블레이저를 입은 게 그나마 눈에 띌 정도다. 다선 중진 의원들이 앞서 걸어가는 초재선 의원들이나 나이가 어린 의원들의 이름을 반말투로 부르면서 어깨를 툭 치는 장면도 보인다. 그런 의원들의 파도 끝자락에서 민의당 이자웅 원내대표가 걸어 나온다. 지금경제신문 한윤태 기자를 비롯해 민의당 출입기자들이 백그라운드 브리핑(공식 브리핑이나 마이크가 있는 상태의 회의석상 발언이 아니라 그 외의 자리에서 기자들과 취재원이 주고받는 질의응답 등을 총칭하는 개념의 언론계 용어)을 위해 이자웅 원내대표에게 따라붙는다.

"오늘은 원내대변인한테 하세요."

이자웅 원내대표가 기자들에게 손사례를 치면서 로텐더홀을 향해 걷는다. 그러고는 빠른 걸음걸이로 성큼성큼 본회의장으로 들어간다. 조금 뒤 민의당 고대식 원내대변인이 본청 246호에서 나오자 ENG 카메라와 취재기자들이 다시 그를 둘러싼다. 한윤태가 묻는다.

"오늘 헌법당 의원 두 명에 대한 체포동의안 표결 당론 정하셨나요?"

고대식 원내대변인은 대답 전에 넥타이를 고쳐 매고 헛기침을 한 번 한다.

"당론으로 정하지는 않았습니다. 개별 의원들의 자율투표에 맡기기로 했습니다."

"민의당은 헌법당을 향해서 그동안 두 명 의원의 체포동의안을 막는 방탄 국회 전략을 펼치고 있다고 비판했는데요. 당론을 정하지 않은 이유는요?"

"체포동의안을 비롯해 의원 신상과 관련한 투표는 무기명으로 이뤄지기 때문에 당론 채택 실효성이 크지 않다고 판단했습니다. 또 의원들이 당의 입장을 고려해 이심전심으로 체포동의안을 부결시키지는 않을 거라고 믿습니다. 저도 본회의에 참석해야 해서요. 여기까지만 하겠습니다."

ENG 카메라들이 고대식 원내대변인을 비추던 조명을 끄고 일제히 빠진다. 한윤태가 본회의장으로 가는 고대식 원내대변인 팔꿈치를 잡고는 넌지시 한 번 더 물어본다.

"선배, 체포동의안 부결될 확률 없는 거죠?"

"윤태야, 걱정 마. 형이 100% 보장한다. 여기서 부결되면 우리 꼴이 뭐가 되겠니? 그동안 방탄국회 하지 말자고, 소집된 임시국회 본회의 의사일정 빨리 합의하라고 헌법당 한 날 내내 공격했는데. 며칠 전에 임시국회 소집 방탄국회 이용 말라고 성명서까지 냈잖아. 한 주 내내 최고위랑 원내대책회의 모두발언 레퍼토리였는데 우리도 체면이 있지 않겠니?"

"네, 선배 혹시나 해서요. 가결되면 무난하게 쓰면 되는데 부결되면 기사 쓰는 것도 피곤해지잖아요."

"걱정 마, 걱정 마."

고대식 원내대변인은 도트패턴이 프린트된 한윤태의 재킷 어깨를 한 번 털어주더니 본회의장으로 발걸음을 재촉한다.

지금경제 한윤태 기자와 논정일보 정초롬 기자는 국회 본청 4층에 있는 본회의장 방청석으로 향한다. 한윤태와 정초롬이 장내로 들어서니 국회 견학과 본회의 방청을 온 학생들 수십 명이 옹기종기 앉아있다. 인솔교사 두 명이 와글와글하는 아이들을 조용히 시키느라 진땀을 흘린다.

"여러분, 여기가 법안을 만드는 곳이에요. 그러니까 떠들면 되요 안 돼요?"

아이들은 인솔교사의 난처함을 아는지 모르는지 들은 체 만 체 자신들 얘기로 바쁘다. 인솔교사들은 국회 안내를 도와주는 사무처 직원에게 죄송하다고 연신 고개를 숙인다.

정초롬은 학생들 목소리로 주변이 소란스럽자 옆에 앉은 한윤태에게 얼굴을 바짝 가져다 대고 귀엣말을 한다.

"한 선배, 설마 체포동의안 부결 안 되겠지?"

"대식이 형이 호언장담하던데. 가결 문제없으니까 그런 거겠지. 애들도 있는데 나라 망신시키겠어?"

오후 2시 본회의가 시작된다. 여야 간 이견이 없는 몇 개의 민생 법안들이 통과된 뒤 법무부 장관이 헌법당 의원 두 명에 대한 체포동의 요청 이유를 설명한다. 국회법에 따르면 의원을 체포하거나 구금하기 위해서 국회의 동의를 받으려고 할 때에는 관할법원의 판사는 영장을 발부하기 전에 체포동의 요구서를 정부에 제출하여야 하며, 정부는 이를 수리한 후 지체없이 그 사본을 첨부하여 국회에 체포동의를 요청해야 한다. 국회의장은 체포동의를 요청받은 후 처음 개의하는 본회의에 이를 보고하고, 본회의에 보고된 때부터 24시간 이후 72시간 이내에 표결해야 한다. 다만 체포동의안이 72시간 이내에 표결되지 못한 경우에는 그 이후에 최초로 개의하는 본회의에 상정하여 표결한다.

법무부 장관의 설명 뒤에는 체포동의안 당사자인 헌법당 의원 두 명이 신상발언에 나선다. 한 명은 정치자금법 위반 혐의로, 또 다른 한 명은 채용청탁과 관련한 직권남용 혐의로 구속영장이 청구되면서 체포동의안이 신청됐다. 먼저 정치자금법 위반 혐의를 받는 헌법당 의원이 발언을 시작한다.

"검찰은 불구속 상태로 본 의원을 수사할 수 있음에도 망신주기를 위해 영장을 청구했으며……. 이는 명백한 야당 탄압으로 본 의원은 1원 한 푼도 불법으로 정치자금을 수수한 일이 없고…… 입법권에 대한 검찰의 도전으로 여야 동료 의원 모두가 이 점을 헤아려 현명한 판단을 내려주실 것을 간곡히 부탁드립니다."

이 의원은 발언을 마친 뒤 평소 소문이 자자한 고압적인 태도와 다르게 의원석을 향해 90도 폴더인사까지 한다. 그렇게 허리를 숙인 채로 몇 초간을 가만히 있더니 자신의 자리로 돌아간다.

한윤태와 정초롬이 동시에 혀를 찬다.

"그놈의 야당 탄압은 무슨. 여기서 야당 탄압 얘기가 왜 나와."

"그러게. 한 선배, 검찰 구속영장 친 게 야당 탄압이었으면 민의당은 야당일 때 검찰 때문에 공중분해 됐겠네. 하여간 민의당이건 헌법당이건 뭐만 걸리면 야당 탄압이니 표적 수사니 하는 건 똑같아요. 자기들 잘못한 건 1도 생각 안 하고 말이야."

채용청탁과 관련한 혐의로 체포동의안이 신청된 또 다른 헌법당 의원의 발언이 이어진다.

"여러분 1차 산업이 기반인 제 지역구는 4차산업혁명 시대에 총체적인 실업난을 겪고 있습니다. 지역민의 어려움을 생각해서 해당 지역을 책임지는 국회의원으로서 발 벗고 나서지 않을 수 없었습니다. 우리는 국가를 대표하는 입법기관임과 동시에 지역민들을 대의하는 지역구 의원입니다. 선배, 동료 의원 여러분."

"조금 색다른 신상발언인데. 약간 동요하는 의원들도 있어 보이고."

한윤태가 들릴 듯 말 듯하게 혼잣말을 한다.

해당 의원의 발언이 계속된다.

"저는 검찰 수사가 시작된 이래 성실하게 수사에 임하였고 앞으로도 그럴 것임을 이 자리에서 맹세합니다. 이렇게 지역구를 위해 동분서주하는 국회의원의 행동에 대해서까지 검찰이 칼날을 들이댄다면……."

신상발언이 모두 끝나고 무기명으로 체포동의안에 대한 투표가 진행된다. 투표가 모두 끝나고 국회의장이 표결결과를 발표한다.

"두 의원에 대한 체포동의안은 각각 총 투표 수 280표 중 가 131표, 부 145표, 기권 2표, 무효 2표와 총 투표 수 280표 중 가 96표, 부 180표, 기권 2표, 무효 2표로 모두 부결되었음을 선포합니다. 오늘 회의는 이것으로 마치겠습니다. 산회를 선포합니다."

순간 본회의장이 술렁술렁한다. 한윤태와 정초롬도 속보를 치느라 여념이 없다.

"아이씨 부결……. 속보 속보."

한윤태는 일그러진 표정으로 빠르게 손을 움직인다. 정초롬도 여유 있게 책상다리를 하던 자세를 풀고 고개를 노트북 앞으로 바짝 붙인다.

국회 본회의를 방청하고 있던 학생들은 부쩍 더 와자지껄해진다.

"샘 갑자기 왜 시끄러워졌어요?"

한 학생이 인솔교사에게 묻는다.

"응, 국회의원을 국가에서 수사하겠다고 하는데 법 만드는 국회의원들이 같은 반 친구 수사하면 안 된다고 법으로 막은 거야."

앳된 얼굴의 인솔교사가 질문한 학생 어깨에 손을 얹으며 답한다.

"그러면 국회의원은 나쁜 짓 해도 혼내줄 수 없어요?"

어수선한 본회의장에서 해맑은 학생의 목소리는 금방 묻혀버린다.

지금경제 한윤태 기자와 논정일보 정초롬 기자는 속보를 상신한 뒤 서둘러 로텐더홀 본회의장 정문 앞으로 뛰어간다. 민의당 이자웅 원내대표에게 체포동의안 부결 결과를 따져 묻기 위해서다. 민의당 원내지도부가 침통한 표정으로 본회의장을 함께 빠져나오고 있다. 의원총회가 끝난 뒤 화기애애했던 분위기와는 정 반대다. 기자들이 둘러싼 가운데 한윤태가 이자웅 원내대표를 쏘아붙인다.

"체포동의안 통과 자신하면서 방탄국회라고 헌법당을 비난해 오시지 않았습니까?"

"……."

"체포동의안 부결에 대해 어떻게 생각하십니까?"

"……."

"당론으로 채택 안 한 것 자체가 여당이 상황을 안일하게 판단한 것 아닙니까?"

"여기까지만 합시다."

"체포동의안 부결에 대한 입장 한 말씀만 해주시죠."

"……."

이자웅 원내대표와 송정혁 원내수석부대표, 고대식 원내대변인 등 민의당 원내지도부가 체포동의안 부결에 대한 대책회의를 하기 위해 일제히 원내대표 회의실로 들어간다. 이자웅 원내대표를 따라가던 한윤태와 정초롬은 원내대표 회의실 앞 의자에 뻗치기(특정 취재원을 기약 없이 무작정 기다리는 행위를 의미하는 언론계 용어)를 시작한다. 그때 한윤태의 휴대전화가 울린다. 지금경제 박성현 국회반장이다.

"윤태야, 체포동의안 갑자기 왜 부결 났냐? 뭔 일이라냐?"

"저도 전화라도 좀 돌려봐야 할 것 같아요. 일단 원내지도부는 백 블에서 별다른 말은 없었고요. 지금 대책회의 중이요."

"국회 또 제 식구 감싸기 야마로 해서 세게 조지자."

"네 방탄국회라고 한 달 내내 야당 털더니 결국 이 꼴 났네요. 민 의당이 130석 넘는 제1당인데요. 특히 채용특혜 관련 헌법당 의원 표결에서 가결 96표밖에 안 나왔다는 건 완전 도덕적해이죠. 민의 당에서 체포동의안 반란표가 최소 수십 표 이상 나왔다는 거니까 요. 상보 먼저 쓰고 종합으로 세게 조집니다."

한윤태와 정초롬을 비롯해서 모든 언론사들이 일제히 '체포동의 안 부결······ 여야, 또 방탄국회 자초·제 식구 감싸기'라는 방향으로 기사를 송고하기 시작한다. 보혁 성향을 떠나 기자들은 의석 분포 상 헌법당 의원들뿐만 아니라 민의당 의원들도 상당수 체포동의안 에 반대표를 행사했음을 강하게 비판한다.

민의당 원내지도부가 대책회의를 시작한 뒤 약 40분이 지났다. 원 내대표 회의실 문이 열린다. 회의실을 나온 고대식 원내대변인이 기 자들 눈치를 한 번 보더니 먼저 입을 뗀다.

"오늘 헌법당 의원 두 명에 대한 체포동의안 부결에 대해 원내지 도부의 입장을 브리핑하겠습니다."

착잡한 표정으로 고대식 원내대변인이 카메라를 바라보면서 말을 잇는다. 의원총회가 끝난 뒤 외관을 신경 쓰던 것과 달리 말 한마디 한마디에 조심성이 느껴진다.

"방탄 국회 및 제 식구 감싸기라는 비판을 민의당 원내지도부는 겸허히 받아들입니다. 당론채택을 하지 않은 안일함도 반성합니다. 과반 의석이 되지 않는다는 핑계는 대지 않겠습니다. 향후 신상 관련 표결이라도 의원 체포동의인에 대해서는 기명투표로 국회법을 개정하는 방향으로 당내 의견을 수렴하겠습니다."

한윤태가 득달같이 질문을 건넨다.

"오늘 체포동의안이 부결된 이유가 뭐라고 생각하시나요?"

"말 그대로 무기명 투표였기 때문에 저희도 상황을 파악하고 원인을 짚어볼 시간이 필요합니다. 양해 부탁드립니다."

"체포동의안을 기명투표로 전환하는 방안 논의하시겠다고 했는데 절차는요?"

"조만간 관련 의원총회를 개최하겠습니다. 오늘은 여기까지만 하겠습니다. 양해 부탁드립니다."

고대식 원내대변인이 고개를 좌우로 흔들면서 양손을 모은다. 한윤태를 보더니 목소리가 들리지 않게 입 모양으로 '좀 봐줘'라고 얘기한다.

소통관 기자실 부스로 돌아온 지금경제 한윤태 기자에게 민의당 고대식 원내대변인으로부터 전화가 걸려온다.

"네, 선배."

"윤태야, 형을 현장에서 그렇게 조지면 어떻게 하냐. 좀 봐줘라."

"아니 선배, 그렇게 호언장담하더니 도대체 왜 체포동의안 부결된 거예요?"

고대식 원내대변인이 잠시 말이 없다.

"우리도 입이 열 개라도 할 말이 없긴 한데. 확인을 해보니까 다선 의원들은 권위주의, 독재시대를 겪어서 그런지 체포동의안 자체에 대한 거부감이 좀 강하더라고. 검찰이나 행정부가 입법부 권위에 도전한다는 인식이라고 해야 하나 그런 것도 있고. 야당 옥죄기라는 것도 우리가 야당을 오래 해서 그런지 일견 일리 있다고 생각하는 선배들이 있어. 그래서 3선 이상 중진 쪽에서는 거의 부결표 나왔다고 지금 자체적으로 판단하고 있다."

"그래도 그렇지 채용청탁 관련해서는 여당 반란표가 너무 많은 거 아니에요?"

"그것도 신상발언 들으면서 지역구 의원들이 또 많이 공감을 했더라고. '자기 지역 경제 사정 어려운데 한 명이라도 더 취업시키겠다고 배지가 발 벗고 나선 거 아니냐. 그걸 또 뭐라고 하냐.' 뭐 그렇다 분위기가. 어떻게 하겠니. 자업자득인데 우리가 매 맞아야지."

"그래도 그렇지 여당이 방탄국회 비난 열심히 하다가 이렇게 되니까 꼴이 우습잖아요. 이럴 때만 여야 대동단결하는 것도 아니고요."

"형 얼굴 봐서 좀 봐줘. 아무튼 아까 얘기대로 의총 곧 다시 열거니까 그때 추이를 또 보자고."

민의당 원내지도부가 말한 대로 의원 체포동의안 표결에 대해 기명으로 전환하는 방안을 논의하기 위한 의원총회는 사흘 뒤에 열렸다. 하지만 당내 이견이 있어 결국 관련 국회법 개정 방향에 대한 당론채택 논의는 흐지부지되고 만다. 민의당 고대식 원내대변인의 설명은 이랬다.

"당론추진을 시도했었는데 좀 더 숙의가 필요해서 추후 논의를 이어가기로 했습니다. 다양한 의견을 듣고 적극 검토하겠습니다."

하지만 이후 해당 논의를 위한 의원총회는 추가로 열리지 않는다. 결국 체포동의안 표결은 무기명 투표 행태를 이어가고 있고 역시나 부결 기록도 새로 쓰고 있는 형국이다. 비슷한 일이 반복되니 언론의 관심도 자연스럽게 줄어들고 비판도 잠잠해진다.

일주일 뒤. 이번 주는 장관 후보자 일곱 명이 동시에 인사청문회를 치루는 일명 '청문 슈퍼위크'다. 하지만 언론과 여야의 전망으로 여당인 민의당 현역의원 출신 세 명의 청문회 통과는 기정사실처럼 여겨지고 있다. 실제로 한 민의당 현역의원의 청문회가 열리는 상임위원회에서는 여당이 아닌 야당 의원들이 먼저 덕담을 건네기에 바쁘다. 청문회가 공식적으로 시작되기 전에 3선 여당 의원 출신 후보자가 야당 의석을 돌면서 "잘 부탁드립니다."라고 인사를 건넨다. 초재선 야당 의원들은 마치 선배를 모시듯 고개를 숙이고 허리를 굽혀 악수를 받는다. 후보자와 비슷한 선수의 야당 중진 의원들은 어깨를 툭툭 치면서 "오늘 하루만 고생해."라고 응원한다. 공식 청문회가 시작되고 마이크가 켜진 상태에서도 야당 의원들이 먼저 여당 현역의원 출신 국무위원 후보자를 장관으로 인정하는 분위기다.

"아이고 우리 상임위에서 오랜 기간 함께 활동했던 이런 동료 의원을 국무위원 후보로 모실 수 있어서 영광입니다."

"후보자님의 인품이 워낙 훌륭하기 때문에 도덕성 검증을 할 게 없네요. 저는 정책질의를 중심으로 하겠습니다."

"먼저 장관이 되신 것을 축하드립니다. 하하하. 아, 제가 말실수를 했네요. 장관 후보자로 지명되신 것을 축하드립니다."

여당 의원이 아닌 야당인 헌법당 의원들 입에서 나온 인사청문회 공식 발언들이다. 지금경제 한윤태 기자가 청문회가 시작되기 며칠 전부터 야당 의원들에게 전화를 돌리면서 파악한 공세 수위 분위기도 비슷했다. 야당은 현역의원 세 명에 대해서는 전혀 공세를 가할 생각이 없었다. 한 야당 의원에게 이유를 물었더니 이런 답변이 돌아왔다.

"한 기자님, 우리가 현역의원에 대해서 검증을 안 하려고 안 하는 게 아니고요. 지역구에서 몇 선씩 하다 보면 상대 후보로부터 들어오는 공세가 청문회는 저리 가라이에요. 그러니까 그만큼 자기 관리를 하게 된다고요. 그러다 보니 자연스럽게 도덕성 측면에서는 검증할 게 별달리 없는 거죠. 대놓고 같은 동료니까 봐주고 이런 게 아닙니다."

의문이 풀리지 않는 한윤태에게 해당 의원은 넌지시 속내를 털어놓는다.

"그래도 우리도 사람인데 같은 상임위에서 몇 년씩 봐온 동료한테 매몰차게 굴기는 쉽지는 않지요. 다 사람 사는 거 아닙니까. 한 기자님도 같은 팀에서 몇 년씩 일하다 보면 좋건 싫건 생각이 같건 다르건 정도 생기고 하지 않습니까. 또 정권이란 게 왔다 갔다 하는 건데 우리 의원들도 언제 입각할지 모르고. 다 좋은 게 좋은 거 아니겠어요."

한윤태는 인사청문회를 마친 직후 한 현역의원 출신 장관이 출석한 상임위원회 회의장 풍경을 보면서는 더욱 기가 찬다. 야당이 정부 실정을 공격하기 위해 긴급현안질의 명목으로 소집한 상임위 전체회의였는데 헌법당의 칼날은 무디기만 하다. 심지어 회의 시작 전에는 야당 의원들이 현역의원 출신 장관에게 안쓰럽다는 듯이 일제히 위로를 건넨다.

여당인 민의당 현역의원이기도 한 장관이 헌법당 의원들에게 회의 시작 전 "죄송합니다. 송구합니다. 임명되자마자 이런 식으로 찾아뵙습니다."라고 고개를 연신 숙였지만 헌법당 의원들이 오히려 어깨를 감싸며 격려한 것이다.

"아이고, 뭐가 죄송해. 왜 이렇게 운이 없어 김 장관은. 오늘 현안질의도 별다른 거 없을 테니까 너무 걱정하지 말고. 편하게 해 편하게. 우리 다 같은 여의도 식구 아니야."

현안질의가 시작된 뒤에도 헌법당은 현역의원 출신 국무위원이 아니라 차관과 실무자인 국장들을 닦달하기에 여념이 없다.

이런 상황을 본 한윤태는 '진짜 황당하네. 평소에 국무위원 면박 주고 망신 주는 데 혈안이 된 야당이.'라고 혼자 되뇐다. 한윤태가 비록 '현역의원 불패신화 또 재연'이나 '여야, 현역의원 검증은 외면하고 변죽만' 등의 기사를 발제하고 송고했지만 별다른 반향이 없었다.

인사청문회 정국이 끝나고 며칠 뒤에는 회기 중에 일부 상임위 국회의원들이 외유성 해외출장을 떠났다는 사실이 드러나 논란이 되기 시작한다. 언론들 역시 보수와 진보를 가리지 않고 이런 외유성 출장 관행이나 행태를 문제시 삼으면서 일제히 비판 기사를 쏟아낸다. 결국 국회 사무총장이 국회의원 출장 투명화 방안을 발표하기까지 이른다. 그런데 의외로 여야 원내지도부 모두 별다른 반응이 없다. 지금경제 한윤태 기자가 민의당 고대식 원내대변인에게 전화를 건다.

"선배, 이번에 여야 막론 회기 중에 상임위 외유성 출장 문제 터졌잖아요?"

"그랬지."

"근데 여당도 야당도 리액션이 너무 미지근한 거 아니에요. 별다른 개선책도 안 내놓고요. 원론적으로 논의해 보겠다는 한 마디조차 없고요. 국회 사무처만 할 수 없이 등 떠밀려서 요식행위 개선책 내놓은 그림인데요."

"윤태야 국회 출입한 지 어느 정도나 됐지?"

"1년 조금 더 됐죠."

"그러면 한창 선거도 있고 해서 바빠서 모를 수도 있었겠네."

"뭐가요?"

"여당이랑 야당이 아무리 싸워도 해외출장은 따로따로 안 간다."

"네? 왜요?"

"이제부터 하는 말은 오프 더 레코드(비보도 전제)로 백그라운드 설명 정도로만 이해해 줘."

"뭔데요 선배?"

"일종의 물타기야."

"네?"

"여야가 같이 가는 이유는 그냥 리스크 감소 차원이야. 나도 가고 싶고 너도 가고 싶은 거 다 아는데 혼자 가면 욕 먹으니까 '그럼 같이 가자' 이렇게 되는 거지."

"그냥 같이 욕먹으면 되니까 외유성 출장 가는 거라고요?"

"어차피 정치라는 게 결국 제로섬 게임이잖아. 내가 쟤보다만 못하지 않으면 되는 거지. 그러니까 같이 욕먹는 이슈는 사실 우리도 그렇고 헌법당도 별로 관심이 없어. 오히려 해외출장 우리 민의당 단독으로 간 케이스 나오면 그걸 한 번 열심히 파봐. 경우가 거의 없기도 하고 진짜 그랬으면 그게 오히려 수상하고 뒤가 구린 거니까."

"그러니까 그냥 앞으로도 이런 악행이 쭉 이어질 거다 이 말씀 하고 싶은 거세요?"

"아니, 그게 꼭 악행도 아니야. 그러면서 여야 의원이 서로 친분 쌓고 해야 상임위가 또 효율적으로 돌아가는 게 있어요. 특히 상임위 소위원회 같은 경우에는 서로 으르렁만 대면 법안들 하세월이다, 진짜. 그렇게 외유성이라고 언론에서는 비판하지만 해외출장도 다녀오고 하면서 술도 마시고, 허리띠 푸르고 속내도 얘기하고, 서로 당 욕도 하고 지도부 흉도 보면서 면 트고 친분이 쌓이는 거지. 그러면 카메라 돌 때 대판 싸우더라도 뒤에서 '아 형 왜 이래.' 이렇게 앵기고 하면서 법안 풀어가는 거야."

"아니 선배 국민 세금으로 회기 중에 해외 놀러 가놓고 그게 말이 되는 소리예요?"

"윤태야, 너 몇 살이지?"

"서른하나인데요. 갑자기 나이는 또 왜요?"

"음, 아직 젊고 어린 나이지만 사회생활도 몇 년 했는데 너무 순수해 보여서. 형이 걱정돼서 그래. 세상이 네가 생각하는 것처럼 그렇지만은 않아. 또 그런 부분이 모두 해가 된다고 할 수도 없어. 그냥 이건 내가 취재원이 아니라 형으로서 걱정돼서 하는 소리야."

"저 별로 안 순수한데요? 그리고 그런 걸 떠나서 이건 그런 문제가 아니라 상식의 문제 아니에요?"

"모든 게 그렇게 흑백 논리로 재단하는 게 쉽지 않다. 특히 정치, 정무의 영역에서는. 아무튼 형은 좀 너의 그런 순수함이 걱정된다. 이 바닥 출입하면서 너무 다치지 마라."

한윤태는 여야 의원들의 외유성 출장 문제를 비판하는 기사를 쓰기는 했지만 고대식 원내대변인의 말이 마음 한편에 걸려 찜찜하기만 하다.

'순수하면 상처받는다. 난 그렇게 순수하다고 생각하지 않는데. 꺼림칙하네, 그냥……'

그때 논정일보 정초롬 기자한테 개인 메신저 메시지가 온다.

"선배, 오늘 뭐 없지?"

"뭐 없는데 뭐?"

"술 사줘."

"술 맡겨놨냐?"

"아니 다른 후배들이 술 사달라고 하면 째깍째깍 사주면서. 나한테만 왜 까칠해?"

"안 먹는다는 건 아니고."

"앗싸. 그럼 우리 칵테일 먹자. 나 먹고 싶은 거 있어."

"너랑 나랑 뭔 칵테일이야. 소맥 달려 소맥."

"아니 나 가보고 싶은 가게 있다고. 핫플이래, 핫플."

"너는 그런 데를 나랑 가자고 하냐."

"아 거 말 많네, 진짜. 주소 찍어줄게 한번 봐봐. 6시에 소통관 입구에서 만나."

국회에서 다소 떨어진 동여의도의 한 바에 지금경제 한윤태 기자와 논정일보 정초롬 기자 나란히 앉아있다. 각각 보드카 마티니와 피치크러쉬가 앞에 놓여있다. 정초롬이 칵테일 잔 가장자리를 손가락으로 빙글거리면서 심각한 표정의 한윤태에게 연신 말을 건다.

"선배 여기 분위기 좋지?"

"……"

"뭐야 기껏 괜찮은 가게 데려왔더니 표정이 왜 이래?"

"그냥."

"진짜 이렇게 가끔 의뭉스러운 표정 짓고 있을 때 무슨 생각하고 있는지 모르겠다니까."

"고대식 선배 얘기가 조금 뭐시기 해서."

"뭔데 뭔데? 뭐라고 했는데?"

"내가 국회 출입하면서 상처받을 수 있다고 걱정된다고 뭐 그런 소리를 해서."

"흠……, 알 것 같기도 하고."

한윤태는 정초롬을 곁눈질로 한 번 흘겨봤다가 다시 보드카 마티니 잔으로 시선을 돌린다.

"뭐를 알 것 같은데?"

"한 선배 너무 곧은 면이 있으니까."

"나 요즘 부쩍 유해졌다는 얘기 많이 듣는데 뭐가."

"아니 성격이나 사람한테 하는 그런 거 말고 뭐라고 해야 하나. 가치관이나 그런 쪽으로다가."

한윤태가 정초롬을 다시 또 힐끗 쳐다본다.

"한번 아니다 싶으면 끝까지 물고 늘어지잖아. 옆에서 뭐라고 하든 말든 되든 안 되든. 될 때까지 달려들고 안 꺾이고. 보기보다 고집도 있고."

"아니 그거야 기자로서 기본적인……."

정초롬이 테이블 위에 올려놓은 한윤태의 오른쪽 팔목에 슬쩍 손을 얹는다.

"그런 걸 떠나서 선배한테는 뭔가 다른 게 있어. 뭐랄까 그냥 아주 아주 작은 게 세상을 조금 더 맑게 바꿀 수 있다는 믿음? 그런 게 있어 보인다고 해야 하나."

"무슨 소리야? 기자들이 다 그런 생각으로 세상 바꾸겠다는 포부로 기자질 하는 거 아냐?"

"나도 그렇긴 한데 한 선배는 그냥 뭔가 달라. 그래서 사실 나도 조금 걱정돼."

"내가 애냐? 다들 뭐 걱정이 된대."

"그냥 선배…… 너무 마음 생채기 나거나 다칠까 봐. 뭐 그러면 내가 옆에서 얼마든지 위로해 주고 술친구 해줄 수 있지만."

"이상한 얘기하지 말고 술이나 마셔라."

"내가 언제 술 안 마셔준 적 있냐 선배. 그건 그렇고 내가 이렇게 술상무도 해주는데 내일 발제 아이디어나 좀 줘봐."

금배지와 갑질

어느 평일 오후. 오늘 발제기사를 마감한 지금경제신문 한윤태 기자가 소통관 기자실 부스에서 기지개를 켠다.

'기사도 마감했고, 현장도 없는데 마와리(마와리는 돌다는 의미의 일본어 마와루에서 따 온 것으로, 출입처 등에 인사를 다닌다는 기자들의 은어다)나 돌아볼까.' 국회를 출입하는 기자들 사이에서 마와리는 의원회관이나 주요정당 대표실, 원내대표실, 상임위원장실 등에 인사하러 다니는 것을 통칭한다.

'혼자 돌면 심심하니까 같이 갈 사람이나 찾아봐야겠다.'

한윤태는 '서기들' 밥조 메신저 단체방에 글을 올린다.

"저 마감치고 마와리 가려고요. 혹시 같이 가실 분 계실까요?"

"나, 갈래 선배."

논정일보 정초롬 기자가 한윤태가 글을 올리자마자 득달같이 대답한다.

"더 없으신가요?"

한윤태의 물음에 열국신문 강이슬 기자와 NNB 유진 기자는 함께 마와리를 가지 못한다는 글을 올린다.

"형, 저는 아직 마감 못 쳐서요. 다음에 데려가 주세요."

"윤태야, 누나도 오늘 당직이라 회사 들어가야 해."

한윤태는 고개를 젖혀 잠시 천장을 바라본다. 3분쯤 지났을 때 한윤태의 휴대전화가 울린다. 한윤태가 전화를 받으니 수화기 너머로 따지는 듯한 정초롬의 목소리가 들린다.

"한 선배, 마와리 가자며!"

"가자고 했지."

"이슬이랑 유진 선배는 못 간다고 하는데 왜 답이 없어."

"조금 늦게 봤어."

"웃기시네! 숫자 다 사라졌는데. 뭘 늦게 봐. 빨리 소통관 입구로 나와."

한윤태는 기자실 부스 자리를 적당히 정리하고 소통관 1층으로 내려간다. 멀찍이서 기다리는 정초롬이 한윤태 시야에 들어온다. 베이지색 투피스 바지정장에 어김없이 스니커즈를 신었다. 얼굴은 화장기가 없지만 활기가 느껴지는 붉은 혈색이 돈다. 정초롬이 한윤태를 발견하자마자 종종걸음으로 달려오더니 한윤태 가죽 재킷 깃을 손으로 몇 번 친다.

"뭐 이런 걸 묻히고 다니냐? 근데 왜 이렇게 꾸물거려?"

"그냥 정리 좀 하느라고."

"마와리는 어디로 갈 건데?"

"오늘 본청 좀 돌아보려고."

"오케이."

지금경제 한윤태 기자와 논정일보 정초롬 기자는 본청 2층 정문을 향해 경사 길을 걷기 시작한다. 한윤태가 휴대전화로 정치 섹션 기사를 보면서 묻는다.

"너 담당하는 상임위가 어디였지?"

"기획재정위랑 정무위, 산업통상자원중소벤처기업위. 선배는?"

"나는 운영위랑 법사위, 예산결산특별위원회."

매체별로 조금씩 분배 방법에 차이가 있지만 국회 출입기자들은 보통 개개인이 담당하는 상임위가 정해져 있다. 개인이 상임위를 전담하고 있어야 법안심사나 소위 등을 놓치지 않고 챙기기가 수월하기 때문이다. 인사청문회나 주요 현안보고 등 국회 전체 차원에서 이슈가 되는 상황에서는 기존에 담당하고 있던 상임위를 가리지 않고 취재를 하는 경우도 있다.

한윤태와 정초롬은 먼저 여당 소속 한 상임위원장실로 향한다. 문이 열려있어 노크 없이 가장 안쪽 직원 자리로 발걸음을 옮긴다.

"안녕하세요, 여기 상임위 담당하는 여당 출입기자들인데요. 인사 좀 드리려고 왔습니다."

상임위원장실의 담당 보좌관이 일어나 인사한다.

"안녕하세요, 상임위 담당 보좌관입니다. 앉으세요. 최 비서관 여기 차 좀 내와."

"위원장님은 안에 계세요? 위원장님께도 인사드리고 싶어서요."

"지금 손님 오셔서 면담 중이신데요, 곧 끝날 겁니다."

한윤태가 상임위원장실을 둘러보니 온통 상임위원장이 된 걸 축하하는 난으로 공간이 비좁아 보일 정도다. 언뜻 살펴봐도 피감기관이나 관련 기관장들이 보낸 난이라는 걸 한눈에 알 수 있다.

'저런 건 누가 봐도 5만 원이 뭐야 10만 원은 족히 넘어 보이는데. 일단 피감기관이면 100% 업무 연관성 있기도 하고. 김영란법은 그냥 딴 나라 얘기구나.'

한윤태가 다시 눈길을 상임위원장실 보좌관에게로 돌린다.

"위원장방 되시고 업무는 어떠세요?"

"훨씬 편하죠. 국정감사 질의서 준비 안 해도 되고 아이템 발굴 안 해도 되니까 그 부분이 좋죠. 또 피감기관들 다루는 것도 조금 더 수월하고요. 위원장실이 나름대로 끗발이 있어서 민원 넣기도 좋아요."

그때 상임위원장실 내실에서 딱딱한 넥타이 차림에 머리를 반듯하게 빗어 넘긴 중년 남성 몇몇이 나온다.

"위원장님, 귀한 시간 내주셔서 감사합니다."

부자연스러울 만큼 허리를 90도로 숙여 인사하는데 손에 든 종이봉투의 표식을 보니 해당 상임위 피감기관이다. 그들은 상임위원장실 보좌진들에게도 깍듯하게 인사하면서 종이봉투에서 자신들 기관의 업무편람을 꺼내 한 부씩 건넨다.

"잘 부탁드립니다. 앞으로 자주 찾아뵙겠습니다."

역시나 한 명 한 명에게 허리를 90도로 숙여 인사한다. 공무원 직급체계로 보면 자신들보다 급수가 한참 낮은 사람들이 대부분인데도 그렇다.

상임위원장실 보좌관이 한윤태와 정초롬을 위원장이 있는 내실로 안내한다. 한윤태와 정초롬은 해당 상임위원장에게 명함을 건네면서 인사한다.

"위원장님, 안녕하세요? 여당 출입하는 기자들인데요. 인사 좀 드리려고 왔습니다."

"우리 한 기자는 내가 몇 번 본 기억이 있고, 정초롬 기자님은 초면인 것 같은데 맞나요?"

"네, 제가 여당 출입한 지 그렇게 오래되지 않아서요. 이렇게 처음 인사드립니다."

"어이, 여기 차 좀 다시 내와."

차가 나오고 몇 분간 담소가 오간다. 자연스레 대화 주제가 상임위 이슈로 넘어가고 최근의 화두인 부동산 얘기로 옮겨간다.

"위원장님, 요즘 정부랑 여당이 집값 잡겠다고 난리잖아요. 좀 어떻게 보세요?"

"집값 안 떨어져. 떨어져서도 안 되고."

경제 관련 상임위의 여당 위원장이 정부·여당 부동산 정책과 반대되는 기조의 발언을 하자 논정일보 정초롬 기자는 다소 놀란 듯 되묻는다.

"안 떨어지다니요? 저희 기자들도 월급 모아서 이제 집 사기 점점 어려워지는 거 아니냐고 걱정이 태산이에요."

"내가 여기 한 기자도 있고 해서 솔직히 말하는데. 의원 전체로 보면 전국의 집값이 떨어지기를 원하지. 근데 자기 지역구 집값 떨어지길 원하는 의원은 한 명도 없어. 그러면 지역구에서 아주 난리가 나거든."

정초롬이 한 손으로 머리카락을 쥐었다 움켰다 한다.

"그래도 여당은 대외적으로는 집값 안정시키겠다고 호언장담을 하잖아요."

"정치가 다 말로 하는 거지. 말로는 무슨 얘기인들 못 해."

"아니 그래도 그렇게 말씀하시는 건……."

"그러면 내가 팁을 하나 줄게. 우리 지역구 평당 땅값이 원래 50만 원이었던 게 지금 300만 원이 됐어. 광역철도도 들어오고 하니까. 지금도 안 늦었어. 또 대기업 공장 유치전 하고 있는데 거의 우리 쪽으로 될 분위기야. 얼른 우리 지역구 땅 사. 우리 출입기자들이라고 하니까 특별히 알려주는 거야. 내가 야당이 우리 지역 지자체장일 때부터 조르고 졸라가지고 뚫은 거야. 광역철도 완공되고 사면 늦어."

"지금 저희 기자들한테 지역구 정보 주시면서 투기 조장하시는 겁니까?"

"에이 정 기자 뭘 또 그렇게 발끈하고 그래. 이런 게 또 여당 출입하는 맛 아냐?"

정초롬과 상임위원장 간 오고 가는 분위기가 심상치 않자 지금경제 한윤태 기자가 서둘러 대화를 끊는다.

"위원장님 차 잘 얻어 마셨습니다. 다음에 저희 꾸미랑 식사도 한번 해주세요. 제가 기사 마감을 미처 다 못하고 와서요. 오늘은 조금 일찍 일어나겠습니다."

"어 그래 한 기자 언제든지 놀러 와. 한 10년만 전이었어도 이렇게 어린 기자들 놀러 오면 상임위원장이 용돈이라도 쥐여주고 했었는데 말이야 하하하. 요즘은 말이 많다 보니 상임위원장 특활비도 빡빡해."

지금경제 한윤태 기자가 논정일보 정초롬 기자 팔목을 잡고 상임위원장실 밖으로 끌고 나오다시피 한다.

"한 선배, 무슨 마감을 못 끝내. 마감 끝내서 마와리 돌자고 한 거잖아."

"너 또 순간 발끈하려고 했지? 안 봐도 비디오더라."

"아니 한 선배 여당 의원이, 그것도 부동산 관련 법안 다루는 주요 상임위 소속 위원장이 저런 말 한다는 게 말이 돼?"

"여당 의원들도 부동산 가격 떨어트리는 건 현실적으로 불가능하다고 우리랑 오찬 할 때도 얘기 많이 하잖아."

"아니 그래도 그치들은 부동산 가격 하락하면 담보 가치 하락하고 하니까 실물경기 후퇴 때문에 그렇다고 그럴듯한 명분이라도 붙이잖아. 도대체 저 논리는 뭐야. 자기 지역 표 떨어지니까 결국 부동산 가격 내리는 정책 못한다 이거 아냐?"

한윤태가 눈썹을 한번 위로 올렸다가 내린다.

"표로 먹고사는 게 국회의원이니까. 지역구민 눈치를 안 볼 수가 없는 거지."

"그리고 마지막 얘기는 도대체 뭔데?"

"마지막 얘기? 뭐 예전이었으면 용돈이라도 쥐여줬다는 거?"

"아니 그거는 무슨 꼰대가 라떼식 옛날 얘기하는 거고. 그 전 거. 자기 지역구 땅 사라는 거 아냐."

"아 그거……."

"저거 미공개 정보 막 풀면서 자기 지역 땅값 오른다고 우리한테 알려주는 거잖아."

"자기 출입기자들 관리한다고 왕왕 사석에서 저런 얘기 하는 영감(국회에서 현역의원들을 지칭하는 은어)들 있으니까."

"도대체 기자를 뭐로 보고 저러는 거야. 열 받아!"

"너무 그렇게…… 잠깐만 이거는 뭐지?"

한윤태가 가리킨 곳에는 해당 상임위 피감기관 공무원들을 위한 소위원회 심사안내문이 붙어있었다.

"이거 공무원들이 상임위 소위 참석했을 때 이렇게 행동하라는 안내문 같은데."

"선배 뭐야 이거. 완전 공무원들한테 가이드라인 주면서 갑질하는 거잖아."

해당 안내문은 'OO상임위 소위 심사 요령'이라는 제목으로 입장 및 착석, 인사, 심사 진행, 퇴장 등의 순서로 공무원이 상임위 소위 심사 시 지켜야 할 행동 강령이 나열돼 있었다.

제일 처음 입장 및 착석 절차는 '행정실 직원의 안내에 따라 입장 후 지정된 자리에 착석.'이라고 적시돼 있다. 인사 절차로는 소위원장이 '관계기관 인사해 주세요.'라고 하면 동시에 기립해서 'OO부처 OOO입니다.'라고 인사 후 착석해야 한다고 안내하고 있다. 심사 진행 요령으로는 상임위 의견에 이견을 제시하는 경우 '충분히 납득 가능한 사유와 자료를 제시할 것'이라고 돼 있고 개별 상임위원 의견에 이견을 제시할 경우 '직접 관련되는 사항만을 간결하게 설명할 것'이라고 명시하고 있다.

정초롬이 혀를 찬다.

"마지막이 가관이구만. 아주 상전 납셨네."

마지막 퇴장 안내에는 소위원장이 '나가셔도 되겠습니다.'라고 말한 뒤 기립하여 '감사합니다.'라고 인사 후 입장한 문으로 퇴장하라고 적혀있다. 정초롬의 목소리가 계속 까랑까랑하다. 머리카락을 잡았다 놓았다 한다.

"한 선배, 이거 너무 심하지 않아. 무슨 공무원이 초딩들이냐. 여기 오는 공무원들 대부분 행정고시 패스한 초엘리트들일 텐데 기립, 착석, 인사방법까지 이렇게 매뉴얼로 상임위 앞에 붙여놔야 하나."

한윤태가 키득키득거린다.

"웃기기는 하네. 다 큰 어른…… 아니지 부처 고위공무원들한테 이렇게까지 안내해야 하나. 아무리 그래도 그렇지."

"안 되겠다. 의원 갑질리스트랑 이것저것 좀 모아서 '국회의원 민낯'으로 조지는 기사 말아줘야겠다."

"너는 뭐만 보면 그냥 활활 타오르는구나."

한윤태의 한쪽 입꼬리가 올라간다.

다음날 아침. 논정일보 정초롬 기자는 어제 지금경제 한윤태 기자에게 호언장담한 대로 여야를 가리지 않고 국회의원들의 갑질 사례를 모으기 시작한다. 안면을 터놓은 국회 보좌진들에게 동시다발적으로 메신저를 날린다. 평소 취재과정에서는 전화를 많이 이용하지만 보좌진들이 전화로 이런 내용을 말하기 어려울 것이라는 점을 고려한 조치다.

"안녕하세요, 저 논정일보 정초롬 기자입니다. 제가 '국회의원 민낯' 주제로 의원들이 보좌진에게 부적절한 업무 지시 등 사례 모으고 있거든요. 혹시 알고 계신 사례들 있으시면 좀 알려주시면 감사하겠습니다. 당연히 상대 당 의원실에 대한 제보도 환영입니다."

시간이 얼마 지나지 않아 국회의원들에게 당한 보좌진들의 갑질 사례가 쏟아져 들어온다. 정초롬은 제보받은 사례들에 대해 하나하나 사실관계를 확인해 나간다. 뜬소문 같은 얘기도 많이 있었지만 복수의 취재원들에게 들어온 특정 의원실 갑질 사례도 상당했다.

'이건 기사 한 꼭지가 아니라 시리즈로 해도 될 수준인걸. 일단 정리를 해보자.'

민의당 소속 비례대표 A의원실

평소 A의원은 본인이 기르는 강아지를 보좌진에게 맡기고 자신이 거주하는 전원주택의 잔디를 깎게 하는 행동을 서슴없이 저지름. 본인 기분이 나쁘면 의원실 문을 닫으라고 한 뒤 보좌진에게 욕설하고 소리 지르기 일쑤.

헌법당 소속 지역구 B의원실

B의원실 막내 9급 비서관의 하루 일과 시작은 옆 의원실에 가서 정수기 물을 받아오는 것. B의원이 자신의 의원실에 정수기를 놓지

못하게 하기 때문. 정수기를 놓지 못하게 하는 이유는 물비린내가 난다는 것. 또 정수기 때문에 바닥에 물이 떨어지면 의원실이 청결하지 못하다며 정수기를 놓지 못하게 한다고.

민의당 소속 지역구 C의원실

C의원실 보좌진들의 최대 행동지침은 '절대 정숙'. C의원은 상임위나 본회의 참석 등 특별한 일이 없을 경우 의원실 내실에 있는 책상 뒤에 놓아둔 안마 침대에서 하루 종일 취침하는 게 일과이기 때문. 행여나 소리를 내서 의원이 잠에서라도 깨면 노발대발하기 때문에 소통은 메신저나 필담으로만 하고 있다고. 해당 의원이 회의 참석 이외에 일어날 때는 '여의도 복합 쇼핑몰'에 마라탕 먹으러 갈 때뿐. 의원실 보좌진들 사이에서는 C의원과 툭하면 단둘이 마라탕 먹어야 하는 수행비서관 업무가 제일 극한직업이라는 평가가 나온다고.

헌법당 소속 지역구 D의원실

D의원실 선임비서관의 부친이 최근 말기암 판정을 받아 고향인 대구에 연차를 내고 내려가야 하는 일이 몇 번 있었음. 워낙 몸이 안 좋으셔서 임종을 지키지 못할까 봐 해당 선임비서관은 노심초사했다는 후문. 하지만 D의원은 임시국회 기간도 아닌 때에 "너 이 XX 한번만 또 그딴 핑계 대고 연차 냈다가는 모가지 날아갈 줄 알아."라고 엄포. 실제로 해당 선임비서관이 임종을 지키기 위해 연차를 낸 뒤 다음날 출근하는 데 차량 차단기가 올라가지 않아 면직처리 된 사실을 알았다고.

민의당 소속 수도권 지역구 E의원실

E의원실 일정비서관 최우선 업무는 E의원 가족의 경조사 날짜를 잊지 않고 챙기는 일. E의원실 일정비서관은 E의원 집안의 제사 날짜는 물론이고 친정, 시댁 양가 부모의 생일까지 모두 잊지 않고 생일선물을 준비해야 한다고. 특히 시댁 김장 날짜를 한 번 잊어버렸다고 불호령이 떨어진 경험도. 결국 일정비서관은 E의원과 함께 E의원 시댁에 김장하러 광주까지 내려간 적도 있다고.

헙법당 소속 중진 F의원실

F의원의 회의 소집 단골 시간은 오전 11시 55분과 오후 6시. 오전 11시 55분에 회의를 소집할 때면 점심 먹으러 자리를 비운 보좌진들이 소환돼 10분 내로 착석을 마무리해야 하는 게 암묵적인 룰이라고. 오후 6시 회의소집 공지는 보통 오후 5시 넘어서 하기 때문에 F의원실에서 저녁 약속을 취소하는 일은 이제 새롭지도 않다고. 새벽에 의원실 메신저 단체방에 F의원이 술이라도 마시고 글을 올렸는데 답변이 없으면 다음 날 불호령이 떨어지기 때문에 의원실 분위기가 초상집이라고. 이 때문에 보좌진들이 돌아가면서 메신저 단체방 새벽 답장 담당을 당번식으로 운영한다고.

정초롬은 정리한 사례들을 보면서 다시 한숨을 내쉰다. 국회보좌진은 4급부터 9급까지 급수별로 공무원 최고호봉을 받는다. 하지만 사실상 포괄임금제가 적용되기 때문에 아무리 야근을 많이 하고 주말에 근무를 해도 추가 수당이나 야근 수당은 나오지 않는다.

일부 의원들이 국정감사나 명절 등에 상여금을 주기도 하지만 말그대로 의원 재량이라 의무는 아니다. 다만 이 때문에 휴가를 정식 결재하지 않고 연차수당으로 정산 받을 수 있게 불법, 꼼수를 쓰는 의원실도 있다.

'그래 얼마 전에 헌법당 중진 의원이 상임위 저녁 식사 위한 정회 중에 술 진탕 마시고 술 냄새 풀풀 풍기면서 회의장 들어온 일도 있었지. 그것도 쓰자.'

정초롬은 해당 헌법당 중진 의원 보좌관에게 전화를 건다.

"보좌관님, 안녕하세요."

"정 기자님, 어쩐 일이세요?"

"제가 여쭤보기 좀 송구스럽기는 한데요. 의원님 그제 상임위 법안 심사할 때 저녁 식사 위한 정회 시간 때 술 드시고 복귀하셨잖아요."

"아니에요, 그때 술 안 드셨어요."

보좌관이 계속 모시는 국회의원의 상임위 음주 참석을 극구 부인한다.

"제가 그 날 의원님 바로 뒷자리에 앉았는데 소주 냄새가 풀풀 풍기더라고요. 얼굴도 빨개지시고요."

"아니 우리 의원님이 원래 감기 기운 있으시면 얼굴이랑 귀가 빨개지시고 그럽니다. 절대 약주 한 거 아니시고요."

"아닌데요. 그때 말씀도 좀 횡설수설하시고 제가 분명히 술 냄새도 맡았습니다. 그러면 제가 의원님이랑 직접 통화해 볼게요."

정초롬이 전화를 끊으려고 하는데 보좌관 목소리가 다급해진다.

"기자님, 기자님! 죄송합니다. 한 번만 봐주세요. 그거 기사 나가면

저 잘려요. 제가 정무랑 언론대응 담당인데 진짜 기사 나가면 바로 면직이에요. 제 얼굴 봐서 한 번만 봐주세요. 이렇게 부탁드립니다."

정초롬은 보좌진들에 대한 의원들의 갑질 내용을 취재한 마당에 보좌관이 이런 태도로 나오자 마음이 약해진다. 국회의원 보좌진은 별정직 공무원이기 때문에 의원이 마음먹으면 언제든 해고가 가능하다. 30일 전 면직예고제 규정이 어렵사리 만들어지기는 했지만 합당한 면직 사유는 필요하지 않다. 말 그대로 영감 마음대로다. 물론 일정 기간 전에 미리 해고를 통보하지 않아도 근로기준법 저촉을 받지 않았던 과거의 일명 '팩스 면직'과 비교하면 그나마 나아지긴 했다. 과거에는 보좌진을 면직 처리한다는 팩스 한 장만 국회 사무처에 넣으면 언제든 그 순간 바로 보좌진을 해임할 수 있었다.

면직예고제 도입 논의도 수차례 이뤄진 끝에 어렵사리 관철됐다. 전임 국회의원 임기에서는 교섭단체 원내대표들이 민의당, 헌법당 보좌진협의회가 주최한 '보좌진 면직예고제 토론회'에 참석해 면직예고제 도입을 약속하기도 했지만 당연지사 해당 토론회에서만 있었던 일시적 말의 성찬이었을 뿐 유야무야됐다. 국회의원들이 자신들의 보좌진 인력 운용을 자의적으로 하는 것을 방지하는 법안을 선뜻 입법할 리가 만무했다.

다만 최근에는 가능하면 '좋게좋게' 면직처리를 하려고 하는 분위기는 확산하고 있는 추세다. 30일 전 면직예고제 규정이 도입된 것은 물론 '국회의원 갑질', '부당 해고' 등에 대한 언론 제보 우려가 있어서다. 또 지근거리에서 국회의원을 모신 보좌진이 의원과 갈등으로 의원실을 떠날 경우, 눈앞에서 지켜본 해당 의원의 비리를 폭로하는 경우도 있어서 앙금이 남는 면식방식은 의원 스스로 자제하기도 한다.

"네, 그러면 기사 전반적인 기조 봐서 한 번 고려해 보겠습니다. 그리고 보좌관님이 죄송할 건 아니죠. 죄송해도 의원님이 죄송하셔야죠."

취재가 어렵지 않게 됐지만 정초롬의 기분은 영 찝찝하기만 하다.

'이럴 때는 역시 술이지.'

정초롬은 '서기들' 메신저 단체방에 바로 글을 올린다.

"오늘 술 드실 분? 센 술로 가시죠"

NNB 유진 기자가 제일 먼저 대답한다.

"어머 우리 초롬이 열 받는 일 있었구나. 센 술 무슨 술?"

"고량주!"

서기들 밥조원들이 국회 인근 중식당인 '정동각'에 둘러 앉아있다. 논정일보 정초롬 기자가 연신 술을 들이킨다.

"국회의원 민낯을 야마(주제를 의미하는 기자들의 은어)로 잡고 취재하는데 취재가 잘되면 잘될수록 뭐랄까 기분이 나쁘더라고요."

지금경제 한윤태 기자가 나지막하게 한마디 한다.

"천천히 마셔."

"한 선배, 지금 내 걱정해 주는 거야?"

한윤태는 정초롬과 눈을 마주치자 이내 눈을 피하고는 자신의 술잔을 비운다.

"술 빨리 떨어지니까 그렇지."

"흥."

"너 법안 만들어지는 과정 알면 더 씁쓸할걸?"

"법안 만들어지는 과정?"

"법안발의하려면 최소 의원 열 명한테 동의를 받아야 하잖아."

"그렇지."

"그게 대부분 어떻게 이뤄지는 줄 알아?"

"의원이 그 법안에 동의하면 도장 찍어주는 거 아냐?"

"무슨. 대부분 법안은 의원이 직접 보지도 않아. 보좌관 선에서 공동발의자로 이름 올릴까 말까 결정되는 거지."

"뭐?"

정초롬의 미간이 좁아진다. 한윤태가 설명을 이어간다.

"민감한 법안이나 쟁점 법안 같은 것만 의원이 직접 보고 검토하지 대부분은 수석, 차석 보좌관급에서 결정하고 의원한테는 요약 검토해서 보고만 올리는 정도야."

"의원 한 명 한 명이 입법기관인데 그러면 자기 업무를 방기하는 거지."

"그리고 법안에 공동발의로 이름 올리는 것도 대부분 그 법안에 동의해서라기보다는 친소관계 때문에 해주는 거야. 일명 법안발의 품앗이라고 하지. 자기 법안에 많이 도장 찍어준 의원실 법안에는 어쩔 수 없이 도장 많이 찍어주게 돼있어."

"참나, 무슨 법안발의가 친목 도모도 아니고……."

"그러니까 대부분 법안 회람도 같은 당 의원실에만 돌린다고. 여당은 여당에만, 야당은 야당에만."

NNB 유진 기자도 팔짱을 끼면서 거든다.

"그리고 이 4차산업혁명 시대에 법안 동의 얻기 위해서는 발로 뛰어야 한다."

정초롬이 반문한다.

"그건 또 무슨 소리에요, 선배?"

"메일이나 온라인, 펙스로 보내 회람하는 건 예의가 아니란 거지. 어지간한 중진 의원실 아니면 엄청 욕먹어. 특히 초선은 절대 그러면 안 된다는 게 불문율."

"그러면요?"

"직접 찾아가서 도장 받거나 아니면 하드카피로 예쁘게 프린트해서 의원실 사서함에 넣고 검토해 달라고 요청하는 거지."

"무슨 자원 아끼자니 종이 없는 회의 하자니 어쩌고 하면서 법안 하나 회람하는데 A4용지 몇백 장 잡아먹겠네요. 내가 평생 아낀 종이, 의원실 한군데서 통치겠네."

"그게 다 국회의 위선이고 민낯이라는 거지."

"그래도 저는 이거 반장이 기획으로 며칠 동안 잘라서 내보내자고 해서 당분간 발제 걱정 없는 걸로 위안 삼을래요."

"와 진짜? 좋겠다……. 언니는 내일 발제 뭐하냐……."

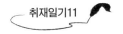

국익보다 내 지역구

11월 30일 아침 국회 소통관 지금경제신문 기자실 부스. 지금경제 박성현 국회반장이 한윤태 기자를 부른다.

"윤태야, 모레가 예산안 법정시한인데 그전에 여야 합의되냐?"

한윤태가 심드렁하게 답한다.

"안 돼요."

"너무 확신에 찬 거 아니냐?"

"100%입니다. 예외 없어요."

"혹시 또 모르지 않냐. 여야 극적 타결로 법정시한 준수!"

"오늘 금요일이고 내일부터 주말이라 영감들 지역 내려가고 해야 돼요. 언제 그거하고 있어요."

"그래도 민의당은 법정시한 내 처리하자고 헌법당 압박하고 있잖아."

"안 된다는 거 다 알고 저러는 거예요. 민의당도 말만 그렇게 하고 현실적인 예산 처리 목표 시점은 정기국회 전까지만 처리하자입니다. 원내대표가 비상대기령 문자 안 돌린 것만 봐도 모레까지 될 일 없다는 얘기죠. 최고위회의 다녀옵니다."

헌법에 따르면 국회는 내년 예산안을 12월 2일까지 의결해야 한다. 헌법에 명시적으로 '12월 2일'이라는 문구는 없지만 '정부는 회계연도마다 예산안을 편성하여 회계연도 개시 90일 전까지 국회에 제출하고, 국회는 회계연도 개시 30일 전까지 이를 의결하여야 한다'는 규정 때문이다. 회계연도 개시일인 1월 1일부터 30일을 역산하면 12월 2일이 된다. 2014년부터 적용되기 시작한 국회 선진화법의 예산자동부의제도는 이런 헌법 규정을 준수하기 위해 12월 1일이면 내년 예산안이 자동으로 본회의에 부의되도록 하고 있다.

잠시 뒤 민의당 당대표실 앞. 최고위회의가 비공개로 전환된 뒤 지금경제 한윤태 기자와 논정일보 정초롬 기자가 백그라운드 브리핑을 기다리면서 대표실 앞 복도 의자에 나란히 앉아있다.

정초롬이 공개 최고위회의 발언 워딩의 오탈자를 수정하면서 한윤태에게 묻는다.

"한 선배, 어제 만찬 복기 있잖아. 우리 '서기들' 밥조 메신저 단체방에 올라온 거. 민의당 의원이 유진 선배한테 한 워딩 보니까 거의 성희롱이던데?"

"아 찢어진 청바지 보고 섹시하다고 한 거……."

'서기들'이 밥조라고 부르는 국회 꾸미를 함께 하는 기자들은 의원들과 오찬, 만찬을 했을 때 오간 주요 대화 내용을 주제별로 복기

해서 함께 공유하곤 한다. 정초롬이 언급한 성희롱 얘기는 어제 민의당 의원과 '서기들' 밥조원들 간 저녁 자리에서 오갔던 대화 정리에 있는 내용이다. 정초롬은 논정일보 정당팀 약속 때문에 어제 서기들 만찬에는 참석하지 못했다.

"아니 한 번도 아니고, '아주 섹시해. 아니 너무 섹시한데.' 그렇게 몇 번이나 말했다고 돼있잖아."

"정작 당사자인 유진 선배가 그런 거를 뭐라고 언급 안 하니까. 실제로 별로 기분 나빠하지도 않고. 그런 상황에서 나랑 이슬이가 나서서 뭐라고 하기도 그렇잖아."

"선배도 기준이 너무 느슨해. 저번에 임나리 의원이 선배한테 막 눈 예쁘다고 결혼했냐고 물어보고. 술 마시면서 선배 허벅지 은근슬쩍 터치하는데도 가만히 있더라."

"그랬었나?"

정초롬이 한윤태를 한 번 흘겨본다. 못마땅한 표정이다.

"선배, 출입처 여자 취재원들이 예뻐해 준다고 그냥 가만히 있지. 출입처에 눈웃음 팔고 다니지 마라."

한윤태가 어이가 없다는 듯이 쳐다본다.

"내가 무슨 눈웃음을 팔고 다녀."

정초롬이 화제를 다시 원점으로 돌린다.

"하여간 저렇게 자기가 하는 게 성추행, 성희롱인지도 모르는 의원들이 밖으로는 아주 깨어있는 척, 성인지 감수성 민감한 척 다한다니까."

"실제 사석에서 하는 거에 비해서 엄청 자신이 그런 부분 민감해

한다는 듯이 광파는 의원들이 많기는 하지."

한윤태도 인정한다.

"그런 꼰대 영감탱이들이 나중에 2030 의원이 원피스나 청바지 입고 본회의장 등원해서 논란이라도 돼봐. 앞다퉈서 응원한다고 SNS에 글 남기고 할 거야. 안 봐도 뻔하다. 천하의 위선자들."

한윤태가 노트북을 덮고 자리에서 일어난다.

"먼저 간다."

"아직 비공개 최고위회의 안 끝났는데 어디가?"

"오늘 법제사법위원회 총 맞아서(지시를 받았다는 기자들의 은어). 그 거 보러 간다. 백블 있으면 워딩 좀 서기들 밥조방에 풀(취재 내용 공 유를 의미하는 언론계 용어)해줘."

지금경제 한윤태 기자는 법사위 전체회의가 열리는 국회 본청 4 층 법사위 회의실로 간다. 회의장 안으로 들어가 여당 의원 자리 뒤 에 있는 책상 빈자리에 앉아 노트북을 편다. 전체회의 개의 시각이 오전 10시로 공지가 돼있지만 아직 의원들이 도착하지 않았다. 오 늘 통과가 예정된 법안들의 소관 부처 장관들과 공무원들은 미리 와서 회의장에 착석해 있다. 법사위는 모든 상임위를 통과한 법안 들이 본회의에 상정되기 전에 다시 한번 통과해야 하는 '사실상의 상원' 역할을 한다. 법적 근거는 국회법 제86조 '체계·자구의 심사' 1항에서 명기하고 있는 법사위의 체계·자구 심사 권한이다. 해당 조항은 '위원회에서 법률안의 심사를 마치거나 입안을 하였을 때에 는 법제사법위원회에 회부하여 체계와 자구에 대한 심사를 거쳐야 한다.'고 규정하고 있다. 2년마다 한 번씩 진행되는 여야 간 상임위 배분 협상에서 법사위가 가장 화두가 되는 것도 이 때문이다. 한윤 태가 회의장을 둘러보는 데 장내가 휑하다.

'어라 근데 의원들이 별로 없네.'

법사위 회의가 시작됐는데 자리를 지키는 의원들은 헌법당 소속 법사위원장과 여야 법사위 간사 외 소수 의원들뿐이다. 한 자리 건 너 한 자리가 공석이다. 법사위원장은 의석이 절반도 차지 않았지 만 상임위를 열 수 있는 정족수만큼의 의원이 모이자 의사봉을 두 드리며 개의를 선언한다. 우선 법안심사제2소위로 보낼 다른 상임 위에서 올라온 법안들에 대한 논의부터 시작한다. 법사위는 법사위 자체법안은 1소위에서, 다른 상임위에서 올라온 법안은 2소위에서 심사한다.

'사람이 별로 없어서 법안 무덤인 2소위로 보낼 것들부터 시작하 는 건가.'

법사위는 법안들에 대한 심사와 출석한 기관장들을 대상으로 현 안질의를 이어나간다. 회의가 다소 늘어지자 여야 의원들이 회의장 을 들고 나기 시작하고 어느새 개의 때보다 자리를 지키는 의원 수 가 더 적어진다. 현안질의가 모두 끝난 이후 헌법당 소속인 법사위 원장이 다소 멋쩍은 표정을 짓는다.

"다음은 교육위원회 소관 법안들을 의결할 차례입니다만……."

법사위원장이 급히 법사위 행정실 직원을 손짓으로 부른다.

"지금 몇 명이 없어서 의결이 안 되는 거지?"

"의결 정족수 위해서는 세 분 더 계셔야 합니다."

"빨리 연락 돌려봐."

법사위원장이 이번에는 민의당 현역 국회의원인 장관들에게 양해를 구한다. 웃고는 있지만 표정에서 곤혹스러움이 읽힌다.

"의결정족수가 부족해서 잠시 대기하도록 하겠습니다. 의결정족수가 차는 대로 법안들은 의결할 거고요. 장관님들 죄송하지만 조금만 더 자리를 지켜주십시오. 잠시만 더 앉아 계시고요."

법사위는 법안 의결 정족수를 채우기 위해서 정회도 못 하고 의결도 못 하는 어정쩡한 상황에서 하염없이 의원들을 기다린다. 한윤태가 고개를 절레절레 흔든다.

'금요일이라고 다들 상임위 팽개치고 지역 내려갔네. 안 봐도 뻔하다. 평소에 민의당이 회의 편파 진행한다고 그렇게 욕하던 헌법당 소속 법사위원장이 여당 현역의원 장관들한테 저렇게 저자세로 양해 구할 정도라니. 취재하는 내가 다 부끄럽다 부끄러워.'

30분쯤 시간이 지난 뒤. 민의당 의원 두 명과 헌법당 의원 한 명이 멋쩍은 표정을 하면서 법사위 회의장으로 들어온다. 이들은 동료 의원들에게 미안하다는 듯이 손을 모아 양해를 구한다. 법사위원장에게도 목례를 하면서 눈치를 본다. 법사위원장은 기다렸다는 듯이 의사봉을 두드리기 시작한다.

"자 그럼 의결 정족수 다 채워진 것 맞지요? 의사일정 제1항부터…… 제72항 의결하겠습니다. 이의 없으시죠? 가결되었음을 선포합니다. 장관님들 수고하셨습니다. 모두 이석하셔도 좋습니다. 이것으로 오늘 회의는 산회를 선포합니다."

의결 정족수 부족으로 자칫 법안들을 의결하지 못할 뻔한 상황이지만 법사위 회의 종료 뒤 여야 의원들은 화기애애하기만 하다. 같은 당 출신 국무위원들에게 다가가 신변잡기식 대화를 하는 여당 의원들도 보인다.

"이 의원 어디 갔다 왔어? 30분이나 기다렸잖아."

"오늘 회의 쟁점 법안도 없고 정족수 걱정 없겠다 싶어서 지역 내려가다가요……. 보좌관한테 행정실에서 전화 왔다는 얘기 듣고 급하게 차 돌렸습니다."

"쉬엄쉬엄해. 그 지역 우리당에서 마땅한 경쟁자도 없잖아."

"그래도 공천에서 또 어떻게 될지 모르고요. 금귀월래(금요일에 지역구에 내려갔다가 주말을 보내고 월요일에 국회로 복귀하는 것을 의미하는 정치권의 용어) 열심히 해야죠."

지금경제 한윤태 기자는 소통관 기자실 부스에 복귀해 박성현 국회반장에게 법사위 상황을 간단히 보고 한다.

"법사위는 어차피 비쟁점 법안 그냥 두드리기만 해서요. 정족수도 못 채워서 하세월한 걸로 기자수첩 하나 조질게요."

"상임위 정족수 못 채워서 정회하네 마네, 회의 다시 잡네 마네 하는 거 하루 이틀이냐."

"그래도 법사위는 또 다르죠. 원구성 협상할 때마다 여야가 서로 자기들이 갖네 마네로 몇 주를 싸우는 핵심 상임위인데요. 거기마저 의원들이 지역 내려간다고 안 챙기면 어떻게 해요. 본회의 넘어가기 전에 핵심 관문이기도 하고요. 말로는 맨날 법사위 내놔라 법사위 개혁해야 한다 하면서. 법사위 개혁은 무슨 놈의 개혁이요. 그

전에 기본 중의 기본인 상임위 회의 출석부터 똑바로 해야죠. 의원들이 지역구에 쏟는 노력 반만 국회에 쏟아도 정부 아주 박살 난다고 봅니다."

한윤태는 기자수첩으로 '말로만 민생 민생, 정족수도 못 채우는 낯 뜨거운 국회' 기사를 작성한다. 여야 의원들의 지역구 챙기기 때문에 국민생활과 국정운영에 큰 영향을 끼치는 법안들이 본회의 직전 문턱에서 지연될 뻔했다는 점을 지적한다. 국무위원이 의결을 기다리며 대기하는 촌극까지 벌어졌다는 점을 꼬집으면서 국민을 대의하는 입법부가 회의 참석이라는 기본 의무부터 지켜야 한다고 일갈하는 내용이다. 평소 야당이 현안질의를 위해 국무위원 출석을 요구할 때 여당이 장관의 국정운영 집중 중요성을 내세워 거부한 사례들도 열거한다.

"선배, 기자수첩 올렸어요. 한 번 봐주세요. 어차피 지면 안 들어갈 거니까 보시면 바로 기사 쏘시죠."

박성현 국회반장이 떨떠름하게 답한다.

"너는 진짜 바빠 죽겠는데……. 알았어 뭐 어떻게 보면 클리쉐한 내용이니까 후딱 내자."

기사가 온라인으로 송고된 이후 한윤태에게 민의당 고대식 원내대변인으로부터 전화가 걸려온다.

'기사 컴플레인 전화인가. 여야 양비론이라 딱히 민의당에서 문제 삼을 건 없는데…….'

"네, 선배."

"윤태야, 방금 법사위 관련해서 기자수첩 쓴 거 잘 봤다."

"기사 컴플레인 아니시죠?"

"내가 몇 번이나 말했잖아. 쟤들이랑 우리랑 같이 욕먹는 건 상관 없다고."

한윤태가 목소리를 내리깐다.

"선배⋯⋯."

"알았다, 알았어. 그게 아니라. 네가 오늘 법사위 기사 썼기에 형이 발의한 초·중등교육법 관련해서 나중에 법사위 기사 쓸 때 한 번 참고해 달라고."

"어떤 건데요?"

"그게 여야 무쟁점 법안인데 법사위에 잡혀있거든. 우리당 법사위 간사한테 말하면 야당 법사위 간사한테 말하라고 하고, 야당 법사위 간사한테 말하면 법사위원장한테 말하라고 하고. 법사위원장한테 말하면 헌법당 최경국 대표가 반대해서 잡고 있는 것이라고 하고."

"그거 그냥 책임 돌리기 아니에요?"

"그러니까. 무슨 부처 민원실도 아니고. 그게 헌법당도 반대 안 하는데 본인들이 교육위에서 빠져있을 때 의사봉 두드려 가지고 비위 상해서 저러는 거야."

"한번 법안 내용 좀 볼게요."

"그래 형이 어지간해서 이런 부탁 안 하잖아."

"그거 선배 지역구랑 관련 있는 거죠? 선배 지역구에 학교들도 많고 학부모도 유권자 비중상 중요하고 해서요."

"정곡을 찌르냐⋯⋯. 근데 그게 장기적인 우리나라 초·중등교육 위해서도 필요한 거고……."

"제가 뭐라고 했나요. 지역구 민원 관련 기사 한 번 살펴보겠습니다."

"그래 부탁한다. 우리도 중점법안들이나 후딱후딱 처리해 주지 이런 건 상임위에서 함흥차사니까. 내가 간사한테 샤바샤바 하느라고 먹인 술만 얼만데 진짜."

며칠 뒤 국회 본청 예결위원장실 옆 예결위소회의실 앞. 지금경제 한윤태 기자와 논정일보 정초롬 기자, 열국신문 강이슬 기자 등 국회 출입기자들이 삼삼오오 모여있다. 정초롬이 대뜸 짜증을 낸다.

"도대체 예결위소소위는 언제 끝나는 거야 기약도 없이."

그때 마치 정초롬 얘기에 화답이라도 하는 듯 소회의실 문이 열린다. 예결위 민의당, 헌법당 간사와 기획재정부 차관이 나온다.

"내년 예산안 합의됐나요?"

"저녁 먹고 8시부터 다시 논의하기로 했습니다."

기자들 사이에서 탄식이 흘러나온다. 기자들과 여야 예결위 간사 간에 간단한 문답이 몇 차례 더 오고 간다.

"오늘 되긴 되나요?"

"오늘 내로는 어렵습니다. 저녁 먹고 다시 모이기는 모이는데 자정까지 일단 논의하고 내일 아침 10시에 다시 만나기로 했습니다."

"오늘 타결 안 되는 거죠, 그럼?"

"걱정 마시고 기자님들 퇴근하셔도 좋습니다."

한윤태가 지금경제 정당팀 메신저 단체방에 보고를 올린다.

"오늘 내로 소소위 합의 어렵다고 합니다. 내년 예산 처리 오늘도 불발로 하나 정리하고 퇴청하겠습니다. 내일 발제는 예산처리 때마다 되풀이되는 법정시한 무산이랑 법적 근거도 없는 소소위로 묶어서 하나 쓸게요."

하루 뒤. 지금경제 한윤태 기자는 어제 보고한 대로 예산 지각처리 문제를 지적하는 기사를 일일보고로 발제한 뒤 기사 작성을 시작한다. 한윤태는 먼저 국회가 헌법에 명시한 12월 2일 예산 처리 법정시한을 어기는데 무감각한 점을 지적한다. 여야 모두 정기국회 내에, 늦어도 12월 말 전에만 내년 예산을 처리하면 된다고 암묵적으로 동의하는 상황에서 12월 2일 법정시한이 지켜지기 어렵다고 꼬집는다. 법안을 만드는 입법부부터 법 규정 준수를 등한시하는 데 대한 기본적인 문제점들을 적어나간다.

또 예산안이 9월이면 국회에 제출되지만 여야 모두 국정감사가 끝난 뒤인 11월이 돼서야 예산을 들여다보기 시작하면서 수백조 예산을 심사할 시간이 한 달 남짓밖에 되지 않는 현실을 문제 삼는다. 헌법상 근거조차 없는 예결위소소위에서 서너 명이 모여 수백조 예산을 며칠 만에 주무르고, 심지어 과거에는 호텔방에서 몰래 이런 논의가 이뤄졌다는 점을 상기시킨다. 이런 예산 지각 처리 문제는 국회법과 '국정감사 및 조사에 관한 법률'에서 명시한 결산심사와 국정감사 기간이 제대로 지켜지지 않는 것과 맞물려 있다는 점도 언급한다.

국회법 제128조의2(결산의 심의기한)에는 '국회는 결산에 대한 심의·의결을 정기회 개회 전까지 완료하여야 한다.'고 나와 있다. '국감 국조법' 제2조 역시 '국회는 국정 전반에 관하여 소관 상임위원회별로 매년 정기회 집회일 이전에 국정감사 시작일부터 30일 이내의 기간을 정하여 감사를 실시한다'고 돼있다. 하지만 9월 정기국회가 시작되기 전인 8월 결산국회에서 작년 예산에 대한 결산심사가 완료되는 경우는 없다. 마찬가지로 국정감사 역시 정기국회 시작 이후 추석 연휴 전후로 열리는 게 당연시되고 있다. 자연히 예산심사 일정 자체도 그 뒤로 지연된다. 법에 명문화된 결산심사와 국정감사 기한이 늦어지는 만큼 내년 예산 심사 기한도 촉박해질 수밖에 없다.

한윤태는 이런 맥락을 종합해서 국회가 헌법에서 규정한 예산에 대한 심의확정권을 스스로 포기하고 있다고 비판한다. 또 교섭단체 원내지도부가 예산 늦장 처리에 대한 근본적인 문제의식이 없기 때문에 상임위원회 예산 심의는 사실상 유명무실화 됐다는 점도 짚어준다. 자연스러운 수순으로 상임위 심사를 기반으로 예산 심의를 시작해야 할 예결위 역시 며칠간 정쟁만 거듭하다 결국 밀실 소소위나 여야 원내지도부 대타협 국면으로 넘어가, 심도 있는 예산 심의를 국회가 방기하고 있다고 언급한다.

한윤태가 기사 상신을 막 마쳤는데 민의당에서 문자 공지가 온다.

'잠시 뒤 예결위 간사 브리핑. 장소 예결위소회의실 앞.'

한윤태는 서둘러 자리에서 일어나면서 노트북을 왼쪽 옆구리에 낀다.

"선배 예결위소소위 합의했나 봐요. 브리핑 다녀오겠습니다."

한윤태가 본청 예결위소회의실 앞으로 가니 먼저 도착한 취재기자들과 ENG 카메라들로 가뜩이나 좁은 복도가 북적북적하다. 곧이어 예결위 민의당, 헌법당 간사와 기재부 차관이 소회의장에서 나와 예결위소소위 합의 사안들을 발표한다. 정부가 세출한 내년도 예산에서 순 감액된 금액과 여야 간 논쟁이 됐던 굵직굵직한 예산안 항목에 대한 6개 합의 사항을 예결위 민의당 간사와 헌법당 간사가 번갈아가면서 낭독한다. 역시나 정찰제처럼 감액 5조 원, 증액 4조 원, 순 감액 1조 원 수준에서 타결이 이뤄진다. 한윤태가 합의문 발표가 끝난 뒤 질문을 한다.

"그럼 오늘 내로 시트작업(기획재정부의 예산 개별항목 관련 실무작업인 예산명세서 작성을 지칭하는 은어)도 마무리 가능한가요?"

예결위 민의당 간사가 고개를 끄덕인다.

"보통 시트작업이 7~8시간 정도 걸리죠? 오늘 마무리할 수 있을지는 불투명한데요. 여야 모두 새벽까지 대기하면서 늦게라도 본회의에서 예산을 통과시키기로 했습니다."

"6개 항목 외에 논란이 됐던 공무원 충원 관련 총예산 증감액은 어떻게 되나요?"

"합의문 외에 나머지 사안은 최종 예산 수정안을 확인해 주시기 바랍니다."

"속기록도 안 남는 소소위 깜깜이 논의하셨는데 그런 주요 사안도 발표 안 하시는 겁니까?"

"아직 기재위 실무 작업도 남아있으니까요. 그럼 브리핑은 이것으로 마치겠습니다."

예결위 간사들은 더 이상 질문을 받지 않고 자리를 뜬다.

몇 시간 뒤. 저녁 7시에 본회의가 개의된다. 예산안과 예산부수법안들의 의안 순서는 맨 뒤로 빠져있고 며칠 전 법사위를 통과한 여야 무쟁점 법안 100여 개가 앞 순위로 올라와 있다. 법안들의 관련 상임위원장, 소위원장 등이 번갈아 가면서 법안에 대한 제안설명을 한다. 제안설명, 표결, 의결하는 절차가 쳇바퀴처럼 반복된다. 일부 의원들은 그런 시간이 무료한 듯 책을 읽고 있다. 국회 본청 4층 본회의 방청석에 지금경제 한윤태 기자와 논정일보 정초롬 기자, 열국신문 강이슬 기자가 그런 모습을 지켜본다.

정초롬이 한심하다는 표정으로 손가락질을 한다.

"한 선배 저거 너무 한심하지 않아. 무쟁점 법안들 처리하는 본회의에 앉아있는 의원들은 입법부가 아니라 그냥 표결 버튼 누르는 거수기네."

한윤태가 어깨를 으쓱한다.

"그렇지. 법안 하나하나가 다 우리 실생활에 적든 크든 영향을 끼치는데. 한 건 의결 당 채 2분도 안 걸리니까. 아무리 소관 상임위랑 법사위 통과했다고 해도 말이야."

"그러니까. 영감탱이들 법안 제안설명도 안 듣고 순 잡담이나 하고. 모니터에 표시되는 법안 주요 내용이나 읽는지 모르겠네."

강이슬은 지루한지 기지개를 켜면서 하품을 한다.

"오늘은 어째 찬반 토론 걸린 법안도 하나도 없네요. 혹시나 부결되는 법안만 있나 체크하면 되겠다."

그렇게 약 3시간 30분이 흘렀다. 부결된 법안은 한 건도 없다.

"그럼 아직 내년 예산 관련 기재부 실무작업이 계속되고 있는 관계로 잠시 회의를 정회하겠습니다."

국회의장이 본회의 정회를 선포하면서 의사봉을 두드린다. 하지만 오후 11시 30분이 돼서도 예산안 시트작업이 마무리되지 못해 자정 직전 열린 본회의에서 국회의장은 본회의 차수 변경을 하고 다시 정회를 선포한다. 소통관 기자실 각 언론사 부스에는 예산안 처리를 기다리는 국회반장과 현장 기자 한두 명이 남아 쪽잠을 자면서 눈을 붙이고 있다. 오전 3시경 기자들의 휴대전화가 동시에 울린다.

'잠시 뒤 본회의 개의 예정 -국회 의사국-'

한윤태와 정초롬, 강이슬이 졸린 눈을 비비면서 본청 4층 본회의장 방청석으로 올라간다. 본회의가 재개되고 예산안과 예산부수법안들이 별다른 이변 없이 통과된다. 민의당 의원들이 일어나 박수를 친다. 민의당과 헌법당 의원들도 오늘만큼은 여야 정쟁 없이 본회의장에서 악수를 하면서 서로를 격려한다. 민의당 이자웅 원내대표는 본회의장에서 멀찍이 떨어진 헌법당 윤목걸 원내대표 자리로 찾아가 먼저 악수를 청하고 포옹까지 한다. 평소 원내협상에서 보이던 기싸움이나 으르렁거리던 모습이 거짓말 같다.

'서기들' 밥조 메신저 단체방이 울린다. 정초롬이다.

"다들 기사 대충 미리 써놨죠? 얼른 마감치고 국회 앞에 양지탕집에서 모여서 한잔하고 들어가요."

강이슬이 한윤태에게 도움을 청한다.

"윤태형 좀 말려봐요……."

"짱구랑 정초롬은 못 말려……. 너는 체력도 좋다……."

정초롬은 개의치 않고 술자리를 재차 재촉한다.

"어차피 오늘 야근자들 내일 출근 시간 좀 늦을 거 아냐. 말들이 많아."

잠시 뒤 국회 앞 양지탕 집에 서기들 밥조원들이 모여있다. 논정일보 정초롬 기자가 묻지도 않고 메뉴를 정한다.

"여기 수육 대자 하나하고요. '순한 맛 소주' 주세요."

주문을 마치자 NNB 유진 기자도 가게로 들어와 자리에 앉는다. 지금경제 한윤태 기자가 자신의 자리를 내주고 옆으로 비켜 앉는다. 정초롬이 못마땅한 표정으로 유진을 쳐다보면서 소주병 뚜껑을 연다. 한윤태는 그런 눈빛을 못 본 척하면서 유진 앞에 소주잔과 수저를 챙겨준다.

"선배도 계셨어요?"

유진이 푸른색 퍼 코트 옷깃을 여미면서 답한다.

"나 아침 리포트 당번이라서. 어차피 철야야. 그래서 술은 못 마시고."

"선배가 극한 직업이네요."

"기재부 출입 대신 내가 예산안 주요 내용 요약해서 아침뉴스 리포트하기로 했어."

"기재부 보도자료는 어차피 정부 편성 예산 자화자찬일 거 아니에요?"

"그거 그냥 읽어주는 거지. 민생 예산 몇조 얼마! 무슨 산업 예산 몇조 확보!"

정초롬이 짜증 섞인 목소리로 끼어든다.

"한 선배는 작년에도 예산했지? 예산처리 때마다 원래 매년이래?"

"매년 이렇다. 예산 법정시한 넘어가는 순간 국회의장이 '국민들께 송구하다. 예산법정시한 못 지켰다. 여야에 조속한 심사 완료 촉구' 어쩌고저쩌고 고장 난 라디오 틀어대는 것처럼 입장문 발표하는 것도 똑같고."

"뭐 어떻게 바꿀 수 없나."

"그거 바꾸려고 국회 선진화법에 12월 1일 예산 자동부의제도 만들었는데도 하나도 안 바뀌잖아."

"소소위도 그대로고."

"그래, 쪽지 예산도 그대로고. 소소위는 속기록도 안 남으니까 도대체가 무슨 심사를 어떻게 했는지 알 수가 없어."

"얼탱이 없는 여당 지도부는 소소위 조지는 거 취재하려니까 현법체계에서는 소소위가 최선의 방법이라고 아주 웃기지도 않는 소리를 하더라고."

"그것도 정해진 멘트지. 예결위 소위가 환노위 수준 인원인데 어차피 그 인원으로는 예산 수백조 합의 절대로 안 된다는 논리. 그러면 도대체 소위 일독이랑 증감액 심사는 왜 하냔 말이야."

"그러게. 그러면서 소위 구성 열다섯 명으로 하니 열여섯 명으로 하니 그걸로 싸우면서 또 일주일을 날려 먹고. 어차피 소소위 밀실에서 몇 명이 수백조 예산 도려내고, 말고 정하는데 소위 구성가지고 싸운 거 지금 생각하면 한심해 죽겠어."

한윤태와 정초롬의 얘기를 듣던 열국신문 강이슬 기자도 한숨을 길게 내쉰다. 한윤태가 턱을 까딱한다.

"이슬아, 넌 또 왜?"

"내일 또 예산 통과된 거 뒤져서 여야 각 지도부, 실세 지역구 예산 챙긴 거 조지라네요."

"그것도 언론이 예산 통과되면 매년 하는 클리쉐다. 실세 의원들은 꿈쩍도 안 하는데."

"그러게요. 오히려 그런 조지는 기사 쓰면 그 기사를 지역 가서는 본인들이 이만큼 예산 따온 거 언론보도된 거라고 홍보한다잖아요."

한윤태가 씁쓸한 표정으로 웃는다.

"참 안 쓸 수도 없고. 조지는 기산데 쓰면 오히려 지역구 의원들은 좋아하고."

강이슬이 고개를 끄덕인다.

"진짜 나라살림은 안중에도 없고 자기 지역 예산만 잔뜩 챙겨오면 된다는 심보잖아요. 당대표고 원내대표고 정책위의장이고 예결위 간사고 간에 예산안 주무르는 주요 실세들은 아주 대놓고 몇백억, 몇천억은 우습게 당기잖아요. 소주처럼 쓰네요."

"정치인들은 밤새워서 예산 통과시키고 떨어지는 떡고물이라도 있는데 우리는 고생은 고생대로 하고 이게 뭐냐. 기사는 기사대로 써도 원하는 방향으로 파급이 안 되고. 그래도 내일은 예산 통과 정교하게 지면용으로 정리하면 되니까 발제 걱정은 한시름 놨다. 아니 날짜 지났으니까 오늘이네……."

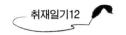

목숨 거는 선거, 걸지 않는 선거

여의도 국회 본청 민의당 당대표실 앞. 지금경제신문 한윤태 기자와 논정일보 정초롬 기자, 열국신문 강이슬 기자가 나란히 복도 의자에 앉아 잡담을 나누고 있다. 공개 모두발언이 끝난 뒤 비공개로 전환된 최고위회의 종료를 기다리고 있는 중이다.

한윤태가 목을 좌우로 꺾는다. 피곤한 표정이다.

"오늘은 이상하게 비공개가 길어지네."

강이슬이 미리 취재해 놓은 최고위회의 상황을 공유한다.

"윤태 형, 아침에 혹시 뭐 있을까 취재 좀 해봤는데요. 오늘은 지방선거 공천관리위원회가 경선 세칙 관련해서 최고위에 올려보낸 거 그냥 요식행위 의결만 한다고 들었어요."

비공개 최고위회의는 이후 1시간 남짓이나 이어진다. 이윽고 일부 최고위원들이 비속어 섞인 욕설을 하면서 당대표실을 나오기 시작한다.

"아주 당을 사당화하고 있어!"

노골적으로 불만을 표시하는 최고위원들도 있다. 한윤태를 비롯한 민의당 출입기자들이 수석대변인을 붙잡는다.

"오늘 당번은 심인경 대변인이니까 백그라운드 브리핑은 그쪽에……."

민의당 수석대변인은 한숨만 내쉬면서 본청 밖으로 나간다. 이런 이유 때문에 당대표실 밖에서 대기하고 있던 취재진 사이에 긴장감이 감돈다. 잠시 뒤 민의당 심인경 대변인이 당대표실 밖으로 나온다. 기자들이 묻기도 전에 먼저 입을 연다.

"오늘 몇 가지 의결 안건이 있어서 비공개 최고위회의 관련 브리핑을 하겠습니다."

미처 백브리핑을 받아칠 준비를 못 한 기자들이 다급하게 심인경 대변인 주변에 노트북을 펼치면서 바닥에 앉아 자리를 잡고 외친다.

"잠시만요. 잠시만요."

"네, 이제 준비되셨죠? 그럼 브리핑을 시작하겠습니다. 오늘 최고위회의에서는 다음과 같이 지방선거 공천 관련 당내 경선 세칙을 의결했습니다. 우선 우리당이 집권했던 당시 정부에서 근무했던 장차관급 이상 공직자와 청와대 근무자들의 대표 경력에 전직 대통령 성함을 넣지 못하도록 결정한 공관위 결정을 직권으로 변경했습니다."

기자들 분위기가 술렁술렁한다. 심인경 대변인은 개의치 않고 브리핑을 이어간다.

"지난 지방선거 세칙 기준 적용을 참고하여 이번 지방선거 세칙

기준을 마련하기로 하였습니다. 따라서 이번 지방선거 관련 민의당 당내 경선에서 대표 경력을 사용할 경우 전직 대통령 성함을 넣을 수 있도록 했습니다. ○○○ 대통령 정부 장관이나 ○○○ 대통령 청와대 비서관 등이 가능해졌다고 설명할 수 있겠습니다."

"대변인님!"

심인경 대변인이 질문하려는 한윤태의 말을 손을 휘저으면서 끊는다.

"잠시만요 한 가지 더 추가 의결사항이 있습니다. 질문은 이후에 받겠습니다. 또 이번 지방선거 17개 시도 광역단체장 경선과 관련해서는 원칙적으로 결선투표를 적용하기로 의결했습니다."

민의당 출입기자들 분위기가 또 한 번 술렁거린다.

"이 역시 당 공관위가 원 샷 경선을 원칙으로 정한 것을 최고위가 직권으로 변경하여 의결했다는 점을 말씀드립니다."

한윤태가 다시 질문을 던진다.

"당 공관위가 정한 세칙을 지도부가 뒤집은 이유가 뭔가요?"

"조금 전에 말씀드렸듯이 이전 지방선거 경선 세칙을 참고해 준용했습니다."

"방금 나간 최고위원들 중 일부도 그렇고 당내에서 특정인 유불리를 고려한 조치라는 불만이 나올 수 있을 것 같은데요?"

"특정인을 고려해 결정한 조치가 전혀 아닙니다. 당내 후보들의 본선경쟁력을 확보하고 조금이라도 더 많은 지역에서 민의당이 승리할 수 있도록 고려한 결단이라는 점을 분명히 하겠습니다."

"공관위에서도 자신들 결정을 지도부가 번복한 데 대해서 불만이 나올 것 같은데요? 공관위 재의결 절차는 거치지 않아도 되는 겁니까?"

심인경 대변인이 2~3초간 말이 없다.

"잠시만요. 방금 질문은 제가 대표님께 한 번 여쭤보고 답변수위 허락을 받은 다음에 다시 말씀드릴게요."

심인경 대변인이 민의당 허수안 대표가 있는 대표실 내실로 들어간다. 심인경 대변인은 평소에도 허수안 대표의 심기경호 담당이라고 불리면서 행동 하나하나, 말 하나하나를 허수안 대표 안색과 기색을 살피면서 대응한다. 약 10분 뒤 심인경 대변인이 대표실 밖으로 나온다.

"공관위에서 한번 망치를 다시 두드리는 절차가 필요하긴 한데요. 어차피 최고위가 직권으로 의결한 사안이라 공관위에서 변경은 없을 것이라고 못 박아 설명드리겠습니다."

한윤태가 재차 묻는다.

"대통령 명칭을 경력에 사용하도록 허용한 것은 지나친 당내 주류세력 기득권 보장 아닙니까?"

"아니 한 기자. 무슨 주류세력 보장이야 보장은! 내가 지난 지방선거 세칙 참고한 거라고 몇 번을 말해!"

"상식적으로 말이 되는 소리를 하셔야죠. 뭐가 세칙 참고예요. 그럴 거면 애초에 공관위에서 대통령 이름 경력에 넣네 마네로 도대체 몇 날 며칠을 왜 토론한 겁니까?"

"몰라 백블 끝. 해석은 알아서들 하세요, 기자님들!"

현장에 있던 기자들이 심인경 대변인이 언급한 공천세칙 의결과 관련해 보고를 하느라 분주하다. 여러 곳에서 전화통화가 동시다발적으로 이뤄진다. 한윤태 휴대전화에도 지금경제 박성현 국회반장의 이름이 떠있다.

"네, 선배."

"윤태야 워딩은 봤다. 뭐냐 공관위 결정을 이렇게 바로 손바닥 뒤집듯이 뒤집어도 되는 거냐?"

"그렇게 말이에요."

"도대체 왜 바꿨다니?"

"심인경 말로는 지난 지방선거 경선세칙 참고니 어쩌니 하는데 말 같지도 않은 소리고요. 부스 복귀해서 조금 더 취재해 볼게요."

국회 소통관 지금경제 기자실 부스에 복귀한 한윤태 기자는 곧장 민의당 공관위원 명단을 살펴본다.

'음……, 이 중에서 익명으로라도 이번 건 얼추 설명해 줄 만한 비주류는…… 그래 정태중 의원!'

한윤태는 민의당 공관위에 소속된 정태중 의원에게 전화를 건다. 평소에도 당내외부에 쓴소리를 마다하지 않으면서 2030 젊은 기자들에게 인기가 많은 의원이다.

"어, 한 기자 어쩐 일이야?"

"의원님 방금 속보 보셨어요?"

"어떤 속보?"

"최고위에서 직권으로 공관위 결정 뒤집은 거요."

한윤태는 조금 전 심인경 대변인이 브리핑한 지방선거 경력세칙에 민의당 출신 대통령의 이름을 직접적으로 넣는 것과 결선투표 도입 의결사안을 설명한다.

"오늘 그렇게 할 예정이라는 거 어렴풋이 언질은 받았었지."

"이유를 뭐로 봐야 해요?"

한윤태에게 각종 현안에 대한 자신의 의견을 거리낌 없이 얘기하던 정태중 의원도 이번에는 잠시 뜸을 드린다.

"의원님? 의원님?"

"어, 듣고 있어. 이게 참 어떻게 설명을 해야 하나. 내가 봐도 너무 민감한 사안이란 말이야."

"어떤 점이요?"

"한 기자 잘 알듯이 이번 최고위 직권 결정으로 누가 유리하겠어?"

"그야 뻔하죠. 지방선거 경선에서 주류세력이 유리해지는 거죠. 비주류는 물먹는 거고요."

정태중 의원은 헛기침을 한번 한다. 그러더니 신신당부를 한다.

"이건 꼭 내 익명 보장해 주고. 내 이름 기사에 실명으로 쓰면 안돼. 오늘도 아침에 라디오에서 당에 쓴소리 한 마디 했더니 벌써 문자 폭탄 온 게 수백 개야. 나도 하도 요즘 주류세력에 시달리다 보니까."

"걱정 마세요."

"대통령 이름 경력 사용문제의 본질은 이번 지방선거가 아니야."

"그럼요?"

"앞으로 2년도 안남은 국회의원 공천하고 관련이 있는 거야. 핵심은 지선이 아니라 총선이란 얘기지."

"총선 공천이요?"

"그렇지. 왜냐하면 그때는 최소한 지금 청와대에서 근무한 친구들이 한 사오십 명 나올 거란 말이야."

"아, 행정관이랑 비서관들이 총선 출마하려고요?"

"그렇지 그게 관계되는 거야. 대통령 간판 달고 청와대 출신 어중이떠중이들이 다 배지 한 번 달아보려고 기웃거릴 거란 말이야. 그래서 정치적 함의가 굉장히 큰 건데 우리당 의원들도 지금 이 룰 변경이 어떤 의미인지 잘 몰라. 굉장히 중요한 거야. 분명히 지금 별생각 없이 찬성하거나 관망했다가 나중에 총선 때 경선에서 청와대 출신 오면 그때서야 이마를 싸맬 거라고."

"잘못하면 당내 역학구도랑 지형이 확 바뀔 수도 있겠네요."

"그래서 지금 주류진영을 등에 업은 지도부에서 어떻게든 관철시키려 한 거야."

"허수안 대표가 밀어붙인 것도 그런 이유 때문이라고 보면 돼요?"

"그렇지 지난 전당대회에서 세력 하나 없는 허수안을 누가 대표로 만들어 줬어? 다 주류세력이 기획하고 판 짜서 해준 거 아냐? 또 허수안이도 다음 정치적 행보를 고려하면 주류세력에 밉보여서 좋을 게 뭐가 있어. 오히려 한창 알랑방귀 뀌고 꼬리를 흔들어도 모자라지."

"대표가 차기 정치적 행보까지 고려한 거란 말씀이세요?"

"그렇지. 대통령 실명 이름을 넣은 경력은 상대 당하고 싸울 때 본선에서 써도 되잖아. 그런데 당내경선에서 그걸 쓰면 그냥 이제 주류, 비주류 대놓고 편 가르기 하겠다는 거지."

"그런데 이제 지도부 얘기는 '20대 대통령 청와대 근무' 이런 식으로 하면 누가 알아보냐 이거죠."

"반대로 생각해봐 한 기자. OOO 대통령 청와대 근무하면 그것만으로 당내 경선에서는 지지율이 20~30%는 껑충 뛰어. 그러면 그게 공정한 거냐 말이야. 공정 공정 외치는 이 당이 정작 이런 데서는 불공정한 행태를 보이고 있는 거라니까."

한윤태는 정태중 의원과 전화를 끊고 친분 있는 몇몇 다른 민의당 비주류 의원들에게도 전화를 돌린다. 대부분 하는 말들이 크게 다르지 않다. 결국 다음 총선을 겨냥한 당내 주류진영의 세력 확보 포석이라는 게 일관된 해석이다. 결선투표제도 역시 현재 17개 광역단체장 경선에서 지지율이 떨어지는 후발주자들을 위한 지도부의 배려라는 게 당내 의원들의 생각이다. 원샷 경선을 할 경우 지지율 역전을 위한 시간을 벌기 어렵지만 경선이 2단계로 나누어지는 결선투표제는 지지율이 떨어지는 후보에게 만회의 기회를 준다는 얘기다. 아이러니하게도 현재 민의당 광역단체장 경선 레이스에서 지지율이 떨어지는 후발주자는 대부분 주류세력에 소속된 현역의원들이다.

'정권을 잡았어도 당내 세력 확보 전쟁은 끝이 없구나. 최고위 끝나고 기다렸다는 듯이 SNS 글 올린 의원들만 봐도 뭐. 무슨 대의니 전임정부 정신 계승이니 하는데 다 자기들 유불리 따라 네, 아니오 하는 거면서 위선은.'

한윤태는 취재를 하면서 괜한 쓸쓸함을 곱씹는다.

2주 뒤. 민의당과 헌법당 모두 지방선거 관련 17개 광역단체장 경선이 대부분 마무리 단계다. 다만 일부 지역은 경선 일정조차 나오지 않아 해당 지역에서 뛰고 있던 예비후보들이 "특정 후보를 꽂아넣기 위한 수순 아니냐."고 반발하고 있다. 민의당과 헌법당 지도부 모두 이런 불만 제기에 "일정을 조율 중."이라고만 언급한다. 지금경제 한윤태 기자는 이번에도 민의당 공관위원인 정태중 의원에게 전화를 건다.

"어 한 기자. 요즘 통화 자주하네."

"의원님이 그만큼 중요 보직 맡고 계시다는 얘기죠."

"이번에는 어떤 사안이 궁금해?"

"아직 경선 일정도 안 나온 몇 개 광역단체장 지역있잖아요. 거기는 그냥 전략공천으로 간다고 보면 되는 거죠?"

"한 기자 정당 공천 다 알면서 그래. 전략공천은 아무나 갖다가 지도부가 하는 거잖아 그냥."

"그래도 전략공천 유력 후보 중 한 명은 예비후보 등록도 안 했는데요?"

"그런 게 무슨 상관이야. 지도부가 그냥 전략공천하면 땡인 거야. 헌법당도 봐봐 최국경 대표가 그냥 '누구누구 어느 지역 공천'하니까 끝이잖아."

"야당이랑 여당이랑은 또 다르죠."

"우리도 말만 경선 원칙이야. 다 보이지 않는 손이 있는 거야. 우리라고 큰 차이 있겠어? 지도부랑 주류세력이 전략적, 정무적 판단이라고 우기면서 '돌격 앞으로' 그러면 뒤에서 궁시렁궁시렁 하면서도 '네, 알겠습니다.' 하는 거지. 당헌당규에도 그렇게 할 수 있는 샛길이 다 열려있어. 광역단체장은 17개 중 3개까지는 공식적으로 그냥 꽂을 수 있게 돼있기도 하고."

한윤태는 전화를 끊는다. 이번에도 뒷맛이 개운하지 않다. 관자놀이를 손으로 꾹꾹 누른다.

'이렇게 되면 경선 원칙 운운이라는 게 무의미하지 않나. 어느 지역은 막판까지 특정인 사실상 내정해 둔 채로 가만히 내버려 두고. 총선 때도 결국 경선 원칙 얘기하면서 예외사항 적용하겠네. 최고위원이나 지도부 등 당 주요 인사들에 대해서 온갖 편의를 다 봐주고 특수상황, 예외상황 핑계를 대면서.'

민의당과 헌법당 모두 마감날짜가 임박했지만 경선 일정조차 나오지 않았던 일부 광역단체장 선거에 대해 특정인을 전략공천 대상자로 낙점한다. 일찌감치 예비후보로 뛰던 이들이 기자회견을 여는 등 강력 반발하는 기류가 이어진다. 그것도 잠시다. 얼마 지나지 않아 전략공천이 확정된 당 후보와 함께 해당 후보를 지지하는 기자회견을 연다. 국회에서는 '해당 지역 부시장 등 주요 보직을 약속받았다.', '계속 전략공천반발을 이어가면 해당 행위로 간주하고 다음 선거 공천에서 불이익을 당할 것이라는 당의 엄포가 있었을 것'이란 얘기들이 흘러나왔다.

다시 며칠이 흘렀다. 지방선거 공식선거운동이 시작된다. 지금경제 한윤태 기자와 논정일보 정초롬 기자는 민의당 허수안 대표의 유세지원 일정 취재를 따라왔다. 첫 일정인데도 불구하고 허수안 대표 동선을 따라다니는 민의당 취재지원 버스 내부는 한산하기만 하다.

'역시 대표가 대중성이 떨어지고 인기가 없으니까 기자들이 굳이 따라붙지를 않는구나.'

한윤태가 혼잣말을 한다. 한윤태 뒤에 앉은 정초롬이 앞 좌석으로 상체를 내밀면서 묻는다.

"한 선배, 계속 허수안 따라다닐 거야?"

한윤태가 고개를 젓는다.

"아니, 뭐하러. 허수안 첫 지원 유세 연설 발언만 따고 빠질 거야."

"그래?"

"허수안 뭐가 꺼리 될 게 있다고. 오죽하면 대표실에서 허수안 외부 공개일정마다 기자들 안 붙을까 봐 노심초사하겠냐."

정초롬이 한윤태가 앉아있는 앞 좌석으로 상체를 조금 더 들이민다.

"정말?"

"그래 허수안은 공개일정에 카메라랑 기자들 없으면 그렇게 심기가 언짢아한다더라고. 그렇다고 대표실에서 뭐 뾰족한 수 있냐. 허수안 자체가 얘기 안 되는 캐릭터인데. 야당한테 여의도 깡패라고 하거나 사고 칠 때나 뉴스 되지."

"그래서 오늘 첫 공식선거운동 날인데도 당 취재지원 버스가 한산하구나. 아, 그러고 보니!"

"왜 또?"

"아까 아침에 공보실에서 나한테 전화 와서 논정일보에서 오늘 현장취재 가냐고 물어보더라고. 그게 다 허수안 심기 위한 섭외의 일환이었구나."

"그렇지. 허수안 일정 잡히면 공보실이나 대표실에서 통신사 국회
반장들한테는 꼭 전화 돌려서 가능하면 손 비는 말진 기자 한 명이
라도 현장 보내달라고 읍소를 한다더라."

"무슨 본인이 언론에 나올 수 있게 중량이나 급을 키워야지 왜
실무자들을 괴롭히고 그런데. 하여간 마음에 안 들어."

한윤태는 정초롬에게 말한 대로 허수안 대표의 첫 서울 지역 지
원 유세발언만 확인한 뒤 개별적으로 움직이려고 취재지원 버스에
서 내린다. 정초롬이 한윤태 등을 톡톡 친다.

"고생해, 한 선배."

"그래, 너도 허수안 되도 않는 셀프 광팔이 발언 듣느라 고생했다."

한윤태는 서울 지역 주요 포인트에서 민의당 현역의원들을 따라
다니면서 현장 분위기를 취재한다. 한윤태는 민의당 현역의원들의
유세발언을 휴대전화로 메모하면서 고개를 갸우뚱한다.

'그런데 뭔가 조금 이상한데.'

한윤태가 느낀 이상함은 서울 지역 민의당 현역의원들이 훨씬 규
모가 크고 이목이 집중되는 선거인 서울시장 선거보다 구청장이나
기초의원 선거를 신경 쓰는 듯한 인상을 받았기 때문이다. 서울 지
역 민의당 현역의원들은 유세차를 타고 지역 곳곳을 누비면서도 민
의당 서울시장 후보에게 한 표를 행사해 달라는 말을 잘 하지 않
는다. 오히려 자신의 지역구 구청장과 시도의원 후보에게 꼭 투표해
달라는 얘기가 대부분이다.

'느낌이 좀 꺼림칙한데. 아무리 본인 지역구라지만 당으로서는 서

울시장 선거가 구청장이나 자기 지역 몫 기초의원 선거보다 중요한 거 아닌가.'

한윤태는 민의당 고대식 원내대변인에게 전화를 건다.

"어, 윤태야. 나도 선거 때문에 정신이 없어서. 짧게 짧게."

"선배 현장 취재하다가 뭔가 좀 이상하다고 해야 할까요, 조금 뭐라고 표현은 못 하겠는데 그런 게 있어서요."

"뭔데?"

"지방선거 공식선거운동 시작했잖아요?"

"그렇지."

"그래서 아무래도 서울시장 선거가 상징성도 있고 중요하니까 제가 주요 서울 지역 몇 군 데를 돌았거든요."

"그런데?"

"민의당 서울 현역의원들이 이상하게 서울시장 후보에 대한 지원유세발언을 별로 안 하더라고요. 본인 지역 구청장이랑 기초의원 후보만 열심히 홍보하고요."

고대식 원내대변인의 웃음소리가 한윤태 휴대전화 넘어까지 들린다.

"왜 웃으세요, 선배?"

"윤태야, 네가 지방선거 취재는 이번이 처음인가?"

"그렇죠."

"형이 왜 그런지 딱 말해줄게. 잘 들어봐."

"네."

"일단 왜 그렇게 구청장이랑 자기 지역 몫 기초의원 선거에 열심히 하느냐부터야. 2년 뒤에 뭐가 있지?"

"총선이요?"

"그렇지. 총선에서 선거운동은 지역구 국회의원이랑 지역위원장도 하지만 제일 중요한 선거운동원이 누구인 줄 알아?"

"누구인데요?"

"구청장이랑 자기 지역 기초의원들이야. 그치들이 결국 국회의원 바닥 선거운동을 다 해주는 거야."

"아 그래서……."

"그렇지, 그만큼 구청장이랑 기초의원 후보를 당선시킬수록 자기 선거운동원이 많아지고 바닥이 탄탄해진다는 거지. 구청장이야 서울도 갑, 을이 다 우리당 의원들이면 어디 출신을 공천할지 기 싸움이 있지만 본인 지역구 기초의원은 결국 현역의원들 입맛대로 하는 거라고. 그러니까 기초의원 당락은 현역의원한테는 공천 책임도 돌아가는 거고."

고대식 원내대변인은 한윤태에게 지난 총선에서 실제 있었던 사례를 예시로 들어준다. 서울 지역 민의당 현역 국회의원이 이전 지방선거 공천과정에서 당시 구청장과 척을 지면서 경선을 가까스로 통과했다는 얘기다. 특히 지방선거에서 한 표가 절박한 구청장이나 기초의원 후보들을 제대로 안 도와줄 경우 앙금이 쌓여 나중에 총선 경선이나 본선에서 국회의원이 역으로 호되게 당할 수도 있다는 지적이었다.

한윤태가 다시 묻는다.

"그건 그렇다고 쳐요. 그러면 서울시장 후보 지원은 왜 이렇게 뜨

뜻미지근해요?"

"그것도 참 딜레마야. 서울시장은 당선되면 바로 차기 대권 후보로 뛰어 올라가는 거잖아?"

"그렇죠."

"그러면 당이랑 본인, 또 본인의 계파 의원들한테는 중요하지. 그런데 개별의원, 또 지금 서울시장 후보랑 계파가 다른 의원들한테는 오히려 당선이 그렇게 달갑지만은 않을 수 있다는 거지."

"아니 그래도 같은 당인데……."

"선거에서 같은 당이고 말고는 의외로 제일 중요한 게 아니라 오히려 부차적인 문제인 경우지. 특히 대선은 단순히 당대 당 차원이 아니라 당 내부에서도 건곤일척의 승부야. 이기는 계파 쪽이 다 가져가고 지는 쪽은 쪽박 차고. 그러니까 지금 서울시장 후보랑 이른바 같은 라인 아닌 서울 지역 의원들은 서울시장 선거 지는 게 그렇게 나쁠 게 없어. 오히려 야당 서울시장한테 각 세우면서 의원으로서 체급도 높일 수도 있고."

"좀 지나친 해석 아니에요, 선배?"

"선거기간 계속되니까 잘 봐봐. 지금 서울시장 후보랑 가까운 몇몇 의원들 제외하고는 점점 서울시장 후보 지원 유세 멘트하는 서울 지역 의원들 없어질걸. 이런 선거에서도 원팀 강조는 허울뿐이란 거야. 특히 일부 서울 지역 의원들은 내가 알기로 다음 서울시장 선거 노리면서 이번 서울시장 선거는 지기를 바라는 분위기까지 읽힌다니까."

한윤태가 다소 황당하다는 톤으로 반문을 한다.

"네? 도와주지 않는 거는 그렇다고 쳐도 지기까지 바란다고요?"

"지금 서울시장 후보가 당선되면 첫 임기니까 다음 재선까지는 할 확률이 크단 말이야. 그러면 서울시장 바라보던 서울 지역 의원들은 몇 년을 더 손가락을 빨아야 해요. 그런 서울 지역 의원들이 죽을힘을 다해서 자기 선거처럼 서울시장 선거를 뛰겠느냔 말이야. 자기 지역 구청장이랑 기초의원 당선되는 데나 죽을힘을 다해서 목숨 걸지."

"그래도 서울시장 선거라는 게 차기 대선후보가 될 정도로 상징성이 굉장히 크잖아요? 결국에는 근시안적 사고 때문에 본인들도 손해 보는 것 아니에요?"

"그러니까 그게 지금 서울 지역 의원들이 하나만 알고 둘은 모르는 거지. 아마 이렇게 선거하다가 져도 못 깨달을 거야. 자기가 떨어진 게 아니니까. 또 자기가 공천하고 밀던 구청장이랑 기초의원이 떨어진 게 아니니까. 하지만 시간이 지나면 알겠지. 결국 자기 행동이 자기 발목을 잡았다는 것을. 그렇게 대권후보 한 명 키울 기회 잃으면 연쇄적으로 파급효과가 당에 미치고 또 본인에게도 미칠 수밖에 없는데 말이야."

고대식 원내대변인이 말을 잇는다.

"그리고 서울시장 캠프는 또 파리 떼들 때문에 골머리 앓고 있다는데."

"파리 떼요?"

"어. 원래 대선도 그렇고 서울시장도 그렇고 규모가 큰 선거 캠프는 파리 떼와 살충제의 사투가 매일매일 벌어지지."

"파리 떼는 한 자리 차지하려고 모여드는 정치 낭인들 뭐 그런 치들 말씀하시는 거예요?"

"대충 그렇긴 한데 그게 또 달라"

"어떻게요?"

"이제 다들 다 이긴 선거처럼 '서울시청 들어가서 나는 무슨 한자리 차지할까', 또 '나 정도면 서울시 산하기관 어디 기관장 자리쯤 얻겠지.' 이렇게 생각하는 치들 입김이 강해지기 시작하면 이제 그 선거는 산으로 가는 거지. 오히려 이길 것 같은 선거에서 파리 떼들이 더 거세기도 하고. 원래 단맛을 기막히게 캐치하는 게 또 파리 떼니까."

"선배, 너무 냉소적이신 거 아니에요? 현역 국회의원이요."

"아냐, 잘 봐봐. 선거 끝난 뒤 어떻게 시민의 삶을 향상시킬지를 생각하면 그건 국민의 공복이고, 선거 끝난 뒤 어떻게 자신의 안위를 향상시킬지를 생각하면 그건 파리 떼야. 그리고 그렇게 능력은 하나도 없으면서 줄 잘 대는 파리 떼들이 선거 끝나고 산하기관 감사라도 결국 감투 한 자리 차지한다니까."

한윤태는 이번에도 전화를 끊고는 찝찝한 기분을 감출 수가 없었다. '공천 룰 변경부터, 전략공천, 선거운동까지 당이라는 게 선거 앞두고도 말 그대로 하나로 움직이는 게 아니구나. 안에서도 다들 자기 밥그릇 챙기기 바쁘고. 자기세력 말뚝 막기 바쁘고. 자기 입신양면에만 여념이 없네. 선당후사는 개나 주란 얘기구나. 특히 서울 지역 국회의원들이란 사람들이 자기 정치적 상황 고려해서 이렇게 서울시장 선거를 안 도와주나. 결국 다 부메랑이 될 텐데. 내가 출입하는 당이지만 참 한심해 보인다. 저런 사람들이 절대 다음 총선에서 다시 금배지 달면 안 되는데. 내 세금으로 파리 떼들 한 자리 챙겨주게 생긴 것도 씁쓸하고.'

한윤태는 한숨을 한 번 쉰다.

'도대체 이 사람들은 왜 정치를 하는 거지? 이런 걸 어디까지 보도해야 하는 거지? 아니 어디까지 보도할 수 있는 거지?'

한윤태가 눈을 감았다 떴다 하면서 관자놀이를 누르고 있는데 휴대전화가 울린다. 논정일보 정초롬 기자다.

"선배, 현장 취재는 잘했어?"

한윤태가 잠시 뜸을 들이다 답한다.

"잘했는지, 못했는지 모르겠다."

"무슨 말이야?"

"취재는 그냥저냥 됐는데 기분이 영 별로야."

"왜?"

"정치부 출입 기간이 오래될수록, 특정 정당 출입기간이 오래될수록 뭔가 치부만 보는 기분이라."

"그럴 때는 역시 술이지. 한잔하자."

"오늘은 안 돼."

"아 뭐야? 왜 또 튕기고 그래."

"내일 아침 비행기 타고 제주도로 제주지사 선거전 르포(르포르타주, 현장을 직접 심층 취재한 기사를 의미하는 언론계 용어) 취재 가야 해."

"르포? 제주도? 와 그럼 기삿거리 통쳤네."

"뭘 통쳐……. 내일 발제는 발제대로 하고 제주도 르포 기사는 갔다 와서 써야 해……. 제주 취재 동선 짜는 데도 바쁜데 내일 발제 기사 뭐 쓸지 까지 지금 고민해야 한다."

르포, 여론조사, 거짓말

지금경제신문 한윤태 기자와 논정일보 정초롬 기자는 전화통화를 이어간다.

"한 선배, 그런데 내일 금요일 아냐? 제주도를 당일치기로 다녀오려고?"

"제주도 르포 취재를 어떻게 당일로 퉁치냐……. 2박 3일로 고고할 거다."

"2박 3일? 제주도 르포 취재를? 그건 그거대로 좀 과한데."

"내일 하루 취재하고 토요일은 관광하고 머리도 좀 식히려고. 일요일은 또 당번이라 제주에서 아침 비행기 타고 올라와서 국회로 바로 출근해야 해."

"이렇게 바쁜 와중에도 시간을 쪼개서 노는구나."

"출장비로 왕복 항공권 비용이랑 1박 숙박은 커버치면 되니까. 호텔에서 자면 5만 원 이상 숙박비는 사비로 채워야 하지만. 나머지 1

박 숙박이랑 여비는 포켓머니로 충당하면 되고 겸사겸사."

"나는 내일부터 다시 헌법당으로 팔려가."

"또? 어게인?"

"만만한 게 예전에 헌법당 출입했던 나인가 봐. 선거철이라 야당
또 손 달린다고 하니까. 최국경이랑 상종하는 것 자체가 진짜 진절
머리나지만 어쩔 수 없지."

"허수안 상대하는 건 뭐 좋냐. 용호상박, 난형난제다 허수안과 최
국경. 아무튼, 그래 고생해라."

"지방선거 결과 나오면 선배랑 나랑 민의당, 헌법당 선거 과정 각
각 나눠서 복기하고 내용 공유하자."

한윤태가 전화기 너머로 헛웃음을 친다.

"너는 이제 선거 시작했는데 벌써 결과 복기할 생각하냐? 아주
참기자 납셨네."

"칭찬으로 들을게 헤헤."

"일해라. 선거 끝나고 보자."

정초롬의 말투가 갑자기 빨라진다.

"아니 보는 건 그 전에도 봐야지, 잠깐만 잠깐만 끊지 마. 한 선배!"

한윤태는 휴대전화의 통화 종료 버튼을 누른다. 한윤태 얼굴에
웃음이 배어있다.

하루 뒤. 지금경제 한윤태 기자는 김포공항에서 제주행 비행기를
타고 제주공항으로 이동한다. 한윤태가 제주공항에 도착해 밖으로
나오자 서울과는 다른 공기가 느껴진다. 한윤태는 청재킷에 걸쳐

둔 보잉선글라스를 착용한다.

'일단 렌트 신청한 차부터 찾아야겠다.'

한윤태는 미리 예약해 놓은 렌터카를 찾기 위해 제주공항에서 셔틀버스를 탄다. 6월 초지만 제법 사람들이 많아 공항부터 셔틀버스까지 북적북적한 편이다. 한윤태는 렌터카 사무실에 도착해 각종 서류에 서명을 한 뒤 자동차를 몰고 시내 방향으로 나간다.

'대선 때 제주도 출장 왔을 때는 바빠서 제주생수 마실 시간도 없었는데. 이번에는 겸사겸사 식도락도 같이 즐겨야지.'

한윤태는 먼저 친구로부터 추천받은 유명한 갈치구이 가게를 내비게이션에 찍고 핸들 방향을 돌린다. 오랜만에 운전을 하는 한윤태는 널찍한 공간에 자동차를 주차한 뒤 가게 안으로 들어선다. 대부분 가족 단위 손님으로 자리가 차 있고 혼자 온 사람은 눈에 띄지 않는다.

'아예 테이블 자리가 4인용밖에 없네. 그래도 만석은 아니니 아무데나 앉자.'

한윤태가 빈자리에 자리를 잡으니 50대 정도로 보이는 중년 여성이 물과 메뉴판을 가지고 온다.

"여기 뭐가 맛있어요?"

"육지에서 오셨어요?"

"네."

"그럼 이거 한 번 드셔보세요."

한윤태는 가게에서 추천해 준 메뉴를 주문한다. 음식을 금방 비운 뒤에는 계산을 마치고 마당에서 담배를 태우는 가게 주인에게 지나가는 투로 넌지시 말을 던진다.

"안녕하세요, 저 서울에서 온 기자인데요. 요즘 지방선거 제주지사 선거 분위기는 좀 어때요?"

정치 얘기를 길게 하기 부담스러워하는 서울 상인 분위기와 다르게 제주에서 갈치구이 가게를 운영하는 자영업자는 20~30분이나 자세하게 선거 분위기 얘기를 해준다. 자연스럽게 장사벌이가 예전 같지 않다는 푸념도 함께 나온다. 자영업자는 답답한지 담배를 몇 개나 새로 꺼낸다.

'생각보다 선거에 관심이 많네. TV토론도 빠지지 않고 다 찾아봤다고 하고.'

한윤태는 다시 운전대를 잡고는 이번에는 제주에서 유명한 전통시장으로 방향을 돌린다. 오메기떡 등 기념품 몇 가지와 간식을 사면서 상인들에게 제주지사 선거 분위기를 물어보는데 다들 망설임 없이 대답이 시원시원하다.

'여당 경선 과정까지 훤하게 꿰고 있구나. 누가 중량급 후보고 누가 주류세력 지원받고 후보가 됐는지도 다 알고. 분위기가 조금 다르다고 하니까 제주시 말고 서귀포도 얼른 둘러보자.'

한윤태는 첫날 숙소를 잡아놓은 서귀포 쪽으로 수십km를 운전한 뒤 체크인을 먼저 한다. 호텔에 짐을 풀고는 다시 호텔카운터로 내려간다. 저녁을 먹으려면 어느 방향으로 가는 게 좋은지 묻는다. 한윤태는 호텔에서 추천해 준 음식점 거리를 걷다가 눈에 띄는 오겹살집에 들어간다. 관광지 인근인데도 한창 시간대에 가게가 한산하다.

"사장님 여기 오겹살 2인분이랑 '제주 지역소주' 한 병 주세요."

가게 주인으로 보이는 이가 고기를 직접 구워준다.

한윤태가 빈 소주잔에 소주를 채우면서 묻는다.

"사장님 서울에서 취재 온 기자인데요. 제주지사 선거 분위기는 어때요?"

"어떻기는 뭘 어때요. 여기 가게 한산한 거 한번 봐요."

가게 주인은 한숨을 한 번 쉬더니 소주잔을 하나 더 가져온다.

"젊은 기자님, 저도 소주 한잔줘요."

'서울에서는 이렇게까지 허심탄회하게 얘기 들으면서 취재하기 쉽지 않은데 잘됐다.'

한윤태는 오겹살집을 운영하는 자영업자와 1시간 남짓 소주잔을 기울이면서 제주지사 선거와 정부여당에 대한 솔직한 심경을 전해 듣는다. 호텔로 돌아온 한윤태는 오늘 취재하면서 들은 제주지사 선거에 대한 제주도민들의 이야기와 여야 각 후보들에 대한 평가를 노트북을 꺼내 정리한다.

'여의도에서 보는 것보다 야권후보에 대한 평가가 상당히 높은데. 제주가 낳은 자랑이라느니 제주의 아들이라느니. 제주 출신 대통령 한 번 만들어야 된다느니. 서울 상식에서는 조금 어려운 접근법인데. 지역은 확실히 지역 출신 인재에 대한 자부심이 있구나. 그런데 상인들이 공통적으로 최저임금 인상 부담을 생각보다 많이 얘기하네. 우리 회사 같은 경제지에서 정부 비판 프레임 잡으려고 과장한다고 생각하고 있었는데……'

다음날. 한윤태는 미리 계획해 놓은 대로 미술관과 수목원 등을 들른 뒤 둘째 날 숙소로 잡아놓은 제주시 호텔로 이동한다. 마침 토요일인 이날이 지방선거 사전투표일이다. 한윤태는 지도 애플리케이션을 이용해 숙소 근처에 있는 사전투표소로 향한다.

'시간이 좀 붕 뜨는데 겸사겸사 나도 투표하고, 투표장 나온 시민들 취재도 하자.'

한윤태는 자신의 투표를 마친 뒤 사전투표소에서 나오는 도민들에게 제주지사 선거 분위기를 묻는다. 부모와 자녀가 함께 온 가족 단위 유권자들이 특히 경계심 없이 대답을 잘해준다. 한윤태는 추가 취재한 내용을 잊지 않게 스마트폰 메모장에 꼼꼼하게 정리한다.

'저녁이랑 간식거리 사면서 조금 더 민심 분위기나 봐야겠다.'

몇 군데 가게를 더 들러 제주지사 선거에 대한 도민들의 생각을 물은 뒤 한윤태는 잠자리에 든다. 일요일 아침 제주발 비행기를 타고 서울로 복귀해 국회로 이동한 한윤태는 주말 간 취재한 제주 르포기사를 바로 정리하기 시작한다.

'르포 분위기를 살리려면 그래도 제주 방언을 넣어야 하는데 제주 방언을 제대로 알 길이 없네.'

한윤태는 제주 방언 애플리케이션을 다운로드받고 제주가 고향인 대학원 동창에게 조언을 구한다.

"익승아, 제주 르포 취재 다녀왔는데 탐라방언 좀 번역 가능하니?"

"어떤 말인데?"

"육지랑 섬이랑 다르다, 섬 특유의 감성이 있다, 이런 거."

"아 그런 거는……. 그리고 방송에서는 제주를 전통적인 야당 텃밭이라는 식으로 표현하던데, 제주사람인 내가 보기엔 그냥 제주사람 뽑는 거야. 보수후보를 뽑는다기보다 사람을 보수적으로 뽑는다고 해야 하나 뭐 그런 감성."

한윤태는 이런 도움을 받아 기사 제목과 본문 중간중간에 현장감을 살리기 위한 제주 방언을 넣는다.

"'제주는 괸당이쥬게'vs'얼애들 여당에 넘어간마씸', 제주 르포 기사 올렸습니다."

기사 작성을 마친 한윤태는 정치부와 정당팀 메신저 단체방에 기사 상신 보고를 한다. 지금경제 박성현 국회반장이 눈을 게슴츠레 뜨면서 제목과 부제를 확인하더니 바로 묻는다.

"제주 사투리냐? 무슨 의미냐?"

"제주는 아직도 친인척이 중요하다, 어린애들은 이미 여당에 다 넘어갔다 각각 이런 뜻이요."

"제주 사투리는 언뜻 봐서는 잘 모르겠다. 리드에 '육지랑 섬이랑 달라마씸. 섬만의 감성이 이서부난.' 이 문장은?"

"육지랑 제주는 다르다. 제주만의 감성이 있다.'요."

"그래 방언까지 분위기 잘 살렸네. 르포도 균형감 있고."

"근데 여론조사가 이렇게 넘쳐나는 시대에 현지에서 몇 명 물어보는 르포기사가 과연 보도로써 얼마나 가치가 있는지 점점 잘 모르겠네요."

박성현 국회반장이 혀를 한 번 찬다.

"어떻게 보면 전형적인 기사를 위한 기사지. 르포라는 게 지역 분위기를 온전히 반영한다고 할 수도 없고. 어느 정도 여야 기계적 균형도 맞춰줘야 하고."

"르포에서 아무리 멘트 많이 받아봤자 십수 명이잖아요. 그걸로 여론을 냉정하게 분석하는 건 어렵죠. 또 선배 말대로 실제 분위기가 그래도 여야 어느 한쪽에 치우쳐 쓰기도 그렇고요."

"뭐 어떻게 하냐. 구색 맞추기로 우리도 각 격전지 르포하기로 했는데."

"르포 취재 위해서 현장에서 만나는 시민들 다양성에도 사실 한계가 있잖아요. 업무시간대에 길에서 마주칠 수 있는 건 대부분 아주 젊은 학생들이거나 자영업자, 상인들인데요. 화이트칼라 사무직이나 고소득 계층 취재하는 것도 어렵고요."

"그런 건 네가 국회반장이나 정치부장되고 나서 취재 방향 다시 고민해 봐라."

"데스크 안 한다고요, 선배……."

한윤태는 기사 상신 보고를 마친 뒤에는 제주에서 사용한 렌터카와 식대 등의 영수증을 사진으로 찍는다. '찰칵찰칵'하는 소리가 소통관 기자실 부스 내에 울린다.

박성현 국회반장이 고개를 빼꼼 내민다. 말투가 이죽거리는 투다.

"셀카 찍냐?"

한윤태가 황당하다는 표정을 짓는다.

"아니요, 출장비 상신 올려야 되잖아요. 진짜 일하는 것보다 이런 잡다한 서류 처리가 더 귀찮다니까요."

"기자도 그냥 회사원 기분 낸다고 생각해라."

"취재비 결재 올리면 재무팀에서 전화 와서 '이건 이렇게 고쳐라, 저건 저렇게 고쳐라, 이 비용은 상한선 얼마다.' 하도 잔소리하니까 그렇죠. 이익도 많이 나면서 회사가 쪼잔하게……."

비슷한 시각, 논정일보 정초롬 기자는 주말 동안 헌법당 최국경 대표 동행취재를 하고 있다. 최국경 대표의 주말 일정은 서울과 인천, 경기 등 수도권 일대를 돌면서 지방선거 지원연설을 하는 동선이다. 최국경 대표가 첫 일정으로 인천의 전통시장을 방문했는데 시장 분위기가 썰렁하기만 하다. 최국경 대표가 연신 인사를 건네는데도 시장 상인들이 별다른 반응을 안 한다. 정초롬은 취재 스케치를 하면서 혼잣말을 한다.

'보수 언론에서도 이미 팽시킨 대표라는 얘기가 괜히 나오는 게 아니구나. 현장에서 이 정도로 반응이 없어서야.'

결국 최국경 대표는 상인들 반응이 시원치 않자 시장을 하이패스 통과하다시피 지나간다. 예정된 시장 동선 소화 시간은 30분인데, 실제 일정은 10분 만에 종료된다.

'보통 전통시장 일정은 유명 정치인이 방문하면 워낙 인파가 몰려서 정해진 시간보다 딜레이 되는 경우가 많은데. 이 양반은 정 반대네 반대.'

정초롬은 넉살 좋게 지역 상인에게 '어머님, 아버님.' 하며 말을 건넸다가 괜한 핀잔만 듣는다.

"맨날 선거 때만 이렇게 얼굴 비치지 말고 평소에 좀 잘하라고 그래. 지금 전통시장이 얼마나 어려운 줄 알아. 카메라나 잔뜩 데려와서 음식이나 몇 개 주워 먹고 가. 쇼도 이런 쇼가 없어. 그러니까 꼴배기 싫지! 막말하는 것도 싫은데 아주 미운 짓만 골라 한다니까, 저 양반은."

'내 기사보다 훨씬 촌철살인이네.'

인천, 경기, 서울 순으로 지원 유세를 하는 최국경 대표의 현장 분위기도 대동소이하다. 최국경 대표는 자신의 유세발언 도중 경적을 울리면서 지나가는 자동차에 성질을 낸다.

"꼭 지원 유세하는데 저렇게 방해하는 사람들이 있어요. 아주 못돼 먹은 버릇이야."

"우리당이 창피하냐?"

최국경 대표는 유세현장에서 헌법당의 상징색 옷을 입지 않은 선거운동원에게는 역정까지 낸다. 정초롬이 한심하다는 표정을 짓는다.

'며칠 전에 민의당 허수안 대표는 경적 울리면서 지나가는 차량에 응원해 줘서 고맙다고 손을 흔들었는데. 내가 보기엔 똑같은 경적인데. 최국경은 세상을 바라보는 기본적인 시각부터가 글러 먹었네.'

최국경 대표가 인천, 경기, 서울 지원 유세를 하는 동안 인천시장, 경기지사, 서울시장 후보들은 코빼기도 보이지 않는다. 정초롬은 수도권 지역 헌법당 광역단체장 후보 캠프 공보 담당자들에게 전화를 돌린다.

"오늘 최국경 대표가 지역 지원 유세 왔는데 후보님이 같이 동행을 안 하셔가지고요."

질문을 하자마자 상대방이 대답에 난색을 표한다.

"후보님께서 미리 잡아놓은 다른 일정이 있으셔서요. 다른 의미는 없습니다."

"그래도 보통 당대표가 지원 유세 오면 의전도 하고 같이 있는 그림도 만들고 하는 거잖아요."

"정 기자님 다 아시면서 그래요. 저희 곤란하게 그런 걸 여쭤보세요."

"최국경 대표랑 같이 있어 봤자 수도권 선거에 도움이 안 된다는 말씀이시죠?"

"제가 또 어떻게 거기에 직접적으로 답변을 하겠습니까."

'하긴 당내에서도 최국경 대표의 말본새나 색깔론 연상하는 발언에 대해서 말들이 많으니까. 같이 서봐야 표가 떨어지면 떨어졌지 도움도 안 되고.'

전체적인 선거 판세는 최국경 대표의 현장에서 볼 수 있듯이 여당인 민의당이 17개 광역단체장 중에서 10개 이상을 석권하는 압승을 거둘 것이라는 게 보편적인 여론조사 결과와 전문가들의 예상이다. 최국경 대표는 이런 분위기에 주눅 들지 않으려는 듯 현장유세에서 고자세를 이어간다.

"여러분 이번 선거에서 저 민의당을 뽑으면 우리나라가 통째로 빨갱이들한테 넘어갑니다. 그리고 여론조사 믿지 마세요. 사기입니다, 사기. 지금 여론조사 결과에서 우리당에는 최소 5%p 더해야 하고 민의당 후보는 다 5%p 이상 빼야 합니다. 그러면 우리가 최소 여덟 곳에서는 이길 수 있습니다."

정초롬은 최국경 대표의 유세발언을 받아치면서 한숨을 계속 내쉰다.

'저 양반은 맨날 여론조사가 사기래. 그리고 무슨 제대로 된 근거도 없이 자기 당 후보는 플러스를 하고 남의 당 후보는 마이너스를 하지 참나. 되도 않는 소리 받아치기까지 하려니까 열 뻗치네……'

일주일 뒤. 국회 소통관 기자실 지금경제 부스. 지금경제 박성현 국회반장이 한윤태 기자를 부른다.

"구석경 정치부장이 오늘 네가 발제한 거 킬하고 다른 기 쓰라는데."

"네? 왜요 지방선거 각 당 정책분석 기사를 왜 킬해요. 우리 팀에서 아무도 안 써서 저라도 써야겠다 싶어서 발제한 건데요."

"여론조사 공표금지 기간 들어왔다고. 그거 관련해서 지금 여당에서 서울시장 선거 마지막 여론조사가 다 15%p 내외로 밀리고 있는데 많이 따라잡았다고 우기고 있지 않냐. 관련 발언들 끊어서 쓰고 종합으로 묶은 거 지면에 넣겠단다."

"아니 그런 건 온라인부에서 하라고 하세요. 맨날 의원들 SNS 긁고 정치인 발언 팩트체크도 안 하고 그냥 막 쓰는 게 온라인부인데 왜 이럴 때는 안 써먹고요."

"온라인부에서 쓰면 정치부 클릭 수로 안 잡힌다고……. 구석경 정치부장이."

한윤태가 고개를 좌우로 한 번씩 꺾는다.

"도대체 구석경은 필드 뛸 때 취재는 어떻게 했답니까. 맨날 SNS나 긁고 워딩 따옴표 기사만 주구장창 쓰라고 하고 참나. 제가 직접 얘기할게요."

한윤태는 손부채질을 하면서 가죽 재킷을 벗는다. 숨을 씩씩 내쉬는데 앞머리가 움직인다. 구석경 정치부장은 통화음이 채 세 번 울리기도 전에 전화를 받는다.

"부장, 제 발제기사 왜 킬입니까?"

"정책기사 품만 들고 고생하잖냐."

"그 품, 제가 들이겠다는 거잖아요."

"클릭 수도 안 나오고."

"……."

"선거기사는 그냥 빨리 쓰고 많이 쓰는 게 최고다."

"경마 중계합니까. 뭘 빨리 쓰고 많이 쓰는 데요?"

"정치인들 SNS도 있고 현장 발언도 있고. 그런 거 꼭지별로 해서 내면 선거기간에 하루에 10개도 쓰겠다. 그리고 요즘 여당에서 서울시장 선거 판세 거의 다 따라잡았다고 한 자릿수 격차 수준이라고 발언들 많이 나오잖아. 스피커들 그런 발언 기사가 많이 읽혀요."

"직전 여론조사들에서 15~20%p씩 차이 났는데 그런 발언들이 팩트체크 되는 것도 아니고요. 한두 개 써주거나 박스 기사에 걸쳐주는 것도 아니고 그런 발언들을 왜 주구장창 써줍니까."

"네가 무슨 대기자라고 기사에 그렇게 결벽증 가지지 마라. 아니면 나중에 고치면 되지."

"뭘 나중에 고쳐요. 기사를 처음 나갈 때부터 제대로 잘 써야죠. 아무튼 저는 오늘 정책기사 쓰겠습니다. SNS나 워딩 긁는 기사는 온라인부 시키든 알아서 하세요."

"야!"

한윤태는 일방적으로 통화를 끊는다. 먼저 호흡을 가다듬은 뒤 중앙선거관리위원회 홈페이지에 접속한다. 홈페이지에는 주요 정당별 지방선거 정책공약 배너가 따로 떠있다. 한윤태는 선관위에 제출된 헌법당과 민의당의 지방선거 정책공약을 다운로드받아 비교한다.

'여야를 막론하고 재원조달이나 구체성이 다 떨어지네. 이것만으로는 도저히 기사를 못 쓰겠는데.'

한윤태는 민의당 몇몇 의원들에게 전화를 돌린다.

"의원님, 여야 정책검증 비교 기사 쓰려는 데요. 선관위 제출 공약이 영 부실해서요."

"한 기자, 선거에서 정책선거가 어디 있어. 다 인물, 이슈, 구도로 싸우는 거지."

"아니 의원님 그래도 여당은 정책선거를……."

한윤태가 말을 채 마치기도 전에 상대방이 얘기를 끊고 들어온다.

"무상급식이나 그런 게 주요 이슈로 들어가면 모를까. 결국에는 전체적인 선거 판세라는 게 다 현재 권력에 대한 평가고 미래 권력에 대한 기대고 정무적인 판단이고 그런 거지. 그나마 대선이나 총선은 나은 편인데 지방선거 당 정책공약은 그냥 요식행위지."

한윤태는 민의당 의원들에게 추가로 전화를 돌려봤지만 크게 다르지 않은 답변이 돌아온다. 민의당 정책위원회 쪽에도 취재를 해봤지만 당에서 이슈화할 만한 특정정책 한두 가지에 대한 세부적인 답변만 들을 수 있을 뿐이다. 선관위에 제출한 10대 공약 전반에 대한 구체적인 설명을 반영해 기사를 작성하기에는 턱없이 부족했다. 재원마련방안은 대부분 빠져있고 있어도 두루뭉술해 어느 세목을 통해 보충한다는 건지 도통 알 길이 없다.

'여야 선대위 회의나 현장유세에서 나온 발언이라도 찾아보자.'

한윤태는 공식 선거운동이 시작된 뒤 나온 여야 지도부와 주요 격전지 광역단체장 후보들의 발언을 리스트업 한다.

'여기도 다를 게 없네. 순 북한 얘기랑 상대 후보 도덕성에 대한 네거티브 공방이 주를 이루네. 민의당은 대통령이랑 자기가 얼마나 친한지 홍보하기에 바쁘고. 본인이 얼마나 경쟁력이 없고 능력이 없으면 자기 얘기는 안 하고 대통령 얘기만 하냐. 전임 정권 시절 지방선거에서 자기가 대통령 지키겠다느니 어쩌겠다느니 했던 헌법당이랑 지금 민의당이랑 하나도 다를 게 없잖아. 저번 지방선거에서는 그런 헌법당 작태 실컷 비난해 놓고는.'

한윤태는 기사 방향을 바꿔 민의당과 헌법당 모두 정책선거를 외치지만 현실에서는 지방선거에서 지방정책과 공약이 실종됐다는 내용으로 기사를 작성한다. 여야 지도부와 주요 광역단체장 후보들의 입에서 '지방분권', '자치' 등 각 지역과 관련한 이슈들은 보이지 않고 북한이나 상대방을 향한 마타도어 발언들만 쏟아낸다는 점을 비판적으로 담았다. 여당은 후보 부각보다 대통령과 친소관계와 거리감 홍보에만 열중하고 있다는 점도 꼬집었다. 정책 대결 대신 근거 없는 상호 비방전으로 유권자들이 정책적 판단을 할 수 있는 기본적인 정보를 각 정당이 제공하지 않고 있다는 점을 지적했다. 기사가 송고되기는 했지만 한윤태는 기분이 싱숭생숭하기만 하다. 기사 댓글창도 여느 정쟁기사와 달리 썰렁하기만 하다.

'뭔가 품은 품대로 들고, 기사는 기사대로 안 읽히고. 그래도 이런 기사를 쓰기는 써야겠고. 데스크는 탐탁지 않아 하고. 어떻게 해야 하나 참.'

지방선거 당일 오후 6시. 주요 방송사의 출구조사 결과가 발표

된다. 17개 광역단체장 선거에서 여당인 민의당이 8개 지역에서 승리하고 야당인 헌법당은 7개 지역에서 이겼다는 조사결과다. 니미지 2곳은 야권 성향 무소속 후보가 근소한 차이로 앞서는 것으로 나온다. 전체 선거에서 민의당이 다소 뒤처진 것은 물론이고 가장 상징성이 큰 서울시장 선거에서도 민의당 후보가 헌법당 후보에게 15%p 이상 차이 나는 대패를 한다고 나온다. 25개 모든 서울 구 단위 지역에서 민의당 서울시장 후보가 앞서는 곳이 한 군데도 없다는 조사치다.

의원회관에 마련된 민의당 개표상황실 분위기가 심상치 않다. 서울시장 선거 출구조사가 화면에 비치자 민의당 허수안 대표 표정이 굳어진다. 그렇게 10분 남짓 출구조사 결과를 지켜보던 허수안 대표가 자리를 뜨려고 한다. 당초 10개 이상 지역에서 압승할 것이란 전반적인 판세 전망에 못 미치는 결과는 말할 것도 없고 수도 서울에서 두 자릿수 득표 격차의 대패를 하는 출구조사에 대해 기자들이 질문 공세를 쏟아낸다. 하지만 허수안 대표를 포함한 민의당 지도부는 "개표 결과를 지켜보자."며 개표상황실을 빠져나간다.

결국 허수안 대표는 최종 개표 결과가 나올 때까지 개표상황실로 돌아오지 않는다. 새벽까지 이뤄진 중앙선거관리위원회의 개표도 방송사 출구조사 발표와 별다른 차이가 없다. 17개 광역단체장 최종 스코어는 민의당이 8개, 헌법당이 7개, 여권 성향과 야권 성향 무소속이 각각 1개씩 승리를 나눠가진다. 당초 최소 10개 이상 지역에서 승리를 장담했던 민의당은 전체 판세에 더해 서울시장 선거에서의 15%p 이상 격차가 나는 충격적인 패배에 당혹감을 감추지 못하는 분위기다.

　지방선거 투표일 하루 뒤. 지금경제 한윤태 기자는 아침에 출근을 하면서 민의당 고대식 원내대변인에게 전화를 건다.

　"선배, 선거 결과 어떻게 보세요?"

　"압승 예상했던 거에 비하면 안 좋은 게 맞지."

　"다른 건 몰라도 서울시장 선거가 15%p 이상 차이 나게 완패했잖아요. 25개 모든 구에서 전패했고요."

　"참담하지. 그래서 벌써 허수안 대표 사퇴론 얘기 나오는 거고. 허수안이 자기 정치하려고 본인 고향이랑 배우자 고향 주구장창 내려가서 어디 아들이다 사위다 이런 헛짓거리 할 시간에 서울에 집중해야 했다는 얘기는 진작부터 있었어."

　"지역주의 타파하자면서 자기 어디 지역 출신이고 어디 지역 사람이랑 결혼했으니 뽑아달라고 유세하는 것부터가 서울 토박이인 제 입장에서는 구태예요. 그건 그거고요 선배. 서울시장 판세 그래도 선거전까지 당 지도부도 그렇고 당 주요 인사들이 많이 따라잡았다고 계속 그랬잖아요."

　"선거전에서 어쩔 수 없지. 여론조사 공표 금지 기간 전에 나온 대로 계속 '15~20%p 지고 있습니다.' 이럴 수는 없잖아."

　"당 싱크탱크에서도 여론조사 공표 금지 기간 이후에 따로 또 돌려봤을 거 아니에요."

　"이거는 오프 더 레코드(비보도 전제)로 얘기해 주는 건데. 사실 선거 나흘 전에 당에서 돌려본 결과도 두 자릿수 포인트 이상 격차 나왔어. 헌법당 후보보다 우리가 뒤처지는 걸로."

"근데 그렇게 한 자릿수로 좁혀진 분위기인 것처럼 얘기했다는 말씀이세요?"

"실제로 한 자릿수로 좁혀졌으면 한 자릿수로 좁혀졌다고 안 하고 박빙이라고 했겠지. 최대한 두루뭉술하게 뉘앙스 풍긴 게 그 정도였으니까. 당에서도 어느 정도 질 거란 분위기는 공유됐지."

"청와대하고는요?"

"내가 선거기획단 간사잖아. 그래서 청와대 정무라인에서 선거하루 전에 전화가 왔더라고."

한윤태가 목소리 톤을 높이면서 반문한다.

"뭐라고요?"

"서울시장 선거 어떻게 되냐고."

"그걸 정무라인에서 민정이랑 내용 공유하고 파악해서 당에 알려줘야 하는 거 아니에요? 정무라인에서 당에 파악하려고 전화를 해요?"

"거기도 각자 라인별로 칸막이가 심한가 봐 요즘."

"그러면 선거 결과 책임은 어떻게 되는 거예요?"

"일단 17개 광역단체장 스코어가 미묘하니까 며칠 좀 지켜보자. 형이 선거운동 시작 직후에도 얘기했듯이 서울시장 당락은 여러 가지로 정치적 상징성이 다른 지역 하고는 또 남다르니까."

전화를 끊은 한윤태는 바로 민의당 최고위회의를 챙기러 본청 민의당 당대표 회의실로 이동한다. 자신의 지정석이나 마찬가지인 기자석 맨 뒷줄 오른쪽에서 다섯 번째 자리에 앉는다. 곧이어 한윤태

자리 왼쪽인 오른쪽에서 여섯 번째 자리에 논정일보 정초롬 기자가
도착해 앉는다.

"선배, 오늘 약속대로 끝나고 우리 밥조 같이 술 마시자."

"언제 그런 약속을 했었나?"

"같이 선거 과정이랑 결과 복기하기로 했잖아."

"그랬나."

최고위원들이 속속 회의실로 들어온다. 하지만 허수안 대표의 모
습은 보이지 않는다. 당 공식 발표로는 어제 새벽까지 개표상황을
지켜보다 피로누적으로 오늘 하루는 당무를 쉰다고 한다. 하지만
이미 당 안팎에서는 서울시장 선거 대패에 따른 책임론이 제기될
까 봐 기자들이 오는 자리를 회피했다는 불만의 목소리가 비등하
다. 다만 허수안 대표가 칩거에 들어간 데 반해 이자웅 원내대표를
비롯한 다른 민의당 지도부의 분위기는 평소대로 웃으며 담소를 나
누기도 하는 등 나쁘지만은 않다. 허수안 대표의 빈자리 뒤로 '일하
는 여당, 발목 잡는 야당… 현명한 선택이 우리 지역 미래 결정'이라
는 백드롭(배경판)이 보인다.

몇 시간 뒤 국회 앞 갈비집. 논정일보 정초롬 기자가 열심히 폭탄
주를 돌리고 있다.

"오늘은 주구장창 마시고 가려고 제가 면세점에서 사놓고 아껴놓
은 '블루라벨 위스키' 가져왔습니다. 양폭으로 갑시다."

지금경제 한윤태 기자가 잔을 받으면서 말을 건넨다.

"그래서 야당 분위기는 어떤데?"

"거기도 조금 미묘해. 좋아하면서도 막 대승은 아니니. 원래 광역단체장 6개 건지기도 어려운 대패 예상했는데 7개 건지고 야권 성향 무소속도 한 명 당선됐으니까. 서울시장 선거는 압승하고."

"일단 최국경이 대표직은 보전하는 건가?"

정초롬은 손목 스냅을 이용해 폭탄주잔을 휘젓는다.

"지켜봐야지. 전체 스코어보다 서울시장 선거에서 상징적인 승리를 거뒀으니까."

"최국경 대표가 잘해서 이겼나. 여당이 못해서 졌다고 봐야 맞는 거 아냐?"

"그건 또 맞는 얘기지만."

"근데 거기도 선거기간 내내 여론조사 사기다 어쩌고 했잖아. 헌법당 싱크탱크 여론조사대로면 8개는 이길 수 있다고."

"내가 그 부분도 다 취재를 해놨지."

한윤태가 술을 한 모금 마시면서 다시 정초롬에게 묻는다.

"어떻게 된 건데?"

"당 싱크탱크에서 돌린 거는 6개 빼고는 힘들다고 나왔대. 근데 또 당을 이끌어 가는 입장에서 데이터 그대로 얘기하면 민의당이 10개 이상 가져가게 되는 거니까. 원 데이터를 기초로 한 보고서랑 그걸 조금 두루뭉술하게 선전용으로 활용할 수 있는 대외용이랑 헌법당 싱크탱크에서 보고서를 2개 만들었대."

"결국 여당이나 야당이나 여론조사로 국민들 호도하는 건 똑같구나."

"민의당도?"

"어, 나도 취재해 보니까 민의당 싱크탱크서 선거 며칠 전에 서울 시장 여론조사 돌린 거에서 두 자릿수 포인트 격차가 나왔대. 내용도 알 만한 사람들한테는 다 공유가 됐다네. 그런데도 거의 따라잡은 것처럼 역전 가능한 것처럼 얘기했다는 거야 주요 인사들이."

한윤태는 그사이에 폭탄주를 비우고 빈 잔을 정초롬에게 내민다. 정초롬이 건네받은 한윤태 잔에 폭탄주를 말아주면서 푸념을 한다.

"참 그렇네."

"전국단위 선거라는 게 한군데만이 아니라 전체적으로 유기적인 게 있으니 아주 이해 못 하는 건 아니지만. 그래도 본인들은 분명히 다른 객관적인 데이터를 공유하면서 마치 다른 수치가 있는 거 마냥 유권자들한테 얘기하는 건 문제가 있지. 단순히 지지 않고 역전하겠다고 하는 거랑 그럴 수 있다는 조사 근거가 있는 것처럼 얘기하는 건 전혀 별개의 문제니까. 국민들을 호도하는 거고 속이는 거지."

NNB 유진 기자도 폭탄주를 비우고 빈 잔을 정초롬에게 건넨다. 그러면서 갑자기 한숨을 쉰다. 한윤태가 구워진 고기 몇 점을 유진 앞에 올려주며 말을 건넨다.

"선배, 어울리지 않게 왜 한숨이세요. 한숨 쉬면 수명 8초 준다니까요."

"내일부터 나보고 허수안 대표 가는 모든 현장 다 따라다니면서 백그라운드 브리핑 붙으라잖나."

"선배한테요?"

"어, 지금 서울시장 선거 완패하고 전체적인 광역단체장 결과도 예상보다 저조해서 사퇴론 나오고 있잖아."

"아 그거에 대한 입장 따라는 거예요?"

"그래. 어제오늘 리포트도 계속 허수안 대표 사퇴로 몰고 가는 방향으로 잡고 있거든."

"아예 데스크는 허수안 날리는 거로 각 잡았어요?"

"원래 우리 쪽이랑 사이가 안 좋았으니까. 데스크는 이참에 허수안 날려버리자고 작정한 것 같아. 나야 뭐 그렇게 리포트 말라면 말아야지."

"저는 오늘은 허수안 거취 논란으로 썼는데, 내일은 선거도 끝났고 이제 발제 뭐하죠? 내일 또 지선 후유증이나 후폭풍으로 발제하면 반장이 뭐라고 할 느낌인데……."

4장

시련, 하지만 일어서다

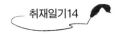

기사 탓과 출입처

　지방선거가 끝난 뒤 일주일이 지난 아침. '따릉.', '따릉.' 국회 소통
관 기자실 부스에 있는 기자들의 휴대전화가 동시다발적으로 울린
다. 민의당 공보실에서 온 공지문자다.

　'허수안 대표 긴급 기자회견. 오전 10시. 당대표 회의실.'

　지금경제신문 박성현 국회반장이 한윤태 기자에게 묻는다.

　"윤태야 허수안 대표 기자회견 야마(주제를 의미하는 기자들의 은어)
가 뭐냐? 혹시 지선 결과 책임지고 사퇴인가?"

　"한번 알아볼게요."

　한윤태는 먼저 민의당 심인경 대변인에게 전화를 건다. 휴대전화
가 꺼져있다. 한윤태는 짜증을 낸다.

　"이 양반은 맨날 전화기가 꺼져있어. 대변인이라는 사람이 주요
현안 있을 때마다 전화 자체를 안 받으면 어쩌겠다는 거야. 기본적
인 일은 안 하면서 사실관계 틀린 것도 아닌데 허구한 날 기사 고

쳐달라고 생난리나 치니까 무시당하지."

한윤태는 이번에는 민의당 홍치숙 공보국장에게 전화를 건다.

"어, 한 기자."

"방금 허수안 대표 긴급 기자회견 공지문자 와서요. 내용이 뭐에요?"

"우리도 모르겠는데."

한윤태가 목소리를 낮춰 속삭이듯 다시 질문을 한다.

"혹시 지방선거 서울시장 참패랑 광역단체당 결과 기대에 못 미친 데 대한 책임지고 사퇴할 가능성도 있는 거예요?"

"공보실은 대표실에서 공지해 달라고 해서 단순히 전달만 한 거라. 그런데 내가 보기에 분위기상 사퇴는 아닐 것 같아."

"네, 감사합니다."

한윤태는 전화를 끊고 박성현 국회반장에게 말한다.

"지금 파악이 어렵기는 한데요. 사퇴는 아닌 분위기로 보이는데요. 일단 기자회견 현장 다녀옵니다."

한윤태는 서둘러 노트북을 챙겨 국회 본청으로 향한다. 소통관에서 본청으로 향하는 경사로를 올라가는데 누군가 뒤에서 손바닥으로 등을 때린다. '짝' 소리가 날 정도다. 한윤태가 뒤를 돌아보니 논정일보 정초롬 기자다. 한윤태가 황당하다는 표정을 짓는데 정초롬은 마냥 반가운 척을 한다.

"한 선배, 같이 가. 근데 허수안 대표 회견 내용 뭔지 알아?"

한윤태가 어이없다는 표정으로 정초롬을 한 번 더 쳐다본다. 한윤태는 별수 없다는 듯이 고개를 한 번 까딱하고는 다시 발걸음을 재촉한다.

"나도 아직 모르겠는데. 당에서도 잘 모르는 분위기고. 심인경은 당연하다는 듯이 전화 꺼놓은 상태고."

"새롭지도 않네. 갑자기 긴급 기자회견 뭐지 대체."

한윤태와 정초롬은 민의당 당대표 회의실로 들어가 언제나처럼 기자석 맨 뒷줄 오른쪽에서 다섯 번째와 여섯 번째 자리에 앉는다. NNB 유진 기자도 회의실로 들어온다. 숨이 가쁘다. 유진 기자는 숨을 고르면서 복도로 이어지는 회의실 문 앞에 팔짱을 끼고 서 있다. 오전 10시 정각. 허수안 대표와 심인경 대변인이 들어온다. 허수안 대표는 웃음인지 찡그림인지 파악하기 어려운 표정이다. 표독스러움이 느껴지는 처진 양 볼과 주름진 얼굴에서 희로애락을 읽기 쉽지 않다. 반면 심인경 대변인은 한눈에 봐도 수심이 가득하다. 심인경 대변인이 먼저 마이크를 잡는다.

"그럼 지금부터 민의당 허수안 대표의 긴급 기자회견을 시작하겠습니다. 대표님 말씀이 있겠습니다."

허수안 대표가 양복 왼쪽 안주머니에서 A4용지 몇 장을 꺼내더니 그대로 읽어 내려가기 시작한다. 허수안 대표 뒤에는 지방선거 뒤 교체된 '언론개혁으로 편파보도, 가짜뉴스 타파!' 백드롭(배경판)이 걸려있다.

"존경하는 국민 여러분, 사랑하는 당원동지 여러분. 민의당 대표로서 저는 이번 지방선거에서 당초 기대에 못 미친 성적표를 받아든 데 대해 책임을 통감합니다. 또 서울시장 선거에서 야당에게 두 자릿수 이상 득표율 격차로 충격의 패배를 당한 데 대해서도 죄송하다는 말씀을 드립니다. 따라서 앞으로 남은 제 임기 동안 당을 쇄신하고 혁신하여 다음 총선 승리와 대선 승리를 통한 재집권의 토대를 닦는 데 밀알이 될 것을 약속합니다."

기자석 곳곳에서 한숨이 터져 나온다. 정초롬이 기자석 근처에 서있는 당직자들이 들으라는 듯이 말한다.

"책임은 무슨 책임……. 결국 자기 임기 보전하겠다는 말이잖아."

허수안 대표의 발언이 이어진다.

"또한 이번 서울시장 선거 패배 원인 중 상당 부분은 언론 때문이라고 생각합니다. 완전히 기울어진 운동장에서 경기를 치렀습니다. 언론이 헌법당 서울시장 후보의 도덕성 논란에 대해서 제대로 보도를 하지 않았습니다. 주요 언론사에서 야당 후보 의혹과 관련한 특종보도가 나와도 다른 언론사들이 추종, 추가보도를 하지 않았습니다. 이렇게 왜곡, 편파보도가 판을 치면서 결국 서울시장 선거에서 대패했습니다. 물론 정론직필을 하는 언론인들도 계시지만 왜곡, 편파보도를 일삼는 언론에 대해서는 이제 좌시하지 않을 것입니다. 이번 일을 계기로 본격적인 언론개혁을 집권여당 대표로서 천명하는 바입니다. 이상입니다."

허수안 대표가 발언을 마친다. 심인경 대변인이 말을 잇는다.

"오늘 기자회견은 이것으로 마치겠습니다. 질의응답은 받지 않겠습니다."

기자석이 다시 웅성웅성한다. 한윤태가 앉은자리에서 외친다.

"일방적으로 긴급 기자회견 통보하고 질의응답도 제대로 안 받는 건 본인이 비판했던 전 정권 대통령 불통 행보 그대로 답습하는 것 아닙니까? 질문받아 주십시오."

정초롬도 거든다. 앉은자리에서 일어나 목소리를 높이는데 회의실 밖에까지 들릴 정도다.

"책임지시겠다면서 결국 자리를 보전하겠다는 말씀 아닙니까? 그리고 왜 서울시장 참패가 언론 탓입니까. 민의당이 민심파악 제대로 못 하고 국정운영하고 있는 것에 대해 심판받아, 진 것 아닙니까?"

민의당 허수안 대표는 이런 항의를 무시한다. 허수안 대표는 표정 하나 변하지 않고 자리에서 일어나 대표실을 나가려고 한다. 기자들도 우르르 일어나 허수안 대표를 따라간다. ENG 카메라를 든 촬영기자들과 사진기자들까지 엉켜 장내는 아수라장이 된다. 그런 와중에 대표실 출구 바로 앞에 서있던 NNB 유진 기자가 가장 먼저 허수안 대표에게 다가가 핀마이크를 들이대면서 질문을 한다.

"당내에서는 지방선거 이후부터 계속 대표님 사퇴론이 비등한데요. 결국 책임진다면서 책임 회피하시는 것 아닙니까?"

허수안 대표는 유진을 한 번 노려본다.

"또 사퇴 몰아가는 가짜뉴스 보도하려고? 댁은 꺼져."

허수안 대표가 유진의 어깨를 밀친다. 유진은 허수안 대표의 예상치 못한 행동에 균형을 잃으면서 복도 벽에 부딪힌다. 유진이 황당한 표정으로 멍하니 허수안 대표를 바라본다. 하지만 이내 옷매무새를 가다듬고는 다시 한번 허수안 대표에게 다가가 핀마이크를 들이댄다.

"오늘 기자회견은 서울시장 참패 등에 대해 한 마디로 책임 못 지겠다는 태도 아닙니까?"

허수안 대표가 한 번 더 밀치려는 데 이번엔 유진이 노련하게 상체를 젖히면서 피한다. 허수안 대표는 주름으로 목이 몇 겹이나 층질 만큼 오른쪽으로 고개를 획 돌려 유진을 날카롭게 노려본다. 그리곤 말없이 발걸음을 재촉한다. 논정일보 정초롬 기자가 발끈한다.

"저 싸가지 없는 놈이. 왜 우리 언니를……."

정초롬이 소리를 지르며 허수안 대표에게 더 다가가려는 데 지금경제 한윤태 기자가 정초롬의 손목을 잡아끈다. 정초롬이 쳐다보자 한윤태가 고개를 좌우로 흔든다. 그사이 허수안 대표는 대표실 바로 앞에 있는 쪽문 계단으로 내려가 국회 본청을 빠져나간다.

한윤태는 먼저 유진을 살핀다.

"선배 괜찮으세요? 저 새끼 미친놈 아니에요. 갑자기 왜 저래?"

유진은 입꼬리를 잔뜩 올린다. 한쪽 입꼬리가 파르르 떨린다.

"글쎄, 하하하. 지방선거 이후부터 내가 허수안 대표 사퇴론 얘기 계속 리포트 했더니 저러나."

유진의 턱 한쪽이 움찔거린다.

"나 그럼 먼저 부스로 갈게."

유진은 그렇게만 말하고 빠른 발걸음으로 자리를 뜬다. 유진의 뒷모습을 보면서 정초롬이 한윤태에게 발끈한다.

"한 선배, 아까 뭐야. 왜 말린 거야?"

"요즘 민의당에서 NNB 취재거부하고 있다는 얘기가 있어서. 네가 그 상황에서 달려들면 유진 선배 괜히 더 난처한 상황에 처할까 봐."

"취재거부?"

"그렇다나 봐. 당에서 의원들한테 공개적으로 NNB 기자랑은 오찬이랑 만찬, 식사자리 갖지 말고 전화도 받지 말고 일절 취재응대하지 말라고 공지했다네. 내가 밥주 메신저 단체빙에서 말은 안 했는데 얼마 전에 민의당 의원이랑 오찬 잡으려는데 유진 선배를 명단에 넣으니까 'NNB는 좀 빼줄 수 없냐'고 노골적으로 얘기하더라고. 집권여당이란 작자들이 말 같지도 않은 짓 하기에 그냥 오찬 자체를 취소했지."

"아무리 NNB가 요즘 반(反) 민의당 기조라고 해도 그렇지. 그거 완전히 특정 매체 표적 삼아서 언론 옥죄고 길들이려는 수작 아니야."

"그렇기는 한데."

"선배 거기서 우리 현장 기자들이 저런 꼴 보고 더 강하게 컴플레인 걸고 했어야지."

"그게 이번에 새로 방통위원장 임명되고 방통위도 새 기수 출범하면서 여러 가지로 민감한 사안들이 얽혀있나 봐. 방송 쪽은 재승인이나 방송통신심의위원회 심사도 있고, 지면이랑 인터넷 매체보다는 정부 입김 개입할 여지도 많으니까. 그래서 유진 선배 입장이 오히려 이상해질 수 있어서."

정초롬이 한윤태에게 몇 발자국 다가가 얼굴을 가까이 들이민다.

"뭐야 그게. 한 선배도 지금 출입처 눈치 보는 거야? 선배 1년 이상 민의당 출입하더니 너무 민의당이랑 척지지 않으려고 그러고 있는 거 아니야? 아까 허수안 말하는 것만 봐도 봐. 서울시장 선거를 왜 언론 때문에 져. 오히려 일선 정치부 기자들 사이에서는 민의당 서울시장 후보에 대한 검증 제대로 안 한다고 말 나온 상황이었는데 무슨. 우리처럼 진보 성향인 매체에서 봐도 민의당이랑 허수안이 말 같지도 않은 짓이나 하고 민심파악 전혀 못 하고 있으니까 대패한 건데."

한윤태는 자신도 모르게 한 발자국 뒤로 물러난다.

"맞는 말인데."

정초롬도 더는 다가가지 않는다.

"일단 알았어. 나도 이거 기사부터 정리해야 하니까 나중에 얘기해."

NNB 유진 기자가 소통관 기자실 부스로 복귀해 자리에 앉는데 NNB 국회반장이 부른다.

"유진아, 너 오늘 허수안 대표 백그라운드 브리핑(공식 브리핑이나 마이크가 있는 상태의 회의석상 발언이 아니라 그 외의 자리에서 기자들과 취재원이 주고받는 질의응답 등을 총칭하는 개념의 언론계 용어) 붙었는데 일 있었다며?"

유진이 몇 초간 말이 없다가 입을 뗀다.

"네……."

"심인경 대변인한테 전화 왔었다."

"뭐래요?"

"자초지종 설명하면서 허수안 대표가 지선 이후에 네가 대표 사퇴로 몰고 가는 리포트 계속하는 것 보고 노발대발했다고. 저 기자 다시는 우리당에 발 못 붙이게 하라고 했다네."

"대충 예상은 했어요."

"그래서 내가 보기에는 네가 앞으로 허수안 대표 마크에서는 빠지는 게 좋겠다."

유진이 책상을 두 손으로 밀어내면서 자리에서 일어난다.

"아니 선배. 여당 출입 현장 기자한테 여당 대표 마크 빠지라는 거는 취재를 하지 말라는 얘기잖아요."

"가뜩이나 우리 지금 민의당 취재거부당하고 있는데 허수안 대표실에서 네가 계속 현장 취재 오면 아예 NNB 취재 통제하겠다고 하지 않냐. 우리는 영상 싱크도 중요한데."

"선배, 그거 지금 민의당이 우리…… 아니 언론 길들이려는 거에 결국 굴복하는 거잖아요. 제가 데스크 지시랑 톤 맞춰서 허수안 대표 사퇴 방향으로 리포트 쓴 거는 인정해요. 근데 그거 제 뇌피셜로 쓴 거 아니잖아요?"

"나야 잘 아는데."

"아는데 어떻게 그러실 수가 있어요. 다 민의당 의원이랑 관계자, 청와대 분위기까지 취재해서 쓴 거잖아요. 여권에서 전체적인 지방선거 결과랑 서울시장 참패에 대해 허수안 대표 사퇴 바라는데 버티고 있는 거 팩트고요."

"아무튼 부장이랑 얘기해서 그렇게 하기로 했으니까. 선거도 끝났고 며칠 휴가라도 다녀와."

민의당 허수안 대표는 기자회견에서 공식화한 대로 대대적인 방송, 언론장악에 나선다. 새로 임명된 방통위원장과 방통위도 새 기수 출범을 기치로 이런 민의당 분위기에 보조를 맞춘다. 민의당은 야당 시절 자신들이 발의한 방송법을 계속 논의하자는 헌법당의 주당은 일축하면서 헌법당이 방송법에 대해 입장을 바꾼 이유부터 설명하라고 압박한다.

민의당이 야당이던 당시 소속 의원 전원이 이름을 올리며 당론으로 발의한 방송법은 방통위 구성을 여당 추천 네 명, 야당 추천 세 명으로 하고 일부 의사결정을 특별다수제로 하는 게 골자다. 이렇게 되면 공영방송 사장 임명 등 주요 현안 의사결정에서 야당 추천 의원들에게 사실상 거부권이 생기기 때문에 방송업계에 대한 여당의 입김을 확 줄어들게 한다는 게 전반적인 법안에 대한 평가다. 그런데 민의당은 정권을 잡더니 180도 태도를 바꾼다. 대통령까지 나서서 해당 방송법에 대해 최고의 인재들을 선임하는 데 제한을 두는 법이라고 반대 의사를 명확히 표시한다. 오히려 야당이 된 헌법당이 여당이던 시절 거들떠도 안 봤던 민의당 발의 방송법 통과를 촉구한다. 민의당은 갖은 핑계를 대면서 이런 요구를 묵살하는 중이다.

NNB 유진 기자가 휴가에서 돌아온 당일 인사명령이 떨어진다. 이동 부서는 문화부다. 유진이 NNB 정치부장에게 전화를 걸어서 항의한다.

"부장 갑자기 이렇게, 그것도 휴가 중에 인사 내는 게 어디 있어요?"

"어쩔 수 없이 그렇게 됐다. 네가 이제 민의당 취재할 수 있는 상황도 아니잖아."

"아무리 평기자 인사라도 최소한의 원칙이라는 게 있어야 하는 거 아닌가요?"

"내일부터 문화부로 출근해."

"부장, 아니 선배. 지금 인사철도 아닌데 저만 이렇게 원포인트로 인사 내는 게 어디 있어요. 그리고 제가 혼자 기사 썼나요. 디 부킹 지시 따라서 허수안 대표 사퇴 방향으로 쓴 거 아니에요."

"문화부장한테 얘기해놨으니까 내일 회사로 가면 돼."

유진은 국회 소통관 부스에서 신호가 끊긴 휴대전화를 몇 초 동안 멍하니 바라본다. 유진은 하루 뒤 정치부장의 말대로 회사 본사의 문화부로 출근한다. NNB 문화부장은 유진에게 눈길도 주지 않는다.

"저기 앉아라. 당분간 내근하고."

신입 부원이 왔지만 한 마디 툭 내뱉는 게 전부다. 유진은 문화부장이 손가락으로 가리킨 가장 귀퉁이 자리로 간다. 한쪽 구석에 잔뜩 쌓인 잡동사니가 책상 절반 이상을 차지하고 있다. 유진은 오른쪽 손목에 감겨있던 꽃무늬 모양 머리끈을 빼내 머리를 묶고는 양소매를 걷는다. 침을 한번 꿀꺽 삼키고는 앙다문 표정으로 책상 정리를 시작한다. 문화부에서는 아무도 그런 유진에게 눈길 한 번 주지 않는다.

그날 저녁. 지금경제 한윤태 기자의 휴대전화가 울린다. NNB 유진 기자다.

"윤태야, 일 끝났니?"

"네, 이제 정리하고 소통관 나가려고요."

"누나랑 술 한 잔만 해주라."

"선배, 요 며칠 밥조방에서도 잠수 타시고 무슨 일 있어요? 장소 찍어주세요."

한윤태는 유진이 보내준 이태원역 근처의 와인바로 들어간다. 바 한쪽에 혼자 술을 마시고 있는 유진이 보인다. 한윤태가 다가가 유진의 왼쪽 어깨에 손을 얹는다.

"선배, 청승맞게 왜 술을 혼자 드시고 계세요. 미리 연락 주시죠."

유진이 자신의 옆자리에 있던 핸드백을 치워준다.

"윤태야, 누나 인사 났다."

한윤태가 자리에 앉으면서 유진의 얼굴을 한번 쓱 쳐다본다.

"네, 그건 건너서 들었어요."

"문화부 가라고 해서 갔더니 뭐 시키는 줄 아니."

"……."

유진이 한윤태 앞에 있는 잔에 와인을 채워준다.

"먼지랑 잡동사니 잔뜩 쌓인 책상 주더니 나보고 이제 앉아서 내근이나 하래. 기자보고 필드 뛰지 말고 보도자료나 계속 받아쓰란 거는 그냥 기자 하지 말라는 얘기 아니야?"

한윤태가 와인잔을 입에 가져다 대면서 유진 눈치를 한 번 본다.

"선배, 연차 쌓이면 그냥 보도자료나 대충 쓰고 취재 안 하면서 그렇게 사는 기자들도 많아요."

"근데 나는 그렇게는 못 하겠더라. 그리고 보도자료도 그냥 무슨 전시회 며칠부터 며칠까지 어디서 개관, 이런 단신만 쓰래. 전시회 맥을 짚어주는 리포트도 아니고 온라인용 단신만. 내가 지금 보도자료 쓰는 거 연습하는 수습도 아니고."

"인사 나기 전에 회사에서 언질은 없었던 거예요?"

"그냥 민의당이 찍어내라니까 결국 윗분들도 깨갱 하고 '네 알겠습니다.' 한 거지. 요즘 방통위 분위기도 심상치 않고 하니까."

"선배……."

"윤태야 누나 한번 안아주면 안 되냐."

유진이 한윤태의 오른쪽 어깨에 머리를 기댄다.

"나는 진짜 취재하고 기사 쓰고 그냥 그렇게 살고 싶었는데. 내가 너나 초롬이처럼 열의랑 정의감에 불타는 스타일 아니라는 거는 인정해. 그래도 나는 그냥 기자라는 것 자체가 너무 좋고 계속 필드에서 뛰고 싶었는데……."

유진의 어깨가 들썩들썩한다.

"누나가 방송사에서 공채도 아니고 경력이라고 무시당하면서 텃세에도 꿋꿋하게 기자 한다는 자부심으로 버텼는데……. 이제는 안 되겠다. 내가 너무 다쳐서."

"선배, 기자……. 아니 회사 그만두시게요?"

"응. 저렇게까지 노골적으로 나가라고 하는데 나가주려고. 더 있다가는 나만 더……. 그동안 여러 가지로 도와줘서 고마웠어, 윤태야. 누나는 계속 우리 윤태 응원할게. 앞으로도 기자가 되려고 했을 때 마음가짐 변하지 말고. 지금처럼 불꽃 윤태 모드로 좋은 기사 써줘."

빗방울이 창문을 때리는 소리가 와인바 내부를 울린다. 그날 밤 '서기들' 밥조 메신저 단체방에 메시지 하나가 올라온다.

'NNB 유진님이 나갔습니다.'

며칠 뒤. 지금경제 한윤태 기자와 논정일보 정초롬 기자, 열국신문 강이슬 기자가 국회 인근 실내포장마차에 둘러앉아 있다. 한윤태는 NNB 유진 기자의 인사이동과 퇴사 얘기를 간략하게 전달한다. 유진과 단둘이 술을 마셨을 때 오간 얘기는 하지 않는다.

강이슬이 '두꺼비 로고의 소주' 한 잔을 한 번에 들이킨다.

"형 저한테도 연락 오긴 왔는데 그냥 메신저로 '누나 이제 회사 그만둬. 그동안 고마웠어.' 이렇게 짧게만 얘기하시더라고요. 인사이동이야 저도 건너서 듣기는 했는데 씁쓸하네요."

한윤태가 고개를 끄덕인다.

"여러 가지로 고민이 많았던 모양이더라. 자존심도 상처받고."

"유진 선배가 겉으로는 완전 센 캐릭터여도 마음이 여리시잖아요."

정초롬은 말이 없다. 소주만 계속 마신다.

한윤태도 소주 한 잔을 더 비운다.

"나는 유진 선배가 이제 기자 그만하겠다고. 이 업계에 다시 돌아오지 않을 거라고 한 것도 이해가 돼."

정초롬은 그 말을 듣더니 눈을 흘기면서 발끈한다.

"한 선배는 기자에 대한 간절함이 없어서 그런 거 아냐?"

"갑자기 왜 나한테 시비야?"

"맞잖아. 내가 틀린 말 했어?"

정초롬이 소주 한 잔을 혼자 따르더니 다시 입에 털어 넣고 말을 잇는다.

"선배, 나처럼 신문방송학과 전공하면서 원래부터 기자하고 싶던 사람도 아니었잖아."

"그건 맞는데……."

"나는 학부 때 신방과부터 스터디에 인턴에 몇 년이나 언론고시에 목멘 줄 알아. 나 같은 사람들은 그렇게 기자 쉽게 그만 못 둬."

"너도 민의당이 유진 선배한테 하는 거 언론 길들이기라고 발끈했잖아."

"그러면 싸워야지. 기자를 왜 그만둬. 회사에서 자른 것도 아니고 누구 좋으라고."

"회사에서 저렇게 하라는 건 나가란 소리잖아."

정초롬이 한윤태를 쳐다보면서 미간을 찌푸린다.

"선배처럼 그냥 기자나 해볼까 하고 한 3개월 남짓 혼자 대충 신문이나 좀 보다가 언론사 들어온 사람은 내가 가지는 간절함을 몰라."

"그거랑 이거랑 무슨 상관인데. 그리고 내가 대충했는지 안 했는지 네가 어떻게 알아?"

"나처럼 아등바등 여기 들어오려고 매달린 사람한테는 이 기자라는 업 자체가 꿈이고 목표고 전부란 얘기야!"

"나도 진심으로 여기에 열정을 바쳐서 일하고 있어."

"아니. 선배는 절박함이 없어. 좋은 환경에서 대학, 대학원 학비까지 집에서 다 지원해 주고. 학생 때 부모님 돈으로 방학이면 척척 해외여행 다니고. 변변한 아르바이트도 한 번 제대로 안 해봤지? 온실 속 화초처럼 자란 도련님께서 어떤 절실함이 있겠어. '뭐 어떻게든 잘 될 거야.'라는 말도 세상이 그냥 쉽고 만만하니까 할 수 있는 거야."

옆에서 듣고 있던 강이슬이 정초롬 어깨를 흔든다.

"야, 너 갑자기 왜 이래? 취했어? 그만 마셔 가자."

"그래, 나 취했다! 그래도 할 말은 해야겠다."

정초롬이 소주를 맥주잔에 붓더니 한 번에 입안으로 집어넣는다. 그러더니 '꽝' 소리가 날 정도로 맥주잔을 내려놓는다.

"한 선배, 나 진짜 선배 팬인데. 1년 전 대선 백브리핑 때만 해도 선배 요즘이랑 분위기 완전히 달랐어. 그때 선배였으면 며칠 전에 허수안이 기자회견에서 질의응답도 안 받고 유진 선배 밀치고 했을 때 가만히 안 됐을 거야. 현장에서는 그렇게 넘어갔더라도 몇 날 며칠을 달달 볶아서 답변받아 내고 유감 표명이라도 하게 했을 거야. 선배 대선 경선 때 기억 안 나? 기자회견 일방 펑크 내고 다른 일정 소화한 대선 후보한테 했던 말. 기자들이랑 기자회견 약속 사전 양해도 없이 당일 날 마음대로 깬 거 바득바득 사과하라고 해서 현장에서 사과 받아 냈잖아. 선배 요즘 보면 그냥 민의당이랑 척지지 않으려고 몸 사리는 게 너무 눈에 보여."

한윤태는 정초롬의 그 말에는 대꾸하지 않는다. 정초롬의 목소리 톤은 점점 높아만 간다. 주변 실내포차 손님들이 하나, 둘 눈을 흘기기 시작한다. 정초롬은 신경 쓰지 않고 할 말을 계속한다.

"한 선배 진짜 요즘 목숨 걸고 취재하고 있어? 목숨 걸고 기사 쓰고 있어? 나는 하루하루 목숨 걸고 있다고!"

한윤태는 집으로 돌아오자마자 말없이 방문을 연다. 그리고는 불도 켜지 않고 바닥에 눕는다. 큰 대자로 뻗어 한참 동안 움직이지 않고 천장만 바라본다.

'내가 정말 초롬이 말처럼 출입처 입장에 점점 매몰되기 시작한 건가.'

'1년 전 대선 때 민의당 대선 후보한테 성소수자 백블 답변받아 냈을 때도 그렇고. 수습 때 국회 견학 왔을 때도 그냥 출입처 눈치라는 건 안중에도 없었는데.'

- 3년 전

아침 8시 여의도 국회 본청 1층 후문 안내실. 한윤태 기자를 비롯한 지금경제 21기 수습기자들이 서서 대기하고 있다. 당시 기자실이 있던 본청 정론관에서 나온 지금경제 임영지 기자가 통화를 하면서 수습들에게 다가온다. 임영지 기자는 당시 민의당 출입 말진이었다.

"너희가 21기니?"

"네, 그렇습니다!"

"반가워. 나는 16기 임영지야. 오늘 너희 국회 견학 안내 담당이고. 방문증 받아들 놨지? 자, 따라와."

임영지 기자는 지금경제 21기 수습기자들을 데리고 국회 로텐더홀과 본회의장 등을 견학시켜주면서 간략한 국회 역사 등에 대해서 설명한다.

"혹시 이 중에서 나중에 정치부나 국회 출입하고 싶은 사람 있니?"

21기 수습들이 동시에 키득키득 웃는다. 한윤태가 손을 번쩍 든다.

"저 국회 출입하고 싶습니다!"

"그래, 나중에 현장에서 같이 일할 기회 있었으면 좋겠네. 국회 왔으니까 국회의원의 꽃이라는 상임위원장도 한 번 만나봐야지."

임영지 기자는 한윤태의 가죽 재킷 옷깃을 한번 툭 친다. 그러고는 당시 민의당 소속이었던 법제사법위원장과의 차담 약속을 잡아놨다면서 법사위원장실로 21기 수습기자들을 이끈다. 임영지 기자가 법사위원장실로 들어가자 보좌관이 반갑게 맞는다.

"임 기자님. 말씀하신 대로 줄줄이 사탕으로 데리고 오셨네요."

"신세 좀 질게요, 보좌관님."

"안에 위원장님 계세요. 미리 언질 드려놨으니까요. 바로 들어가시면 됩니다."

임영지 기자가 해당 보좌관에게 눈을 한 번 찡긋하고는 열려있는 상임위원장실 내실 문을 두드린다.

"안녕하세요, 위원장님."

"그래그래, 어서 와."

"여기 저희 수습 후배들이에요. 위원장님 법사위원장 역할이랑, 뭐랄까 여기 국회 출입하고 싶은 친구도 있으니까요. 국회의원이 하는 일에 대해서 직접 설명 좀 해주세요. 저는 편하게 말씀하시라고 잠시 빠져있을게요."

법사위원장은 법사위의 권한과 국회의 법안발의, 심사, 통과 과정을 설명한다. 그 과정에서 당시 여당이었던 헌법당 때문에 주요 법률안들이 제대로 협의가 안 되고 통과가 안 되고 있다고 비판한다. 그때 한윤태가 손에 들고 있던 찻잔을 내려놓으면서 끼어든다.

"위원장님, 그런데 지금 위원장님이 월권으로 법사위에서 잡고 계신 법안들도 많잖아요."

"아니, 내가 무슨 월권을 행사해."

한윤태를 제외한 동기들 눈이 동그래진다. 한윤태는 개의치 않고 낮은 중저음의 목소리로 침착하게 말을 이어간다.

"헌법당이랑 민의당 교섭단체 원내지도부가 다 합의하고 법사위 간사들도 통과시키기로 했는데 지금 위원장님이 마음에 안 드신다고 몇몇 법안 직권으로 상정 안 하시고 계시잖아요."

"그거는 지금 사회정의에 비춰봤을 때……."

당황하는 게 역력한 법사위원장에 반해 한윤태의 표정은 변화가 없다.

"그게 위원장 직권으로 법안 통과 막고 있는 거 아닙니까? 그러면서 헌법당 비판할 자격 있으십니까?"

몇 년 뒤 지금경제 한윤태 기자가 국회에 출입하게 됐을 때 임영지 기자가 말해준 후일담이다.

"그때 수습이 법사위원장이랑 맞다이 떴다고 엄청 얘기 돌았었다."

"선배, 그거 알고 계셨어요?"

임영지 기자가 주먹으로 한윤태의 가슴을 한 대 친다.

"그럼 내가 민의당 출입하고 법사위원장 면담도 주선했었는데 끝나고 다 들었지."

"뭐 그런 걸 다 쪼르르 일러바치듯 얘기한대요."

한윤태가 침을 한 번 삼킨다. 임영지 기자가 다시 한번 한윤태의 가슴을 주먹으로 치는데 조금 전보단 강도가 약하다.

"아니야. 그때 민의당 법사위원장이 그 얘기하면서 엄청 호탕하게 웃었어. 너 인물이라고 패기 있다고. 나중에 국회 출입하게 되면 잘 키워보라고 하시더라. 기대된다면서."

지금경제 한윤태 기자는 그 당시를 생각하면서 한숨을 내쉰다.

'초롬이 말대로 내가 지금 너무 출입처랑 각 세우는 걸 망설이고 있나. 출입처라는 개념이 없었던 수습 때는 국회 견학 와서 내 생각대로 소신대로 민의당 법사위원장이랑 맞다이도 떴는데……. 내가 지금 다시 같은 상황이면 그런 말 할 수 있을까? 그냥 네네, 하면서 분위기만 맞춰주고 있지는 않을까. 곱씹어 보면 초롬이 말이 하나 틀린 게 없네.'

한윤태는 눈을 감는다.

'유진 선배 찍어낸 것도 그렇고. 민의당에 대해 어떻게 기사를 쓰는 게 맞는 방향일까…….'

권력과 언론

지금경제신문 한윤태 기자는 뜬눈으로 밤을 새웠다. 몸을 좌우로 뒤척이다 머리맡에 있는 전자 탁상시계를 보니 새벽 5시 30분이다. 한윤태는 새벽 6시로 설정해 놓은 탁상시계와 휴대전화 알람이 울리기 전에 미리 꺼놓는다. 그리고 다시 캄캄한 방에 누워 가만히 천장을 쳐다본다.

'오늘 진짜 출근하기 싫다. 처음 국회 출입할 때는 잠들기 전에 하루하루가 두근거렸었는데……. 내일 무슨 일 생길까, 내일은 또 무슨 기사 쓰지 하는 생각으로 떨리게 살았는데. 그냥 국회 가고 싶지가 않네.'

한윤태는 이불을 얼굴 위로 뒤집어쓴다.

몇 시간 뒤 민의당 당대표 회의실. 한윤태는 언제나처럼 기자석 맨 뒷줄 오른쪽에서 다섯 번째 자리에 앉아있다. 평소 같으면 그 왼쪽인 오른쪽에서 여섯 번째 자리에 논정일보 정초롬 기자가 앉았겠지만 오늘은 다른 기자가 자리 잡고 있다. 착잡한 표정의 한윤태에게 막 당대표 회의실로 들어온 열국신문 강이슬 기자가 말을 건넨다.

"윤태 형, 초롬이 오늘 몸이 안 좋아서 연차 냈다네요."

"그러냐……"

강이슬이 살갑게 한윤태의 어깨를 주무른다.

"형, 왜 이렇게 처져있어요? 얼굴도 완전 쾡하고."

"그냥."

"어제 초롬이가 한 말 때문에 그래요?"

한윤태가 노트북 위에 양손을 올린 채 숨을 들이마신다.

"생각해 보니까 틀린 말은 또 없지 싶어서."

"틀린 말이 없기는 뭘 틀린 말이 없어요. 정초롬이 술에 만땅 취해서 꼬장부린 거죠. 형 기사 보면 여야 안 가리고 조지고 있잖아요. 1년 이상 민의당만 출입했으니까 출입처랑 친소관계 있는 건 맞다 쳐요. 그래도 제가 보기에 형 기사 어느 한쪽에 기울어 있지는 않아요. 무조건 걸리면 조지고 보자가 형 기조니까요."

"그거 칭찬이냐?"

한윤태가 쳐다보자 강이슬은 눈썹을 위로 치켜올리면서 개구쟁이 같은 표정을 짓는다.

"욕은 아니죠. 그리고 밥조장이 이렇게 처져있으면 우리 서기들 밥조가 굴러가겠습니까? 저희 유진 선배도 밥조 나가고 했는데 새로운 밥조원도 충원하고 해야죠."

강이슬이 다시 한윤태의 어깨를 주무른다. 한윤태는 나지막이 말한다.

"그래 새로운 밥조원……. 유진 선배 나가서 네 명에서 세 명 됐으니까. 한두 명 새로 밥조원 충원해 보는 것도 생각해 봐야지."

오전 9시 30분이 되자 최고위회의 모두발언이 시작된다. 당 내외 사퇴여론에도 자리를 고수하고 있는 민의당 허수안 대표의 발언은 역시나 오늘도 자신을 공격하는 기사 탓과 언론비난에 방점이 찍혀 있다. 허수안 대표 뒤에 있는 회의실 백드롭은 여전히 '언론개혁으로 편파보도, 가짜뉴스 타파!'다.

"우리 민의당의 언론 정상화 추진을 일부 기득권 세력이 언론장악과 길들이기로 폄훼하고 있는 현 상황을……."

지금경제 한윤태 기자가 최고위회의가 끝나고 본청 경사로를 따라 소통관으로 걸어가고 있는 와중에 휴대전화가 울린다. NNB를 퇴사한 유진이다.

"네, 선배. 잘 지내시죠?"

"누나는 잘 있지. 지난 일은 훌훌 털어버리고. 근데 우리 윤태는 오늘 목소리가 잠겨있네. 우리 윤태 잘 있는 거 맞지?"

한윤태의 목소리가 가라앉아있다.

"저는…… 잘 못 있어요."

"우리 윤태 왜? 누가 괴롭혀? 누나가 콱 혼내줘?"

"제가 누구한테 괴롭힐 당할 사람인가요. 그냥 선배 그만두시고 조금 그렇네요. 서기들 밥조 굴러가는 것도 그렇고요."

"우리 밥조장 윤태가 힘이 하나도 없구나. 그럴 때는 초롬이랑 이슬이가 윤태 질질 끌고라도 파이팅하면서 가야 하는데."

"선배 그건 그렇고 어쩐 일이세요?"

"어머, 누나가 용건 없이 전화하면 안 돼?"

"그런 건 아니고요."

휴대전화 너머로 유진의 헛기침 소리가 한 번 들린다.

"윤태야, 누나가 거리 하나 줄게. 취재 한번 해볼래?"

"어떤 취재요?"

"누나가 민의당이랑 허수안 대표랑 척진 게 결국 지방선거 끝나고 허수안 대표 사퇴론 리포트 계속 맡아서 그런 거잖아. 그전부터 쌓인 게 아주 없다고는 할 수 없지만."

"그렇죠. 민의당이든 헌법당이든 언론개혁이란 게 결국 자기들 비판하는 기사 못 쓰게 하겠단 거를 눙치게 말하는 거죠."

"그런데 그 이후에 허수안 대표가 우리 보도국장한테 직접 자기 사퇴론 기사 그만 쓰라고 꼭지에서 빼라고 엄청 컴플레인을 했다나 봐. 편집에서 빼달라고."

"어 정말요? 그거 방송법 위반 아니에요?"

유진은 기다렸다는 대답이 나왔다는 듯이 맞장구를 친다.

"그치 그치? 방송법 위반이지? 뭐 지금까지 신문이고 방송이고 여야 막론 정당에서 '기사 쓰지 말아 달라. 고쳐 달라. 빼달라', 관행적으로 비일비재하긴 했는데. 아무튼 누나 백그라운드 브리핑에서 된통 당한 날 있잖아?"

한윤태가 기억을 더듬는다.

"아 허수안이 선배 밀친 날이요?"

"그렇지. 그날 나 정도 아니었으면 유혈사태 났다. 어쨌든 그날 이후부터 허수안이 주구장창 몇 날 며칠을 아주 보도국장한테 전화를 해서 생난리를 쳤나 봐. 그것도 반 협박조로. 지금 너네 그러고 경영진이 무사할 줄 아느냐 어쩌고저쩌고하면서. 내 사퇴론 기사 그만 쓰라고. 어때 야마 좀 나올 것 같아?"

한윤태의 목소리가 전화 통화 초반과 다르게 한층 밝아진다.

"네, 얘기 되실 싶은데요. 취재해서 얼른 써볼게요."

"그래 내가 NNB 보도국장 번호 찍어줄게. 그리고 NNB 대외협력 담당자랑 노조 쪽 번호도 줄 테니까 한 번 확인해 봐."

"네, 감사해요. 선배."

"역시 우리 윤태는 취잿거리가 있으니까 목소리도 생기가 도는구나. 우리 윤태 파이팅 파이팅!"

한윤태는 왼쪽 옆구리에 노트북을 낀 채로 발걸음을 재촉한다.

소통관 기자실 지금경제 부스로 복귀한 한윤태 기자는 박성현 국회반장에게 방금 유진에게 들은 내용을 보고한다.

팔짱을 끼고 한윤태의 말을 가만히 듣고 있던 박성현 국회반장이 고개를 끄덕인다.

"그래 오늘 아침에 발제한 기사는 킬하고 그거 취재해라. 민의당을 위해서라도 지방선거랑 서울시장 선거 죽 쑤고도 언론 탓만 하는 허수안 우리가 날려보자. 또 남이 하면 언론장악, 내가 하면 언론정상화 이 패턴 좀 이번 기회에 한번 뭉개보자. 그냥 권력의 언론 불개입 자체를 보장해야지 여당이고 야당이고 하여튼 정권만 잡았다 하면 둘이 똑같아."

한윤태는 스웨이드 재질의 블루종을 벗어 의자에 걸치고는 흰색 라운드티의 양팔 소매를 걷는다. 그리고는 유진에게 들은 내용들을 취재하기 시작한다. 민의당 관계자들에게 확인해 보니 허수안 대표는 비공개 최고위회의에서 자신의 이런 행태에 대해 공공연하게 발언했다고 한다. 당시 회의에 참석한 인사들에 따르면 허수안 대표는 "이 기자새끼들 싸그리 다 갈아버려야 돼. 특히 NNB는 아주 우리를 대놓고 표적 삼고 있어. 방통위도 물갈이했으니까 이제 작업 들어가자고. 전 정권 부역했던 경영진들도 확 엎어버리고. 내가 NNB 보도국장한테도 전화해서 몇 날 며칠을 기사 빼라고 노발대발했는데 말을 안 들어 처먹네."라는 취지의 얘기를 몇 차례나 호기롭게 했다고 한다.

한윤태는 민의당 심인경 대변인에게도 전화를 건다.

"어, 한 기자."

"선배, 허수안 대표가 NNB 보도국장한테 계속 본인 사퇴론 기사 빼달라고 전화했다는데 맞는 얘기에요?"

심인경 대변인이 신경질적으로 반응한다.

"아니 봐봐 한 기자. 거기가 계속 왜곡 편파보도를 하는 게 문제지 우리가 컴플레인 거는 게 문제야?"

"그래도 대표가 그렇게 보도국장한테 단순히 오보 수정해 달라거나 정정보도 해달라는 게 아니라 본인 사퇴론 기사 자체를 전화해서 빼라 마라 하는 건 방송법 위반 아닌가요?"

"한 기자. 다 알면서 그래. 그런 식으로 하나하나 따지면 우리 공보라인 다 철창신세야. 그리고 대기업 홍보팀 이사들도 마찬가지고.

맨날 전화해서 기사 고쳐달라, 빼달라, 내려달라 하는 게 우리 일인데. 또 중점 사안이면 대표가 전화해서 의견 개진할 수도 있는 거지. 오히려 집권당 대표가 언론이랑 직접 소통하고 좋은 거 아냐?"

"단순히 사실관계 잘못된 거나 오보 고치고 제목 정도 순화해 달라는 게 아니라 그렇게까지 하면 그게 잘못된 관행인 거잖아요. 그리고 진짜 문제가 있으면 언론중재위원회나 공식적 제도가 있는 데 그렇게 사적 권한 행사하는 거는 편집권 침해고 언론보도 개입행위 아닌가요?"

심인경 대변인 목소리가 점점 격앙된다.

"아니 그걸 왜 지금 시점에서 시비를 거냐고? 한 기자도 뭔가 의도를 가지고 접근하고 있는 거 아냐?"

"제가 의도는 무슨 의도가 있어요. 있는 그대로 취재하는 건데요."

"그거 누구한테 제보 들은 거야? 취재원 누군데?"

"무슨 기자한테 취재원을 색출하세요. 말씀 못 드립니다."

"지금경제 모기업 요즘 여기저기 사업 확장하던데. 공정위 심사 걸려있는 것도 있고 조심해야 하는 거 아냐? 아무튼 기사 쓰면 지금경제한테도 우리가 가만히 안 있어. 알아서 해!"

'심인경은 진짜 미친년이네. 기자한테 회사 사업으로 협박을 하고 있냐. 오케이 허수안 대표 쪽은 여러 루트로 팩트체크 됐고. 이제 NNB 입장을 확인해야 하는데.'

한윤태는 유진이 알려준 번호대로 NNB 측에도 확인 취재를 한다. NNB 대외협력 담당은 한윤태의 설명을 듣더니 "확인해 보고 다시 연락드릴게요."라고 답한다. 10여 분 뒤 다시 전화가 걸려온다. 목소리톤이 기계적이다.

"보도국장의 통화 내용 사안까지는 저희가 파악하고 있지 못합니다."

한윤태는 NNB 보도국장에게도 몇 차례 전화를 걸었지만 받지 않자, 문자메시지를 간략히 남겨둔다. 대신 평소 알고 지냈던 NNB 기자들에게 연락해서 사실관계를 확인하기 시작한다. 한윤태와 친분관계가 있는 동료 NNB 기자들이 "그거 사내에서는 이미 공공연한 얘기인데. 편집회의에서도 말이 나왔다나 봐."라고 상황을 전해준다. NNB에 있는 막역한 사이의 기자 선배 한 명은 조금 더 구체적으로 자초지종을 확인해 알려준다.

"윤태야 내가 최근에 편집회의 들어간 데스크한테 직접 확인했는데 보도국장이 '요즘 허수안 대표가 하도 기사 빼달라고 전화 와서 신경증 걸릴 지경'이라고 몇 번이나 말했대. 아무튼 집권여당 대표인 허수안 강짜도 강짜고 우리도 인사철하고 맞물려서 정당팀 물갈이되는데 분위기가 전반적으로 흉흉해."

'좋아. 이 정도면 NNB 쪽에도 크로스체크됐다. 이제 NNB 보도국장 입장만 받자.'

마침 NNB 보도국장에게도 답신 문자가 온다.

"해당 사안에 대해서 제가 직접적으로 언급하는 것은 부적절해 보입니다."

한윤태는 바로 다시 문자를 보낸다.

"그러면 허수안 대표가 기사 빼달라고 했다는 얘기에 대해서 부인은 안 하시는 겁니까?"

NNB 보도국장의 재답신이 바로 온다.

"NCND(Neither Confirm Nor Deny)."

언론계에서 '확인도 부인도 하지 않는다'는 의미의 NCND는 '직접적으로 본인이 사실관계에 대해 언급해 줄 수는 없지만 문의한 사안이 허위는 아니라고 암묵적으로 확인을 해준다.'는 뜻으로 통용된다.

지금경제 한윤태 기자는 민의당 허수안 대표가 본인의 사퇴론을 보도한 방송국 보도국장에게 전화를 걸어서 기사를 빼달라는 압력을 가했다는 기사를 상신한다. 특히 허수안 대표의 이런 행태가 '방송편성의 자유와 독립은 보장된다.', '누구든지 방송편성에 관하여 이 법 또는 다른 법률에 의하지 아니하고는 어떠한 규제나 간섭도 할 수 없다.'고 명시한 방송법 제4조(방송편성의 자유와 독립)를 명백히 위반한 점이라고 꼬집는다. 또 방송법에서는 제4조 규정을 위반해 방송편성에 관해 규제나 간섭을 한 자에 대해 2년 이하의 징역 또는 3,000만 원 이하의 벌금에 처한다는 벌칙조항도 있음을 언급한다. 아울러 그동안 여야를 가리지 않고 있었던 대변인 등 공보라인과 주요지도부의 이런 신문, 방송 편집에 대한 개입 행태가 비일비재한 관행으로 이어져 왔다는 점을 지적한다.

한윤태의 기사가 온라인으로 송고되자 마찬가지로 지금경제 편집국장과 정치부장, 국회반장 휴대전화에 불이 나기 시작한다. 민의당 측에서 연달아 걸려온 전화 때문이다. 박성현 국회반장이 편집국장과 통화하면서 목소리를 높인다. 박성현 국회반장은 한 손을 허리춤에 올리고는 통화 내내 한윤태를 쳐다본다.

"국장, 그 기사 절대 고치거나 내려주면 안 됩니다. 우리가 민의당이 자기들한테 불리한 기사 내리고 자르고 하면서 방송법 위반하고 언론의 편집권에 개입한다고 지적한 겁니다. 민의당 전화 받고 고쳐주고 내려주면 뭐가 됩니까. 윤태 기사 일점일획도 손대면 안 됩니다."

박성현 국회반장은 지금경제 구석경 정치부장과 통화하면서는 더 목소리가 높아진다.

"부장, 이거 만약에 기사 제목이라도 톤다운 시켜주면 저 그냥 회사 때려칩니다. 이번엔 저도 양보 못 해요. 선배 만약에 이 기사 손대면 저 노조 통해서 정식 항의하고 인사위에 진정 넣을 겁니다. 선배도 직접 데스킹 본 건데 그걸 다시 난도질하면 선배 입장도 웃기게 되는 거 아시죠?"

데스킹은 편집을 포함한 기사 확인 등을 포괄적으로 의미하는 언론계 용어다. 현장 기자가 작성해 상신한 기사의 제목을 바꾸거나 내용, 논조, 전개 순서, 분량 등을 각 팀장이나 부장이 수정하는 모든 관련 행위가 데스킹에 포함된다. 흔히 현장에 나가지 않고 사내 편집국 내부 책상에 앉아있는 부장 이상 데스크들이 하는 업무이기 때문에 데스킹이라고 불린다.

박성현 국회반장은 민의당에서 걸려오는 전화는 받지 않는다.

"위에서 알아서 대응하겠지……."

박성현 국회반장은 머리를 긁으면서 한윤태를 다시 쳐다본다. 어깨에 힘이 잔뜩 들어 가 있다.

"걱정 마라 이번 기사는 내가 몸으로 무조건 지킨다."

한윤태가 피식 웃는다.

"선배 그러다가 또 데스크 승진 물 먹는 거 아니에요?"

"얌마, 팀장이 왜 있는 줄 아냐?"

"회식에서 팀 법인카드 결제하라고요?"

"이 자식은 이런 상황에서……. 팀원 행동 책임지라고, 팀원 방패 막이해 주라고 있는 거야."

보수, 진보를 가리지 않고 언론들에서도 잇달아 한윤태의 기사를 이어받아서 민의당 허수안 대표의 방송 편집권 개입과 방송법 위반 논란에 대한 추종보도를 쏟아내기 시작한다. 야당인 헌법당에서는 기다렸다는 듯이 '방송 편집권 개입한 민의당 허수안, 대표직 사퇴하고 수사받아야'라는 기조의 논평들로 대여공세를 시작한다.

몇 시간 뒤 소통관 기자실 부스의 기자들 휴대전화가 동시에 울린다.

'오후 5시 민의당 긴급 의원총회. 본청 246호. 안건 : 현안 관련'

문자를 확인한 한윤태가 민의당 고대식 원내대변인에게 전화를 건다.

"선배, 현안 관련 긴급 의총 구체적인 현안이 뭐에요?"

고대식 원내대변인 목소리가 타박하는 투다.

"뭐긴 뭐냐 네가 쓴 기사 관련해서지."

"네?"

"허수안 대표 언론보도 개입 관련해서 진행될 분위기야."

"정말요, 그걸 안건으로 올린다고요?"

"그걸 어떻게 안건으로 대놓고 올리냐? 그냥 현안 관련이라고 두루뭉술하게 해놓고 의원들 자유발언 들을 건데. 지금 분위기가 심상치가 않아."

"사퇴 요구 발언까지도 나올 수 있는 거예요?"

"윤태 너도 지방선거 끝나고 취재해 왔으니까 당 분위기 알 거 아니냐? 의원들은 허수안 대표 저렇게 버티고 버티는 거에 부글부글한 상태야. 임계점이 이미 한계에 와있다고. 이렇게까지 됐으니까 폭발하는 기류야. BH(Blue House, 청와대를 지칭하는 은어)도 지금 허수안이 당이랑 대통령 지지율 끌어내리고 있다고 생각하니까. BH 정무라인이랑 얘기 끝낸 당 주류 쪽에서도 이제 가만히 안 있을 거야."

몇 시간 뒤 민의당 의원총회가 열리는 본청 246호. 맨 앞자리에 이자웅 원내대표를 비롯한 민의당 지도부가 앉아있다. 표정이 착잡하다. 허수안 대표는 아직 의총장에 도착하지 않았지만 사회를 보는 고대식 원내대변인은 개의치 않고 의원총회를 시작한다.

"그럼 지금부터 민의당 의원총회를 시작하겠습니다. 먼저 국민의례가 있겠습니다."

국민의례가 끝난 뒤 이자웅 원내대표가 먼저 발언대에 선다. 평소 의원총회 공개발언에서 추임새를 넣거나 박수를 치곤하던 국회의원들도 조용히 발언만 경청한다. 장내 분위기가 숙연하다. 이자웅 원내대표 목소리와 취재기자들의 노트북 자판 소리만 적막함을 가른다.

"오늘은 예상에 못 미치는 지방선거 광역단체장 선거 결과와 충격의 서울시장 선거 참패 이후 당의 진로와 관련된 방향에 대해 의원 여러분들의 허심탄회한 의견을 듣고자 의원총회를 소집했습니다. 가감 없이 의견을 말해주시면 향후 당이 쇄신과 혁신에 큰 도움이 될 것으로 생각하며……."

그때 허수안 대표가 굳은 표정으로 의총장 안으로 들어온다. 카메라 플래시기 인재히 디진다. 이사웅 원내대표를 비추고 있던 ENG 카메라들도 방향을 돌려 허수안 대표에게 초점을 맞춘다. 이자웅 원내대표의 다소 원론적인 의원총회 개의 취지 발언이 끝난 뒤 허수안 대표가 마이크를 잡는다. 스피커가 잠시 울리면서 허수안 대표의 떨리는 목소리가 한층 더 과장되게 들린다.

"오늘도 우리 민의당이라는 배는 왜곡보도와 편파보도를 일삼는 언론에 의해 휘청휘청거리고 있습니다. 그동안 정치권과 언론관계에서 관행적으로 이뤄지던 일마저 표적 삼아 문제 삼고 있으며……. 서울시장 선거에서 기울어진 운동장 때문에 대패한 데 이어 이렇게 당을 흔드는 일부 보수지와 경제신문, 기성 언론들에 대한 개혁의 필요성을 다시 실감하는 바이고……."

그때 의총장 곳곳에서 야유가 터져 나온다. 일부 의원들은 일어나서 허수안 대표에게 삿대질을 한다.

"당이 아니라 대표가 휘청이는 거 아닙니까. 보도개입 사과하세요!"

허수안 대표가 당황한 듯 잠시 머뭇거린다. 몇 번 마른기침을 하고 침을 삼킨다. 입술 가장자리는 침이 고여 허옇다. 허수안 대표는 언론 탓 얘기로 발언을 쫓기듯 마무리한다.

그러자 고대식 원내대변인의 입에서 뜻밖의 발언이 나온다.

"그럼 오늘은 앞으로 우리당이 나아갈 혁신과 쇄신 방향에 대해 공개적으로 언론인 여러분과 국민 여러분에게 보고드릴 필요가 있다고 생각되어 의총을 비공개로 전환하지 않고 자유발언을 듣겠습니다."

일반적으로 각 당 의원총회는 특별한 사유가 없는 한 원내대표와 대표 정도의 공개발언 뒤 비공개로 진행하는 게 관행이다. 곧바로 허수안 대표 측근인 심인경 대변인이 항의를 한다.

"아니 이런 식으로 하는 게 어디 있어? 일부러 망신 주겠다는 거 아냐? 비공개로 해 비공개로."

하지만 심인경 대변인 말고는 허수안 대표를 옹호하는 발언을 하는 의원이 아무도 없다. 오히려 재선의 송정혁 원내수석부대표가 심인경 대변인을 몰아세운다.

"어디서 초선 나부랭이가 버릇없이 선배 의원들 모인 의총장에서 마음대로 발언하래. 가만히 있어!"

의총장 곳곳에서는 송정혁 원내수석에게 맞장구치는 호응이 터져 나온다.

"공개로 해라, 공개로!"

"뭐가 꿀려서 비공개 요구하냐!"

"공개! 공개!"

심인경 대변인은 당황한 표정이 역력하다.

고대식 원내대변인이 이자웅 원내대표를 보면서 의사를 다시 한 번 확인한다.

"비공개로 할까요?"

이자웅 원내대표가 고개를 내젓는다. 고대식 원내대변인이 기다렸다는 듯이 회의 진행을 이어간다.

"그럼 의총은 그대로 공개로 진행하겠습니다."

의원총회는 국회의원들의 반장격인 원내대표에게 소집 권한이 있고 진행 방향과 안건 선택 역시 원내지도부가 결정한다. 유례없이 기자들이 있는 상태에서 이어진 민의당 공개 의총에서는 당 자체의 쇄신과 반성 필요성 얘기도 나왔지만 마치 허수안 대표에 대한 성토장을 연상케 하는 비판들이 쏟아진다.

"대표도 위법행위 저지르고 민심과 괴리되는 짓을 하면 탄핵당할 수 있어."

"대표가 모범을 보여야지 당을 망신시키고 말이야. 어떤 형태든 책임이 필요합니다."

비슷한 취지의 발언이 한 시간 이상 계속된 뒤 의총이 끝난다. 일그러진 표정으로 의총장을 나서는 허수안 대표에게 기자들이 달라붙는다.

"방송법 위반 행위 인정하십니까?"

"언론독립 외치시면서 언론사에 기사 빼달라고 연락한 것에 대한 문제의식 없으십니까?"

허수안 대표는 이런 질문에 묵묵부답으로 일관한 채 본청을 빠져나간다. 걸음을 재촉한 탓에 심술 가득해 보이는 양쪽 볼이 흔들리는 장면만 방송사 ENG 카메라에 담긴다.

이틀 뒤 오전 9시 30분이 되기 조금 전 시간. 민의당 당대표 회의실 기자석 맨 뒷줄 오른쪽에서 다섯 번째 자리에 언제나처럼 지금경제 한윤태 기자가 앉아있다. 그때 까랑까랑한 목소리가 회의실을 울린다.

"한 선배, 안녕."

논정일보 정초롬 기자가 기자석 맨 뒷줄 오른쪽에서 여섯 번째 자리에 앉으면서 말한다.

"그제 한 선배 기사 잘 봤다."

한윤태가 고개를 왼쪽으로 돌린다. 잠시 말이 없다가 자신의 노트북을 쳐다본다.

"그러냐?"

"그동안 정당에서 비일비재하게 언론에 해왔던 일이긴 한데 한 선배가 써서 나도 아 이게 불법 행위였구나, 새삼스럽게 다시 알게 됐어."

"나도 제보받고 쓴 거라."

정초롬이 오른쪽 손으로 한윤태의 오른쪽 어깨를 감싼다. 한윤태는 고개를 움직이지는 않은 채 눈동자로 정초롬의 오른손을 힐끗쳐다본다.

"아무나 제보받는다고 그런 기사 쓰나. 전임 정부 청와대에서 보도 개입한 거 그렇게 비판해 놓고도 결국 민의당도 하는 행태 보면 다를 게 없다니까."

한윤태와 정초롬이 그런 얘기를 나누고 있는데 어느새 오전 9시 30분이 된다. 언제나처럼 허수안 대표가 대표실 내실에서 회의실로 걸어 들어온다. 그런데 평소 같으면 함께 회의실로 입장해야 할 이자웅 원내대표를 비롯한 다른 선출직 최고위원들이 보이지 않는다. 당대표 회의실에는 허수안 대표와 허수안 대표가 임명한 지명직 최고위원 두 명, 심인경 대변인만 들어와 자리에 앉는다. 허수안 대표는 담담한 표정으로 모두발언을 한다. 평소 북적북적하던 최고위 회의장 중앙에 놓인 반원형 테이블이 휑하기만 하다. 발언자가 적으니 공개 최고위회의가 5분도 채 되지 않아 마무리된다. 회의 자체도 비공개 전환 없이 그대로 종료된다.

허수안 대표는 서둘러 다시 내실로 들어간다. 심인경 대변인에게 기자들이 달라붙는다.

"이자웅 원내대표 비롯한 다른 최고위원들은 왜 안 나온 건가요?"

"그건 그쪽에 물어보시고요."

"당무 거부인가요?"

심인경 대변인은 신경질적으로 핀마이크와 녹취 버튼이 눌린 휴대전화를 손으로 밀쳐낸다.

"그러니까 그쪽에 취재해 보시라고요."

"사실상 허수안 대표 사퇴 압박 아닌가요?"

"저기 바로 옆방에 있는 원내대표실이라도 들어가서 물어보든지!"

심인경 대변인은 한 번 그렇게 소리를 빽 지르고는 본청을 나간다. 한윤태와 정초롬을 비롯한 민의당 출입기자들은 심인경 대변인 말대로 당대표실 바로 옆에 있는 원내대표실 앞에 자리를 잡는다. 그때 고대식 원내대변인이 원내대표실 내실에서 나온다. 한윤태가 기다렸다는 듯이 바로 말을 붙인다.

"오늘 이자웅 원내대표님 최고위 참석 안 하셨잖아요?"

고대식 원내대변인이 고개를 끄덕인다.

"언론인 여러분들이 해석하시는 방향에서 크게 벗어나지 않은 이유입니다."

"허수안 대표 체제 당무 거부라고 보면 되는 거죠?"

"해석은 또 기자님들의 영역이니까요."

"사실상 허수안 대표 사퇴압박이라고 보면 되나요?"

고대식 원내대변인이 한윤태와 눈짓을 주고받는다.

"우리 한 기자님이 기사 쓰신 대로 저렇게 불법 행위를 노골적으로 저질러 놓고도 반성하지 않는 대표와 함께 가는 건 어렵지 않겠습니까?"

이후 일제히 '허수안 체제 사실상 붕괴, 대표 사퇴압박 최고조' 논조의 기사들이 송고되기 시작한다. 일부 언론들은 허수안 대표가 노욕을 부리면서 대통령과 당의 발목을 잡고 있다고까지 공세 수위를 높인다. 당 최고위원들조차 당무를 거부하면서 의결정족수가 충족이 안 돼 이제 허수안 대표가 당무를 볼 수 없는 지경에 이르렀다는 얘기들이 잇따른다. 결국 몇 시간 뒤 민의당 공보국 문자로 '본인은 일신상의 이유로 오늘로 당 대표직을 내려놓겠습니다. -민의당 대표 허수안-'이라는 공지가 온다. 뒤이어 곧바로 민의당이 발신한 추가 문자가 기자들에게 도착한다.

'잠시 뒤 긴급 최고위회의, 당대표 회의실.'

지금경제 한윤태 기자 등 민의당 출입기자들이 소통관에서 헐레벌떡 민의당 당대표 회의실로 달려간다. 한윤태가 숨을 내쉬면서 기자석 맨 뒷줄 오른쪽에서 다섯 번째 자리에 앉는다. 뒤이어 논징일보 정초롬 기자와 열국신문 강이슬 기자가 도착해 당대표 회의실로 들어온다. 정초롬이 숨을 고르면서 짜증을 낸다.

"아니 근데 허수안 이 양반은 사퇴할 때도 꼭 이런 식으로 문자 하나 달랑 보내고 정말 기본이 안 돼있네."

강이슬도 거든다. 서둘러 온 탓에 숨소리가 거칠다.

"정말 당이랑 자기가 속한 진영은 안중에도 없고 본인 보신만 생각하는 대표의 전형이네요. 당을 이 꼴로 만들어 놓고도 제대로 된 반성이나 사과도 없이 문자 하나로 사퇴공지를 퉁치고요. 이러니 욕을 먹지. 맨날 언론이 자기한테 불리하게 어쩌고저쩌고하는데 평소 행실이 이따위니까 기자들이 이때다 하고 달려드는 거지요. 본인이 정말 진심으로 당무에 임하고 국가 위해서 대표직을 수행했으면 조금 삐끗해도 언론도 실수라고 익스큐즈 하고 알아서 톤다운이 되는 건데 말이에요. 견제와 균형, 언론이 민주주의의 4부라는 민주주의, 표현의 자유, 언론의 자유 기본원리도 모르는 사람이에요. 허수안 같은 사람은 다시는 선출직 공직자에 선출되면 안 된다니까요. 안 그래요, 윤태 형?"

"그렇지 언론도 기자도 사람인데. 평소에 쌓인 게 폭발한 거라고 보면 되겠지. 보도국장한테 전화해서 기사 빼달라 어쩌고 방송법 위반한 것도 내가 기사 쓰고 보혁 가리지 않고 득달같이 달려들었잖아. 언론도 허수안 대표 행태에 대해서 묵혀있던 것을 터트린 거라고 보면 되겠지."

정초롬은 손으로 이마에 맺힌 땀을 훔친다.

"자기 불리한 기사 나오면 악을 쓰면서 언론개혁무새되면서 말이야. 결국 실정법 위반하면서까지 편집권 침해하고. 개떡같이 당 운영하는 걸 그럼 개떡 같다고 쓰지 뭐라고 쓰냐. 흑을 백이라고 쓰면 오히려 그게 왜곡보도지. 허수안이 저따위로 하는데 그거 양비론으로 써주는 게 여론 호도라고."

그때 이자웅 원내대표를 비롯한 민의당 최고위원들이 당대표 회의실로 들어오기 시작한다. 이자웅 원내대표와 민의당 지도부는 의자에 앉지 않고 선 채로 각각 자리를 잡는다. 이자웅 원내대표가 고개를 돌려 좌우 상황을 한 번 확인하더니 정면에 있는 ENG 카메라를 향해 고개를 90도 숙인다. 옆에 도열한 다른 지도부도 마찬가지다. 이자웅 원내대표는 그렇게 고개를 숙인 채로 약 3초 남짓 그대로 있다가 고개를 들고 대국민 사과문을 발표한다. 허수안 전 대표 퇴임 전에 걸려있던 회의실의 '언론개혁으로 편파보도, 가짜뉴스 타파!' 백드롭은 어느새 사라지고 하얀색 벽지만 보인다.

"허수안 전 대표의 방송법 위반 행위에 대해 우리 민의당은 책임을 통감합니다. 여기 계신 기자 여러분들을 비롯해 하루하루 정론직필을 위해 힘쓰고 계신 언론인 여러분들께도 심심한 사과의 말씀을 올립니다. 향후 우리 민의당은 부당하게 언론의 편집권에 개입을 하지 않을 것을 천명하면서…… 누구보다 표현의 자유와 언론의 자유를 위해 싸워온 우리당의 가치와 정신을 지킬 것이며…… 또 당이 먼저 이번 행태에 대해 반성한다는 의미로 당 법률위원회 명의로 허수안 전 대표를 방송법 위반 혐의로 서울중앙지검에 고발하는 한편 당 윤리심판원에 회부하기로 결정했습니다."

뒤이어 최고위는 이자웅 원내대표가 곧바로 당대표 직무대행직을 맡을 것을 의결하면서 향후 당대표 선출을 위한 전당대회 논의는 의원총회와 최고위, 당무위 등을 거쳐 확정하겠다고 공표한다. 한윤태는 들릴 듯 말 듯 혼잣말을 한다.

"권력이란 게 정말 진공을 허락하지 않네……. 그래도 명색이 집권당 대표인데 사퇴 몇 시간 만에 원내대표가 당 접수하고 전임 대표 고발까지 진행하다니……."

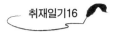

다시 현장으로

    민의당 허수안 전 대표가 방송법 위반 논란으로 불명예 퇴진하고 며칠이 지난 뒤인 일요일. 주말이라 적막한 여의도 국회 본청 후문 안내실 입구의 회전문이 천천히 돌아간다. 중년 남성 한 명이 회전문을 미는 데 다소 힘에 부쳐 보인다. 허름한 등산복 차림에 남루한 백팩을 메고 벙거지 모자를 쓰고 있다. 일요일인지라 평소라면 후문 소지품 검사 엑스레이와 금속탐지기 앞에 있어야 할 방호과 직원들은 보이지 않는다. 중년 남성은 유유히 소지품 보안 검사를 진행하지 않고 후문 입구를 통과한다. 이 남성은 금속탐지기의 '삐삐.' 울림소리에 잠시 놀란다. 주위를 한 번 돌아보고는 아무도 없는 것을 확인한다. 그러더니 출입증이 있어야 내부로 들어갈 수 있는 본청 게이트로 다가간다. 다시 '삐삐.' 경보음 소리가 울린다. 그제야 방호과 직원이 다가온다.

    "어떻게 오셨습니까?"

"헌법당 최국경 대표실 방문하려고 왔습니다."

"그럼 이쪽으로 오시죠."

등산복 차림의 남성은 방호과 직원을 따라 인내데스크로 발걸음을 옮긴다.

"신분증 보여주시겠습니까."

중년 남성이 등산복 안쪽에서 지갑을 꺼낸다. 지갑 가장자리는 헤질 대로 헤져서 실밥이 삐져 나와있다. 남성은 지갑에서 신분증을 빼내는데 오른손이 육안으로 보일 정도로 심하게 떨린다.

방호과 직원이 신분증을 받아들고는 신분증 사진과 실물을 비교하며 확인한다.

"어떤 사유로 최국경 대표실 방문하십니까?"

"어차피 대통령은 최국경이라는 최국경 대표 팬클럽 어대국 회장입니다."

"명함 같은 거 있으신가요?"

"명함은 없고 최국경 대표실이랑 면담 약속하고 사전 출입등록은 했습니다."

"잠시만요."

안내데스크의 방호과 직원이 어딘가로 전화를 건다.

"네, 안녕하세요. 여기 국회 후문 방호과인데요. 어대국 회장님이라는 분이 대표실이랑 사전 면담 약속을 잡아놨다고 해서요. 맞는지 확인 좀 하려고요. 네네. 감사합니다."

방호과 직원은 전화를 끊고는 방문증을 탁상 위에 올려놓는다.

"여기 있습니다. 나가실 때 방문증 주시고 다시 신분증이랑 교환하시면 됩니다."

등산복 차림의 남성은 방문증을 가지고 게이트를 통과한다. 그는 엘리베이터를 타고 2층으로 올라가더니 헌법당 대표실에 들어가기 전, 대표실 앞에 있는 화장실에 먼저 들른다. 약 10분 남짓이 지난 뒤 남성은 화장실을 나와 헌법당 대표실로 들어간다. 여전히 그의 오른손이 떨린다.

다음날 아침. 지금경제신문 한윤태 기자가 본청 앞에 멈춰선 택시에서 내린다. 휴대전화로 시간을 확인하니 9시 25분이다.

"최고위회의 시간 아슬아슬한데. 그나마 일일보고 발제라도 해놨기에 망정이지."

한윤태가 혼잣말을 하는데 그 앞으로 정장을 입은 남녀 두 명이 황급히 지나간다.

'헌법당 당직자들 아닌가.'

헌법당 당직자들의 양손에 들린 종이가방 밖으로 각종 문구가 쓰인 피켓과 플랜카드가 잔뜩 삐져나와 있다. '언론탄압 민의당, 대통령이 사과하라', '독재본색 민의당, 특검·국정조사가 답이다' 등의 문구가 보인다.

'오늘부터 허수안 전 대표 방송법 위반 논란 관련해서 대대적으로 대여공세 할 모양이네. 방금 인쇄소에서 뽑아왔나 보다. 당직자들도 아침 맷바람부터 고생이 많네. 아이고, 남 걱정할 때가 아니지.'

한윤태는 서둘러 민의당 당대표 회의실로 향한다. 당대표 회의실에 도착하니 논정일보 정초롬 기자와 열국신문 강이슬 기자가 먼저

와 앉아있다. 한윤태는 언제나처럼 기자석 맨 뒷줄 오른쪽에서 다섯 번째 자리에 앉는다. 한윤태가 노트북을 펼치면서 옆에 앉아있는 정초롬이 들으라는 듯이 얘기한다.

"오늘부터 헌법당 대대적인 대여투쟁 할 모양인데."

"허수안 방송법 위반 논란이랑 언론장악 시도 관련해서겠지?"

"어, 그걸로 독재본색 구호로 하려나 보더라고. 아침에 당직자들이 가지고 가는 피켓 슬쩍 보니까."

"진짜 군부 독재시절 시위 한 번 안 해본 대표 양반 모시고 무슨 독재투쟁 타령이야, 웃기네."

정초롬이 코웃음을 치는 데 민의당 이자웅 대표 직무대행 겸 원내대표와 최고위원들이 잇달아 들어오고 최고위회의가 시작된다. 이자웅 직무대행의 오늘 메시지 중심 기조는 헌법당을 향해 민생 추가경정예산 심사에 협조하라는 압박이다. 이자웅 직무대행은 또 헌법당이 추경을 볼모로 허수안 전 대표에 대한 방송법 위반 관련 특검과 국정조사를 무리하게 요구하고 있다고 비판한다. 대표실 백드롭은 '민생만 보고 전진하겠습니다.'로 바뀌어 있다.

"허수안 전 대표의 부당한 방송편성 개입과 언론편집권 침해에 따른 방송법 위반 논란에 대해서 이미 우리당은 진심 어린 사과를 드렸습니다. 또 우리당은 결자해지 차원에서 윤리심판원을 신속히 소집해 허수안 전 대표 징계를 논의 중이고 검찰에도 법률위원회 명의로 고발을 했습니다. 앞으로 허 전 대표 논란과 관련해서는 검찰수사와 우리당 징계를 일단 지켜봐 주시고 야당은 민생이 한시가 급한 와중에 추경 심사를 거부해서는 안 될……"

최고위회의가 끝나고 민의당 출입기자들이 대표실 앞에서 기다리고 있는데 얼마 지나지 않아 이자웅 직무대행이 나온다. 기자들이 휴대전화를 들이대면서 달라붙는다.

"대표님, 야당이 추경에 순순히 협조 안 할 분위기인데요."

이자웅 직무대행이 한숨을 한 번 내쉰다.

"지금 민생이 얼마나 어렵습니까? 추경은 추경대로 허수안 전 대표의 방송법 위반 논란은 위반 논란대로 따로 다루면 될 입니다."

"오늘 야당이랑 협상하시나요?"

"헌법당 윤목걸 원내대표와 오후 2시에 운영위원장실에서 만나기로 했습니다."

청와대와 국회 사무처를 피감기관으로 두는 국회 운영위원회는 선임 상임위원회 격으로 여당 원내대표가 위원장을 맡는 게 관행이다. 따라서 운영위원장실은 여야 원내대표회동이 열리는 단골 장소다. 기자들이 추가로 질문을 하려는데 이자웅 직무대행이 손사래를 치면서 원내대표실로 들어간다. 이자웅 직무대행은 허수안 전 대표가 퇴임한 이후에도 당대표실을 사용하지 않고 그대로 원내대표실을 집무실로 사용 중이다. 외부인사 접견이나 최고위회의가 있을 때 정도만 당대표실을 이용하고 있다.

몇 시간 뒤. 지금경제 한윤태 기자와 논정일보 정초롬 기자, 열국신문 강이슬 기자 등 서기들 밥조원들이 민의당 의원과 오찬을 마치고 국회로 복귀하는 중이다. 국회의사당역 쪽 입구를 통해 국회로 들어와 소통관을 향해 걷고 있는데 국회 본청 쪽이 시끌시끌하다. 자세히 보니 헌법당 의원들이 국회 본청 계단 앞에 오와 열을 맞춰서 도열해 있다. 그 뒤로는 일반 시민들로 보이는 이들이 인산인해를 이루고 있다. 얼핏 봐도 시민들의 연령대가 대부분 중장년층 이상이다. 다소 먼 거리에서도 현직 대통령과 여당을 향한 육두문자, 욕설들이 들린다. 본청 앞 계단을 가득 메운 모습을 보니 족히 수백 명은 넘는 인원이다. 맨 앞에는 헌법당 최국경 대표가 비장한 표정으로 의자에 앉아있다. 한윤태와 정초롬, 강이슬은 호기심에 자연스럽게 헌법당 의원들이 있는 곳으로 발걸음을 돌린다. 가까이서 보니 플랜카드에 '언론장악, 방송개입, 방송법 위반 규탄대회'라고 적혀있다.

한윤태가 눈을 찡그리면서 최국경 대표 쪽을 바라본다.

"초롬아, 이슬아 저기 최국경 대표 포대기 같은 거 두르고 있는 거 같은데 저거 뭔지 보이냐?"

그때 뒤에 있던 한 여성이 이발기로 최국경 대표의 머리카락 한 움큼을 잘라낸다.

정초롬이 질겁한다.

"한 선배, 으악 저거 삭발하는 거 아냐?"

그렇게 한 마디 하는 사이에 최국경 대표의 머리카락이 뭉텅이로 계속 잘려나간다.

강이슬이 오른손을 머리쪽으로 올리더니 손가락을 빙글빙글 돌린다.

"형, 맞는데요. 삭발……."

서기들 밥조원들이 황당한 표정으로 지켜보는 가운데 삭발식은

약 5분 만에 끝난다. 삭발을 마친 최국경 대표는 자신의 머리를 삭발한 여성이 머리카락을 털어주려는데 괜찮다는 손짓을 한다. 그러더니 마이크를 잡고 있던 헌법당 당직자에게 마이크를 건네받는다. 표정에는 비장함이 넘친다.

"언론장악과 방송개입을 서슴지 않으면서 독재본색 행태를 보이고 있는 민의당을 제1야당 대표로서 더 이상 좌시할 수 없습니다. 저 최국경은 민의당이 허수안 전 대표의 방송법 위반과 관련해 특별검사와 국정조사를 받아들일 것을 촉구하면서 오늘 이렇게 삭발을 했습니다. 그리고 지금 이 순간부터 특검과 국정조사가 관철될 때까지 단식을 시작하겠습니다."

주변 헌법당 의원들의 표정이 모두 굳는다.

한윤태는 혀를 찬다.

"아니 5.18 광주민주화운동이나 6.10 민주항쟁 때 저렇게 삭발하고 단식을 하시지. 21C 민주화 시대에 무슨 삭발하고 단식을 하냐……."

정초롬이 맞장구를 친다.

"정말 진짜 말도 사고도 하는 짓도 꼰대다. 민주화 투쟁 한 번도 안 해본 저런 양반들이 꼭 뭐 있으면 저렇게 삭발하고 단식하고 난리더라."

강이슬도 고개를 흔든다.

"최국경 대표는 우리 회사에서도 팽이에요. 저희도 보수집권 가능성 가로막는, 헌법당에도 도움 안 되는 인물로 이제 판단 끝났어요. 광화문에서 맨날 소리나 지르고요. 걸핏하면 국회 뛰쳐나가서 장외투쟁하고. 본인들이 새로운 대여 공세 거리를 줘야 하는데 허구한 날 우리 쓰는 거 받아먹기만 해요 최국경 체제 헌법당은요. 회사 선배들도 이렇게 콘텐츠 없고 막말이나 하는 보수정당 내표는 보다 보다 처음이라네요.”

최국경 대표는 규탄대회에 참석한 일반 시민들을 향해 계속 목소리를 높이고 있다.

“여러분 우리가 이런 민의당과 이자웅 원내대표를 위시한 여당 지도부를 가만히 두면 되겠습니까? 안 되겠습니까?”

떠들썩한 호응이 돌아온다.

“안 됩니다! 안 됩니다!”

“그러면 우리가 따끔한 맛을 보여줘야 합니다. 아주 혼쭐을 내줘야 합니다. 저 민의당 세력이 무서워서 꼼짝 못 하게 만들어야 합니다! 실력행사를 해야 합니다!”

그때 한윤태가 휴대전화로 시간을 확인하더니 정초롬과 강이슬을 채근한다.

“야야, 얘들아 원내대표 회동 늦겠다. 헌법당 헛짓거리는 그만 보고 노트북 가지고 빨리 운영위원장실로 가자.”

한윤태와 정초롬, 강이슬은 소통관에서 노트북을 챙겨 서둘러 운영위원장실로 향한다. 서기들 밥조원들이 운영위원장실에 도착하니 민의당 이자웅 대표 직무대행 겸 원내대표와 헌법당 윤목걸 원내대표는 이미 내실에서 회동 중이다. 하지만 추가경정예산 등 국회 의사일정을 논의하기 위한 양 당 원내대표 회동은 15분 남짓 만에 결렬된다. 헌법당 윤목걸 원내대표가 먼저 운영위원장실을 나온다. 한윤태가 질문을 한다.

"야당의 특검, 국정조사 요구에 여당 반응은 어땠나요?"

"오늘 전혀 합의된 게 없습니다."

윤목걸 원내대표는 웃음기 하나 없이 진지하기만 하다.

"오늘 추가로 회동하시나요?"

"더 드릴 말씀이 없습니다."

"그럼 언제 다시 여당이랑 만나실 예정이신가요?"

"당분간은 잠시 냉각기를 갖기로 했습니다."

"오늘 최국경 대표가 허수안 전 대표 방송법 위반 관련 특검과 국정조사 요구하면서 삭발하고 단식까지 시작했는……."

한윤태가 질문을 채 마치기도 전에 윤목걸 원내대표는 한윤태의 어깨에 손을 얹는다.

"오늘은 여기까지만 하겠습니다."

윤목걸 원내대표 얼굴에 워낙 그늘이 드리워 있어서 한윤태도 더 몰아붙이지는 못한다.

조금 뒤 민의당 이자웅 직무대행도 운영위원장실에서 나온다. 이자웅 직무대행은 기자들이 질문하기 전에 자신이 먼저 입을 연다.

"앞에 윤목걸 원내대표가 뭐라고 했나요?"

"오늘 합의된 게 없다고요. 여당은 야당의 특검, 국정조사 요구 어떻게 생각하시나요?"

이자웅 직무대행 표정도 앞서 나간 윤목걸 원내대표와 크게 다르지 않다.

"사실 윤목걸 원내대표하고는 오늘 만나서 추경과 특검, 국정조사를 함께 협상 테이블 위에 올려놓고 의사일정을 논의해 보자고 어느 정도 사전 교감이 있었습니다. 그런데 최국경 대표가 갑자기 삭발과 단식, 강경투쟁에 들어가는 바람에…… 아무래도 유목검 원내대표로서도 대표가 저렇게 나오니 협상 운신의 폭이 많이 줄어들었을 것으로 예상합니다."

"그럼 당분간 협상 진척은 어려운 건가요?"

이자웅 직무대행은 질문을 한 한윤태를 쳐다보더니 잠시 말이 없다가 다시 입을 연다.

"최국경 대표 체제 이후 헌법당은 착륙 바퀴가 고장 난 비행기처럼 연일 아슬아슬한 극우본색 비행을 하고 있습니다. 정말 민생을 위한 추경이 한시가 급한 마당에 제1야당 대표가 저런 구시대적인 방법으로 특검과 국정조사를 요구해야 하는지 의문이 듭니다. 주말마다 길거리로 뛰쳐나가는 것도 모자라 본인의 당내 입지를 위해 민생을 팽개치겠다는 심산입니다. 최국경 대표의 단식이 장기화되어 협상 걸림돌이 되지 않기를 바랄 뿐입니다."

이자웅 직무대행은 그렇게 말을 마친 뒤 자신을 둘러싸고 있는 기자들 사이를 빠져나간다.

한윤태와 정초롬, 강이슬은 이자웅 직무대행을 따라가면서 현안 관련 추가 질문을 계속한다. 이자웅 직무대행은 추가 질의에 답변하지 않으면서 국회 본청 2층 정문 바로 옆에 있는 민의당 원내대표실로 들어간다. 한윤태와 정초롬, 강이슬은 이자웅 직무대행이 원내대표실로 들어가자 그 앞 의자에 앉아 뻗치기(특정 취재원을 기약 없이 무작정 기다리는 행위를 의미하는 언론계 용어)를 시작한다. 그런데 국회 본청 밖이 또 시끌시끌하다. 조금 전 서기들 밥조원들이 확인했던 헌법당 주최 '언론장악, 방송개입, 방송법 위반 규탄대회' 일부 참석자들이 본청을 나서는 민의당 의원들을 향해서 욕설을 퍼붓고 있다.

"이 빨갱이 새끼들아. 지옥에나 떨어져라."

"독재자 놈들이 어딜 고개를 빳빳하게 들고 다녀!"

이들은 민의당 의원들에게 소지품을 집어 던지기 시작한다. 일부 과격한 규탄대회 참석자들은 민의당 의원의 양복 상의를 잡아끌기도 한다. 양복 상의가 찢기는 민의당 의원이 보인다. 집회 참석자들은 민의당 의원들에게 피켓으로 가격할 듯한 위협도 가한다. 민의당 의원들은 보좌진들과 국회 방호과 직원들의 도움을 받아 가까스로 현장을 빠져나간다. 그러자 규탄대회 참석자 일부가 더욱 소리를 지르고 흥분하기 시작한다.

"민의당 놈들에게 본때를 보여주자! 민의당 원내대표가 있는 본청으로 쳐들어가자! 쳐들어가자!"

몇몇이 이런 자극적인 발언을 하자 주변에 있던 이들이 호응을 한다.

"와! 와! 와!"

본청 정문 앞 계단 위를 점거하고 있던 규탄대회 참석자들이 갑자기 본청 2층 정문을 향해 달려든다. 본청 2층 정문 앞에서 담배를 피우고 있던 일부 보좌진과 기자들이 당황해서 재빠르게 출입증이 있어야 입장 가능한 본청 안으로 들어간다. 본청 2층 정문 바로 앞 출입 차단기 앞에서 여유 있게 이야기를 나누던 방호과 직원들도 서둘러 무전을 하기 시작한다.

"비상 비상, 헌법당과 연계된 규탄대회에 참석자 일부가 본청을 향해서 올라오고 있다. 반복한다, 비상 비상."

국회 경내에서는 경보음이 울리면서 보초를 서던 영등포 경찰서 인력들이 본청으로 집결하기 시작한다. 방호과 직원들은 본청 2층 정문을 걸어 잠근다. 손잡이 양쪽은 자물쇠로 묶는다. 헌법당 규탄 대회 참가자들의 고성과 욕설이 멈추지 않고 계속해서 들린다. 그때 국회 기자들 휴대전화가 동시에 울린다.

'일부 외부인들이 국회 본청 경내 강제진입을 시도하고 있습니다. 이에 따라 잠시 국회 본청 후문을 제외한 모든 출입문을 폐쇄 조치 하오니 본청에 계신 국회 사무처 임직원과 보좌진, 출입기자 여러분 들께서는 안전한 장소에서 대기해 주시기 바랍니다. -국회 방호과-'

헌법당 규탄대회 참석자들은 욕설에 그치지 않고 잠겨있는 본청 2층 정문을 세차게 흔들기 시작한다. '덜컹덜컹' 소리가 나면서 2층 정문 흔들림이 조금씩 거세진다. 정문에 걸려있는 자물쇠 목걸이는 곧 끊어질 듯 위태위태하게 팽창과 수축을 반복한다.

"독재본색 앞잡이 이자웅 나와라! 빨갱이 이자웅 나와라!"

그렇게 20여 분이 흐른다. 국회 본청 2층 정문에 균열이 가기 시작한다. 한 번 금이 간 유리는 채 몇 분을 더 버티지 못하고 조각조각 깨진다. 흥분한 일부 집회 참가자들이 유리 조각 파편을 개의치 않고 본청 2층 정문을 통과한다. 본청에 추가로 진입하려는 집회 참 가자들을 경찰과 국회 방호과 직원들이 인간 스크럼을 짜면서 가까 스로 막고 있지만 힘에 부친다.

본청 안으로 침투한 집회 참가자들은 고래고래 고함을 지르기 시작한다. 여기에는 일요일 최국경 대표와 면담했던 '어대국' 회장도 있다. 그는 주변 눈치를 보더니 소리치는 일행을 뒤로하고 헌법당 대표실 쪽으로 향한다. 그러더니 지난 일요일처럼 헌법당 대표실 앞에 있는 화장실로 들어간다. 화장실에 들어가면서 고개를 좌우로 돌려 눈치를 살핀다. 본청에 난입한 헌법당 주최 규탄대회 참석자들의 구호가 점점 거칠어진다.

　"빨갱이 이자웅은 당장 모습을 드러내라!"

　헌법당 대표실에서 최국경 대표가 나온다. 최국경 대표는 뒷짐을 지고 규탄대회 참석자들을 향해 몸을 돌린다.

　"여러분이 이렇게 국회 본청에 진입한 것만으로도 우리의 승리입니다. 민의당에 우리의 힘을 보여줍시다! 약한 모습으로는 이 자유대한민국을 되찾을 수 없습니다! 우리의 강한 힘을 보여줘야 합니다!"

　최국경 대표가 주먹 쥔 오른손을 들어 올린다. 흥분한 집회 참가자들은 환호성으로 화답한다.

　"최국경! 최국경!"

　그때 어대국 회장이 민의당 원내대표실로 향한다. 원내대표실 앞에 앉아있는 한윤태, 정초롬, 강이슬과 어느새 거리가 채 10미터도 되지 않는 간격까지 다가온다. 어대국 회장은 걸음을 멈추지 않으면서 허리춤에 손을 넣는다. 허리춤에 넣었다 뺀 오른손에는 식칼과 유사한 형태의 흉기가 들려있다. 흉기를 든 그의 손 떨림이 멈추지 않는다.

　"주사파, 빨갱이 이자웅 이 새끼 빨리 나와!"

4장 시련, 하지만 일어서다

어대국 회장은 흉기를 이리저리 휘두르면서 고성을 지른다. 흥분했던 헌법당 주최 집회 참석자들도 당황하며 거리를 둔다. 누구도 쉽사리 어대국 회장에게 다가가지 못한다.

민의당 원내대표실에서 막 밖으로 나온 이자웅 직무대행이 어대국 회장과 마주 선다. 여차하면 흉기가 닿을만한 거리다.

"저랑 얘기하시죠. 손에 든 것은 내려놓으시고요."

어대국 회장은 개의치 않고 떨리는 오른손을 허공에 휘두른다.

"얘기는 무슨 얘기. 너 같은 빨갱이 자식은 죽어야 해!"

"일단 그것부터 내려놓으세요."

"내려놓기는 뭘 내려놔. 이걸로 너를 처단할 건데!"

어대국 회장이 흉기를 오른쪽 춤으로 한번 당긴다. 누가 채 말릴 사이도 없이 이자웅 직무대행을 향해 달려든다. 순간 둔탁한 울림과 함께 옷이 찢기는 소리가 난다. 이자웅 직무대행 앞에 흉기를 뻗은 어대국 회장이 서있다. 여전히 오른손은 떨리고 있다. 그리고 이자웅 직무대행과 어대국 회장 중간에 한윤태가 서있다. 한윤태와 어대국 회장 사이 바닥에 피가 한 방울, 두 방울 떨어지기 시작한다. 어대국 회장 얼굴에 당황함이 역력하다.

"이 새끼 너 뭐야? 뭔데 방해야……."

한윤태는 눈을 한 번 감았다 뜬다. 시야가 뿌연 느낌이다.

'아이씨……. 초롬이가 말한 목숨을 이렇게 거냐…….'

한윤태와 어대국 회장 사이에 떨어지는 피의 양이 한층 많아진다. 어대국 회장의 흉기가 찌르고 지나간 한윤태의 왼쪽 옆구리에서 흐르는 피다. 한윤태는 다시 눈을 감았다 뜨더니 두 손으로 흉기 손잡이의 반대편을 잡는다.

"나? 입법, 행정, 사법에 이은 제4부로……. 권력 견제하는 기자다, 임마……. 근데 이거 아끼는 옷인데…… 테러범 자식이 짜증 나게……."

어대국 회장의 목소리가 흉기를 잡고 있는 그의 오른손처럼 떨린다.

"너 죽고 싶어? 어디서 훼방이야! 한 번 더 찔러줘?"

"착각하나 본데 네가 나를 찌른 게 아니라 내가 네놈 흉기를 잡은 거다……. 민의의 전당 침탈한 이 테러범아……."

한윤태가 숨을 몰아쉬면서 천천히 말을 내뱉는 데 방호과 직원과 경찰이 달려들어 어대국 회장을 제압한다. 한윤태는 잡고 있던 흉기 날에서 손을 뗀다. 흉기가 바닥에 부딪히면서 기괴한 소리가 울린다. 한윤태는 가쁜 숨을 내쉰다. 오른손으로 민의당 원내대표 회의실 앞 벽을 잡는다. 균형을 잡으려는데 다리에 힘이 빠져 비틀거린다. 한윤태는 다시 원내대표실 앞 의자에 앉으려고 한다. 하지만 피 묻은 손이 벽에 미끄러지면서 바닥으로 엎어진다. 한윤태의 호흡이 거칠다. 한윤태는 몇 차례 눈을 감았다 뜬다. 한윤태가 다시 눈을 뜨니 그사이 달려온 정초롬과 강이슬이 보인다. 한윤태는 정초롬 쪽으로 눈동자를 돌린다.

"초롬아, 내가 목숨 안 건다고 했지……. 이렇게 목숨 걸고 일하는 중이거든……. 하하하."

"지금 웃음이 나와!"

정초롬이 피 묻은 한윤태의 손을 잡는다.

"오빠, 오빠 내가 말한 목숨이 이런 목숨이야!"

한윤태의 손이 힘없이 정초롬의 손에서 미끄러져 내려온다.

"갑자기 피 칠갑하니까. 안 하던 오빠 소리를 하냐. 오글거리게……."

"원래 오빠라고 하고 싶었는데 한 선배가 은근히 벽치니까 계속 선배라고 한 거지……. 선배도 사회 나와서 만난 사람들이 오빠라고 하면 언제 봤다고 오빠냐고 별로라고 했잖아!"

정초롬의 목소리가 파르르 떨린다. 한윤태가 억지로 미소를 짓는다.

"나 원래 사람들 앞에서 시크한 척하는 지병 있잖아……. 알아서 눈치껏 더 살갑게 친한 척 좀 해주지……."

"아니 지금 이 상황서 그런 쓸데없는 소리가 나와. 이슬이가 구급차 불렀으니까 조금만 힘내, 힘내!"

"지금 칼 맞고 이렇게 피 흘리는데 어떻게 힘을 내냐……. 여기서 힘내라는 건 무지막지한 소리 아니냐……."

"그럼…… 그럼…… 기운 잃지 마! 기운 잃지 마!"

한윤태는 눈을 감고는 미약하게나마 고개를 끄덕인다. 한윤태는 그 상태로 곧이어 도착한 구급차에 탑승해 여의도의 한 종합병원으로 옮겨져 수술을 받는다.

몇 시간 뒤. 지금경제 한윤태 기자가 눈을 뜨니 병실 침대다. 한윤태는 시야를 또렷하게 하려고 몇 번 눈을 깜빡인다.

"윤태야! 윤태야!"

울먹이는 목소리가 들린다. 한윤태의 눈에 사물의 형체가 들어오기 시작한다.

"엄마……."

"그래서 이래서 엄마가 그렇게 기자 그만하면 안 되냐고 했는데……."

한윤태는 침을 한 번 삼킨다.

"아파. 그리고 그거랑 나 지금 이렇게 된 거랑은 상관없어. 나 몇 시간이나 이러고 있었어?"

"다행히 흉기가 노트북을 한번 비키고 들어가서 상처가 깊지 않았다더라. 그래서 수술도 간단한 정도로 끝났고. 정말 다행이야."

한윤태가 고개를 돌리니 병상 옆 탁자에 있는 노트북과 휴대전화가 보인다.

'맨날 회사에 신형으로 언제 교체해 주냐고 투덜거렸던 탱크 같은 노트북이었는데……. 결국 이게 날 살렸네.'

한윤태는 몸을 돌려 휴대전화를 집어 든다. 통증 때문에 얼굴이 구겨진다.

"아들 그냥 누워있지 어디에 전화하려고!"

"일단 회사에 보고는 해야 할 거 아냐."

"지금 일이 중요해! 회사가 중요해!"

한윤태는 고성의 목소리를 뒤로하고 휴대전화로 지금경제 박성현 국회반장에게 전화를 건다. 손에 붕대가 감겨있어서 뜻대로 휴대전화 조작이 잘 되지 않는다. 더딘 움직임으로 박성현 이름을 검색하고 통화 버튼을 누른다. 신호가 몇 번 채 가기도 전에 휴대전화 너머로 괄괄한 목소리가 들린다.

"윤태야! 정신 들었냐?"

"네, 괜찮아요. 어머니 말씀 들어보니까 상처가 깊지 않아서 수술도 간단하게 끝났다고 하네요."

"그래 나행이나. 지금 병원이지?"

"네, 뭐 당연한 걸 물어보세요. 대충 자초지종은 아시죠?"

"그래 뭐 현장 타사 애들 통해서도 듣고 기사도 나오고 나도 좀 알아보고. 그리고 병실은 우리 의학 전문기자가 병원 쪽에 얘기해서 특실로 편의 봐주도록 했으니까 걱정 말고. 어차피 산재 처리될 것 같긴 한데 병원비는 6인실 기준으로 청구될 거야."

"선배, 그거 김영란법 위반……."

"시끄럽고 일단 지금은 회복에 전념해라."

한윤태는 전화를 끊는다. 정신이 몽롱하다.

"엄마, 나 다시 잠 좀 잘게."

그렇게 말하고 눈을 감으니 다른 생각을 할 사이도 없이 잠이 든다.

하루 뒤 민의당 당대표 회의실. 언제나처럼 기자석 맨 뒷줄 오른쪽에서 여섯 번째 자리에 논정일보 정초롬 기자가 앉아있다. 하지만 항상 지금경제 한윤태 기자가 앉던 그 옆 오른쪽에서 다섯 번째 자리는 비어있다. 어느 기자가 그 자리에 앉으려고 한다. 정초롬이 나지막하게 얘기한다.

"거기 자리 있는데요……."

"어 여기 빈자리 아니에요?"

"거기 자리 있다고요. 자리 있다고! 자리 있다고! 앉지 말라고!"

정초롬이 발을 동동 구르며 노발대발 소리를 지른다. 주변 기자들의 시선이 일제히 정초롬에게 쏠린다. 열국신문 강이슬 기자가 그런 정초롬을 붙잡고는 당대표실 밖으로 끌고 나간다.

비슷한 시각 지금경제 한윤태 기자가 입원해 있는 병실. 눈을 뜬 한윤태가 시계를 보니 오전 11시가 조금 넘었다. 한윤태는 민의당 고대식 원내대변인에게 전화를 건다.

"그래, 윤태야. 안 그래도 오늘 자웅이 형님이랑 우리 지도부가 문병 가려고 했는데 조금 괜찮냐?"

"문병은요, 무슨. 원내상황도 어지러운데 괜찮아요. 수술도 잘 마무리됐어요. 어제 정신은 들었는데 약 기운 때문인지 다시 금방 잠이 오더라고요."

"그래. 어쨌든 고맙다. 자웅 형님이 어제 바로 쾌유 기원 화환 보냈어. 나도 어제부터 계속 너 쾌유 비는 논평 내고 있고."

"선배 그런 건 괜찮고요. 어제 저 칼빵한 그 양반 도대체 누구예요? 확인 좀 됐어요?"

고대식 원내대변인의 쓴웃음 소리가 한윤태 휴대전화 너머로 들린다.

"너는 입원해 있는 와중에도 취재하냐? 멀쩡한 것 같아서 다행이긴 하다만."

"일단 노트북이랑 휴대전화 다 있으니까요. 놀면 뭐해요."

"내가 국회 사무처랑 행정안전위원회 간사 통해 경찰에 좀 알아보니까 무슨 '어차피 대통령은 최국경'이라고 '어대국'이라는 최국경 팬클럽 회장이래."

"그러면 그 어대국 회장이라는 사람이 들고 있던 흉기는요? 헌법당 주최 규탄대회 참석했다가 본청 밀고 들어올 때 가지고 있었던 거예요?"

"아니 그게 또 이상한 게 일요일에 원래 방호과 직원들도 많이 쉬니까 소지품 검문검색 조금 느슨하잖아."

"그렇죠. 기자들한테도 뭐 안 할 때도 있고."

"그때 최국경 대표 면담 명목으로 본청 들어가면서 흉기를 가지고 갔다가 헌법당 대표실 앞 화장실에 숨겨놨대."

"그거 완전 계획범죄잖아요."

"그러니까 내 말이 말이다. 그리고 규탄대회 당일 날도 어대국 회장이라는 작자는 본청 2층 문 뚫고 들어온 게 아니라 헌법당 대표실에서 본인들 면담 있다고 열어줘서 당당하게 걸어 들어왔단다."

"네, 선배 확인 감사해요. 제가 국회 사무처에 한 번 더 크로스체크하고 기사 쓸게요."

"몸부터 잘 챙겨 윤태야. 너무 무리하지 말고."

한윤태는 장명석 국회의장 공보수석비서관과 국회 사무처를 통해 고대식 원내대변인이 말한 사실을 어렵지 않게 확인한다. 헌법당 대표실에도 확인을 요청하니 헌법당 당직자가 나지막하게 "메신저로 보내드릴게요." 하고는 사실관계를 넌지시 인정한다. 하지만 헌법당 최국경 대표는 한윤태에 대한 상해와 국회본청 난입 사건과 관련해 원론적인 유감표명만 했을 뿐이다. 흉기 난동 행위자에 대한 국회 출입 승인을 해준 것이 본인 대표실이란 언급은 일절 하지 않은 상태다. 한윤태는 취재 내용을 바탕으로『민의의 전당 흉기 난동범, 최국경 대표실이 국회 문 열어줬다』는 제하로 기사를 작성하고 상신한다.

취재대로 '어대국' 회장이 지난 일요일 최국경 대표와 면담을 이유로 국회 본청에 들어왔을 때 흉기를 본청 2층 헌법당 대표실 앞 화장실에 숨겼을 만큼 민의당 이자웅 대표 직무대행 겸 원내대표에 대한 치밀한 테러 계획을 세웠다는 점을 리드(기사의 첫 문장을 의미하는 언론계 용어)로 삼았다. 민의당을 향한 '언론장악, 방송개입, 방송법 위반 규탄대회' 당일에도 흉기 난동범은 최국경 대표실이 출입을 승인해 줘 손쉽게 본청에 들어올 수 있었다는 점도 꼬집는다. 청와대와 더불어 국가 1급 경호시설이자 민의의 전당인 입법부에 이런 테러범이 들어와 흉기 난동 행위를 할 수 있었다는 데 최국경 대표의 책임이 크다는 점 역시 적시한다. 아울러 민의당을 향한 규탄대회 참석자들의 국회 본청 무단 난입을 사실상 독려하고 유도한 최국경 대표 발언은 3권 분립의 한 축으로 보호, 존중받아야 할 입법부를 제1야당 대표가 무법천지로 만든 것이란 점을 강하게 비판한다.

한윤태의 기사가 송고된 이후 민의당은 물론이고 헌법당 내부에서도 최국경 대표와 이제 더는 함께 갈 수 없다는 분위기가 주를 이룬다. 일부 헌법당 의원들은 상임위원회 회의장에서 최국경 대표 사퇴가 불가피하다는 문자 메시지를 일부러 취재진에게 노출해 보도가 되도록 유도하기까지 한다.

며칠 뒤 발표된 여론조사에서는 최국경 대표 사퇴와 사법 처리에 대한 찬성이 70%를 넘는 압도적 수치로 나타난다. 차기 대선주자 지지율 1, 2위를 다투던 최국경 대표 지지율도 5% 아래로 순식간에 곤두박질친다. 최국경 대표는 결국 민의당 이자웅 대표 직무대행 겸 원내대표와 헌법당 윤목걸 원내대표가 비례대표 현역 국회의원인 자신을 본회의에서 제명하는 방안에 대한 논의까지 들어가자 대표직에서 자진 사퇴하고 헌법당을 탈당한다. 자연히 비례대표 의원직도 박탈당한다. 비례대표 국회의원은 당으로부터 제명되면 의원직이 유지되지만 탈당하면 의원직을 상실한다. 하지만 이자웅 직무대행을 필두로 민의당은 그 정도로 매듭지을 수 있는 사안이 아니라는 대국민 기자회견을 연다. 민의당은 최국경 전 대표에 대해 특수폭행, 특수상해 사주죄, 재물손괴죄, 업무방해죄 등의 혐의로 수사를 의뢰하고 고발하겠다는 방침을 발표한다.

헌법당 최국경 전 대표가 사퇴하고 한 주가 지난 어느 날 아침. 최고위회의가 열리기 직전인 민의당 당대표 회의실이 여느 때처럼 분주하다. 논정일보 정초롬 기자가 침울한 표정으로 기자석 맨 뒷줄 오른쪽에서 여섯 번째 자리에 앉아있다. 정초롬이 지난주 "자리 있다고!"라고 고래고래 소리를 지른 이후 그의 오른쪽 옆자리에는 한 주 동안 아무 기자도 앉지 않고 있다. 그때 누군가 그 자리에 앉는 인기척이 들린다. 정초롬이 눈을 치켜뜨면서 오른쪽을 바라본다.
"안녕, 정초롬."
지금경제 한윤태 기자가 당연하다는 듯 기자석 맨 뒷줄 오른쪽에서 다섯 번째 자리에 앉아있다. 정초롬이 빤히 한윤태를 쳐다본다.
"얼굴 뚫어지겠다."
"한 선배……."
"복귀하기 전에 병원에서 네 기사 열심히 보고 현안 따라갔다."

"오랜만에 본 첫마디로 그거밖에 할 말이 없냐?"

정초롬이 한윤태의 옆구리를 쿡 찌른다.

"아…… 아직 상처 다 안 아물었다고."

"미안……."

한윤태는 노트북을 바라본 채로 말을 이어간다.

"오늘 저녁에 뭐 해? 밥 먹자."

"밥은 무슨 밥이야……. 술 사줘……."

"아직 술 못 마셔. 근데 나 오늘 현장복귀 했는데 짤 없이 바로 일 일보고 올리라네……. 오늘 기사 발제 뭐하냐……."

서여의도의
기자들

초판 1쇄 발행 2022. 3. 4.

지은이 유태환
펴낸이 김병호
편집진행 임윤영 ┃ **디자인** 김민지

펴낸곳 주식회사 바른북스
등록 2019년 4월 3일 제2019-000040호.
주소 서울시 성동구 연무장5길 9-16, 301호 (성수동2가, 블루스톤타워)
대표전화 070-7857-9719 **경영지원** 02-3409-9719 **팩스** 070-7610-9820
이메일 barunbooks21@naver.com **원고투고** barunbooks21@naver.com
홈페이지 www.barunbooks.com **공식 블로그** blog.naver.com/barunbooks7
공식 포스트 post.naver.com/barunbooks7 **페이스북** facebook.com/barunbooks7

바른북스는 여러분의 다양한 아이디어와 원고 투고를 설레는 마음으로 기다리고 있습니다.